CW00792639

Demonios íntimos

Xavier Rubert de Ventós

Demonios
íntimos

Traducción de Rosa Alapont

EDITORIAL ANAGRAMA

BARCELONA

Título de la edición original:
Dimonis íntims
Edicions 62
Barcelona, 2012

Diseño de la colección: Julio Vivas y Estudio A
Ilustración: Gino Rubert

Primera edición: octubre 2012

ISBN: 978-84-339-9754-8
Depósito Legal: B. 22466-2012

Printed in Spain

Reinbook Imprès, sl, av. Barcelona, 260 - Polígon El Pla
08750 Molins de Rei

Este libro vengo a ser yo mismo en cuatro registros –dramático, irónico, erótico y onírico –y también con cuatro hijos.

El resto son más bien ficciones, figurantes o fantasías; todo es verdad pero nada es como lo cuento.

Participa también del dietario íntimo y del ensayo, se mueve entre lo íntimo y lo político, entre la meditación grave y la observación disparatada.

Su origen son los apuntes espigados de diecisiete libretas Enri. Tengo todavía más de cien por explorar, pero no sé si tendré tiempo ni ánimo para hacerlo.

El libro sigue vagamente un orden cronológico y otro temático, que con frecuencia se mezclan y se confunden: un popurrí, vaya.

Las páginas más antiguas están escritas en 1965, hace más de cuarenta años. No acaba de ser, pues, un texto de este siglo.

1. La depresión como pórtico

Llueve, pero no mucho. Se oyen un poco los pájaros y un poco más los camiones. El vecino de arriba rezonga, pero tampoco chilla como otros días. Suenan las campanas de Sarrià, que por unos momentos ensordecen la sinfonía de la radio y las vibraciones del ventilador.

Estamos en febrero de 1985. Llego de Estrasburgo y mañana me voy a México a dar un curso más, el sexto ya. Después he de pasar por Nueva York. No me hace ilusión ir, ni tampoco me desagrada. Tan sólo me da algo de pereza.

No soy joven ni llego a ser viejo del todo: estoy justo en medio de no sé qué. No tengo ninguna enfermedad, es cierto, pero la propia salud física se me antoja ahora como ese estado de bienestar transitorio que no presagia nada bueno. Tengo hijos medio adolescentes, a los que quiero más que a nada y con los que la semana pasada no acabé de entenderme.

Tengo también libros hechos y libros por hacer, pero estos últimos ya no sé si *es preciso* hacerlos. Serán, si son, libros mejores y menos cándidos que los anteriores (a menudo tan aplicados, tan convencidos ellos); pero siento que

11

o bien me faltan ánimos para hacerlos, o bien es que me he cansado de esconder el huevo. De esconderlo, quiero decir, tras consideraciones teóricas sobre el arte y la pasión, sobre la modernidad o la política, sobre cosas lo bastante candentes para permitirme creer o hacer creer que son ellas las que de verdad me ocupan.

Lo cierto, no obstante, es que, hablando de estas cosas, lo que yo hago, lo que a menudo hacemos todos, es ahuyentar el pensamiento de que crear es duro, de que morir está justo a la vuelta de la esquina, de que amar resulta tan fuerte como arriesgado, ¡e igual de frágil! De ahí el prudente «amigos, nunca amores» de los estoicos o del Bhagavad Gita. De ahí que depositar el amor en *una* persona suponga comprar todos los números para acabar destrozado en cualquier esquina, en cualquier momento: cuando ella se vaya, cuando os deje, cuando se muera... O quizá no sea al cabo sino una muestra de la excesiva fragilidad capilar de mis sentimientos, que a poco que los frote, enseguida se irritan y supuran. A estas alturas, seguro que me convendría un poco de serenidad y algo de ese estoicismo de andar por casa que, según Pla, nos impide encaramarnos más de la cuenta; para no caer desde tan alto, se entiende.

* * *

Al viento, las ramas de la palmera dicen sí y las del pino dicen no. A esta hora del ocaso, el aire pierde luz, gana transparencia y se convierte en una luminosidad difusa que impregna el cielo y empieza a engullir las cosas. En Barcelona, además, cuando llega el invierno y el sol se pone por Sant Pere Màrtir, una luz horizontal, amarilla y precisa viene a dibujar los perfiles y sombras de cada ladrillo, de cada acera, de cada barandilla.

Mañana es miércoles, que es como decir martes. Ahora escribo porque no hay ningún programa que valga la pena en la televisión. Dicen que la gente lee menos por culpa de la tele o de Internet y seguramente es cierto. Pero es que también los escritores escribimos menos por el mismo motivo, de manera que no debemos preocuparnos más de la cuenta: la oferta irá adecuándose a la demanda. Además, yo ya he pasado mucho tiempo escribiendo deprisa y mal; ¡tal vez ahora he de aprender a hacerlo con más esmero y parsimonia!

Me siento algo angustiado, pero tampoco nada del otro mundo. De la depresión anterior salí hace ya tiempo, y sin prozacs. De ésta quiero salir, además, sin los rasguños y aspavientos de entonces. ¿Cómo negociar, sin embargo, eso de volver a casa después de diez días de ir saltando de Estrasburgo a Londres o a Varsovia y encontrarme con que mis hijos se han ido de fin de semana dizque a la nieve? Hay a quien le gusta el mar o la montaña, quien prefiere la cerveza o el vino, las navidades o los arcos triunfales. Cada loco con su tema. A mí lo que me obsesiona son mis hijos. Pero debo hacerme a la idea de que ya son mayores, que el juego ahora es otro, que no puedo tenerlos como antes saltando sobre mis rodillas. «Al paso, al trote, al galope, al galope, al galope.» Y debo intentar no tomármelo a pecho. Al fin y al cabo todos sabemos que tener críos supone asegurarse también un desasosiego lento y desgarrador, seguro y de por vida. «De momento», me digo, «no hay que complacerse en la tristeza: la tristeza no sólo duele sino que estropea; nos marchita y nos deteriora.» Además, obsesionarse demasiado con los hijos es un auténtico peligro, sobre todo para ellos. Fijaos en cuánta libertad damos los padres al segundo o al tercer hijo, una vez que hemos agotado ya con el primero

13

nuestras manías y obsesiones narcisistas. Más de una vez he especulado con que el hijo mayor debería ser puramente experimental y «desechable», como las jeringuillas de usar y tirar. Una vez tramitadas y expurgadas en el mayor todas las manías, los padres podrían ponerse a fabricar niños normales, sin las presiones con que a menudo echan a perder al primogénito.

Pero ¿cómo distraerme en esta casa hecha trizas por dos adolescentes junto a sus amigos y ahora abandonada? Yo necesito cierto orden donde encajar y depositar mi desorden. Aunque lo cierto es que el mero deseo de orden me agota y me imposibilita crearlo. Trato, entonces, de crearme un pequeño nicho, pero cada vez, cada semana, la cosa resulta más difícil. Muebles de distintas series y cosechas se amontonan aquí y allá con la tapicería gastada, sin rastro del buen o mal gusto de una mano femenina que colonice la casa con fundas, tapetes o cortinas. Una confusión estrafalaria, casi grotesca, en un ambiente cerrado y viciado. Un desbarajuste de platos, cubiertos, zapatos (a menudo *uno,* el otro quién sabe debajo de qué mueble ha ido a parar), paraguas rasgados y ceniceros sucios; un calcetín desparejado en la barandilla de la escalera, el tic-tic de un grifo que gotea y el hedor a basura. Sobre la mesa del comedor, una tirita usada con su mancha de sangre en el centro. En definitiva, un batiburrillo que parecería provisional de no ser por el redondel sin polvo que dejan los vasos sucios, o por la marca ya seca de los vasos medio llenos. Montones más o menos estables de libros, piezas de ajedrez y raquetas de bádminton; pilas de recibos, invitaciones, convocatorias, con algunas camisetas intercaladas que se distribuyen estratégicamente por las sillas, sobre el piano o simplemente en el suelo. Por supuesto, papel higiénico no hay, y el bidet sigue atascado desde aquel día, ya lejano, en

14

que Gino metió por el desagüe una colección de lápices de colores Faber.

¿Qué hacer, pues? ¿Qué hacer para no dejarse agobiar por esa confusión estratigráfica, por ese entrañable caos doméstico? ¿Cómo escapar de la más convencional melancolía? Comiendo, quizá. Comiendo todo lo que encuentre o como algunas señoras que, en situaciones análogas, se hartan de bombones, se compran ropa o se van a la peluquería.

En todo caso, el panorama de la nevera –la nevera de una casa de hombres– es sencillamente desolador. Dos latas a medio consumir ya enmohecidas, tres ex huevos, tomates pochos, yogures caducados, un tarro de mostaza rancia y, eso sí, nueve o diez de esos Bollycaos que Gino almacena sistemáticamente. De forma maquinal, me llevo uno a la boca, quizá por aquello de que el sabor evoca fácilmente a la persona a la que echas de menos. Lo muerdo: ¡qué asco!

Debo hacerme a la idea de que esta vez tendré que volver a marcharme sin haber visto a mis hijos.

Cogeré una vez más la vara de peregrino (que hoy es el Boeing 727) y seguiré practicando lo que se ha convertido ya en una vulgaridad: ir a dar una vuelta más por el mundo. En este caso se trata de organizar un encuentro en Washington al que deben acudir el presidente del Gobierno y tres o cuatro ministros. Después a China y Japón a negociar con el MITI. Acto seguido, reunir a los presidentes Havel, Arias y Walesa para acabar en la República Dominicana y luego en Cuba. Sin embargo, ahora que ya está todo planificado, me da una pereza infinita ir... ¿Por qué lo hago entonces? ¿Por qué no lo dejo de una santa vez? ¿Por qué me lío una vez tras otra hasta que acabo yendo como una lanzadera, rebotando de un sitio a otro?

Ya se sabe que la depresión, igual que la angustia o el resentimiento, tiene una rara perspicacia para ir descubriendo más y más motivos, más y más razones de su estado. Ahora viene a susurrarme que ya ni siquiera soy capaz de describir lo que percibo en mi entorno; ese entorno estrictamente administrativo y político en el que ahora me muevo. Cierto que podría encontrar mis excusas; podría decir, por ejemplo, que la estulticia de los gobernantes y la inercia de los funcionarios que me rodean todo el día, la obsequiosidad de los diplomáticos y el servil guirigay de los diputados, todo eso resulta imposible de explicar a quienes no han tenido que vivirlo. No obstante, el mío no es sólo un fracaso literario (así continúa y engrana sus temas la depresión); es también una derrota personal, un hundimiento íntimo. El hecho de ir escribiendo a tirones, entre ponencia y comisión; la falta de tiempo para metabolizar lo que veo y para elaborar lo que apunto, todo eso no sólo echa a perder la escritura, marchita también los deseos y las aspiraciones. Y al final embota los pensamientos, que se vuelven cada vez más expeditivos, formularios y miméticos de ese mundo; de un mundo que pretendían explicar pero del que, lastimosamente, acaban sólo siendo una réplica.

He aprendido todo esto; todo esto y más. Ahora sé que en este tiempo sincopado y desbaratado por la política, que en el ritmo aturullado con el que la política oculta su vacío, no hay manera de recuperar el aliento creativo de que me hablaba mi tío Joan Teixidor: de recobrar «ese momento sagrado y difícil en que no hacemos nada y empezamos a hacer otra cosa».

* * *

Tal vez todo esto son sólo excusas, y ahora no quiero hacerme ilusiones. Seguramente mi mal no viene de fuera sino que responde a una *íntima* incompetencia. El hecho es que no acabo de encontrar la distancia intelectual y moral que la actividad política reclama. Quiero entenderlo todo, encontrar la razón de todo, o al menos su justificación. Manías de profesor universitario, sin duda. No he aprendido a contar con que las acciones y decisiones políticas suelen ser el resultado bastante aleatorio de cierto equilibrio de fuerzas y de intereses. Ahora debo hacerme a la idea de que en política se trata no tanto de convencer a la gente como de movilizarla, saber interesarla, hacerle creer que sus intereses están bien a cubierto bajo el programa que se les propone y en manos del líder que lo encabeza.

Ahora bien, esta carencia mía no sólo traduce la excusable deformación profesional de un profesor, supone también una grave incapacidad para aplicar a las cosas, a cada una de ellas, el nivel de atención, el grado de análisis que *éstas* requieren: ni más ni menos. Los intelectuales solemos carecer de ese tacto o delicadeza necesarios para describir respetuosamente las cosas, apenas acariciándolas. Nos falta ese arte que eventualmente nos permitiría coger un animalito o una fruta madura sin presionarlos más de la cuenta a riesgo de espachurrarlos. Casi siempre oprimimos demasiado, y nos encontramos en las manos únicamente el jugo, la ganga o la osamenta de aquello que sólo pretendíamos definir. No sabemos dar con el momento preciso en que deberíamos detenernos en la compre(n)sión de los fenómenos a fin de no acabar violentándolos. A esta difícil probidad intelectual se oponen nuestras bajas pasiones teóricas, siempre sedientas «de explicaciones exhaustivas», «de análisis desmitificadores», preocupados como estamos por demostrar que, al fin y al cabo, «todo se reduce a...» (y aquí podéis poner lo que queráis: todo es Economía o Psicología, todo es Resentimiento, todo Sexo o todo Geoestrategia). A la postre –pienso– la vida respeta en algunas ocasiones nuestras teorías, pero con frecuencia acaba por burlarlas todas.

* * *

Más aún que esta incapacidad para encontrar el grado de cuidado y delicadeza necesario para *entender* el mundo, más aún me sorprende la escasa preparación que solemos mostrar simplemente para *sobrevivir en él...* Me explicaré. Sé muy bien que casi todos nuestros automatismos y reflejos, desde la dilatación de la pupila hasta la descarga de adrenalina, parecen expresamente diseñados para protegernos de un peligro o de una agresión en ciernes. No obstante, a veces las cosas parecen ir precisamente al revés. Y mi depresión se encarga ahora de recordármelo para acabar de hacerme polvo.

–¡Id con cuidado, no corráis, no corráis ni llevéis a nadie de paquete! –les digo a mis hijos cuando los veo salir de estampida sin freno trasero ni retrovisor y derrapando con su Yamaha 50.

–Mira quién habla... –me contestó el otro día Albert montado ya en la moto, mientras acababa de abrocharse el anorak.

Y tenía razón. Es muy cierto que en los últimos años he chocado o me han atropellado un montón de veces, con un balance más bien negativo: la clavícula rota, siete costillas hechas pedazos, un fémur astillado y escindido en la pelvis, por el que han tenido que insertarme una barra de hierro que me ha dejado una pierna más corta que la otra... Pero no es verdad, ni por asomo, que yo vaya en moto tan a lo loco como mis hijos. Así iba, es cierto, pero cada día soy

18

más prudente, más miedoso. Y eso es precisamente lo que me escandaliza y me lleva a pensar que los seres humanos no acabamos de estar bien diseñados ni evolucionados... (Ya he dicho que de estas «ocurrencias» la depresión sabe un rato largo.)

«¿Cómo es que la persona se va volviendo más prudente con la edad, cuando *tocaría todo lo contrario?*», me digo mientras trato de arreglar la cisterna del váter, que pierde. Al fin y al cabo, si yo muero en un accidente, apenas habré perdido diez o, a lo sumo, quince o veinte años de vida. Ellos, en cambio, si se matan en moto, se pierden cincuenta, sesenta, setenta..., quién sabe. Lo propio sería, pues, que fuesen más cautos quienes, como ellos, tienen más que perder, y más alocados los que menos vida arriesgamos. Pero de eso nada: los jóvenes se juegan la piel con santa alegría, y de ese modo van directos de la discoteca al cielo olvidándose de pasar por casa. Nosotros, en cambio, guardamos como un tesoro la poca vida que nos queda... Es lo que discutía un día con Albert.

–¿O es que no ves, Albert, la paradoja de que los años te vayan volviendo cada vez más prudente, más conservador? A menudo parece ser una «mutación no adaptativa».

–¡Huy, menudos términos utilizas! ¿Y por qué es una paradoja? ¿No podrías explicarlo con palabras más llanas?

–Pues muy sencillo: porque te preocupas más de conservar la vida cuando ya has cumplido tu cometido y sólo te queda la propina, apenas la calderilla.

–Tienes razón, y seguramente a tu edad ya no vale la pena dedicarse a conservar calderilla, ¿verdad?, o a preservar ese yo caducado y en conserva que aún acarreas.

–¡Hombre, hay formas y formas! El dicho pronostica

19

que «los hombres son como los vinos: el tiempo estropea los malos y mejora los buenos».

–Pero tú no estás tan viejo, papá. No eres *lo bastante* viejo para haber adquirido un nuevo *bouquet,* mejor o peor.

–Decía Cicerón, y disculpa la cita, que para ser viejo mucho tiempo hay que empezar a hacerse viejo muy pronto.

–¡Ah! ¿Significa eso que has de querer hacerte viejo..., que has de proponértelo?

–Exactamente, y mira que no es nada fácil. De cada edad, de cada etapa de la vida, volvemos a ser aprendices, adolescentes: adolescentes de niño al principio, adolescentes de joven después, más tarde adolescentes de adulto y, por fin, adolescentes de jubilado. Y eso es lo que yo soy ahora: un adolescente de la tercera edad, un aprendiz de jubilado... Y no creas que de ese cambio se encarga la fisiología por sí sola. Es preciso habituarse a cada edad; no hay que prolongar los tics y los modos de la etapa anterior ni querer empalmar directamente con una posterior. Es una cuestión de dignidad, de sintonía entre el cuerpo y el alma. Tú mismo dices haber percibido el ridículo que hace el hombre de sesenta y cinco años con fular, el pelo teñido y el coche descapotable con señorita rubia incorporada. O, en dirección contraria, el patético compañero de clase que a los quince años ya sabe que será notario.

–Pues lo que es tú, papá, ¡no parece que hayas dedicado demasiado tiempo a lo de convertirte en un señor mayor!

–No creas, Albert. Yo, que nunca me había preocupado de vestir decentemente ni de moverme con dignidad; yo, que más bien iba de un sitio a otro deprisa y corriendo..., ahora intento llevar americana y aminorar el paso a fin de no parecer ridículamente juvenil.

–Con poco éxito, papá...

–Pero con voluntad...

No sabría decir si la conversación fue exactamente así. Es probable que sólo se parezca remotamente. Ya se sabe que la memoria de lo vivido va quedando primero velada y después envuelta por los fantasmas del tiempo. Entonces ya no sabemos si habla nuestro recuerdo o si se trata de nuestro disco (*record* en inglés); un disco más o menos rayado por las sucesivas veces que lo hemos ido reproduciendo. No obstante, de una cosa estoy seguro: en aquella conversación no me referí a la cuarta edad, a la edad de la definitiva decrepitud. ¡Aún la sentía tan lejos...! Ahora, en cambio, cuando ya empiezo a notar su respiración en la nuca, ahora sí pienso en ella. Pienso que la Naturaleza no debería permitir que llegáramos a esa edad en que debemos cargar sobre los hombros el peso de una vida muerta. De una vida, como decía Caterina Albert, «macerada y saturada de todas las evidencias»; de un rostro cuyos gestos han devenido surcos o pliegues permanentes, rígidos, que ya no dejan «pasar» la expresión facial y convierten nuestra cara en una careta; de una piel que se ha vuelto una fina película cuya única función parece ser el contener la masa de los intestinos o simplemente sostener –y resaltar– nuestra osamenta... Y todo eso por no hablar del dolor, el abandono, el miedo, la demencia o apenas esa sensación, como dice Caterina, «de que tanto da que estés como que no, y quién sabe si mejor que no».

No, no deberíamos llegar ahí, me digo. Pero de repente llaman a la puerta y me levanto de un brinco: ¿Tal vez los críos? No, es Joaquinito, el encantador vecino de siete años que viene a pedirme la pelota que ha caído en mi jardín.

Al irse, me pregunta quién es el niño de la foto pegada en la pared. «Soy yo cuando tenía tu edad, quizá dos o tres años más», contesto. Cuando el chiquillo se marcha, me quedo plantado ante la foto, boquiabierto. Uno de los productos menos tóxicos que genera la depresión sazonada de soledad, el único no absolutamente envenenado, es la remembranza. La foto me devuelve la imagen de aquella cosa que yo era a los diez o doce años y a lo que *quería ser:* a *mi Vocación*. Y aunque no me gusta utilizar esa palabra –una palabra entre orsiana y clerical–, tengo que reconocer que algo así debía de vislumbrar ya a aquella edad. Pero ¿de dónde venía esa Voz, qué rezaba esa especie de llamamiento? Para muestra un botón –el que ahora sigue.

LA VERGÜENZA Y LOS PAREADOS

Hay cosas que quieres desde muy pequeño y que incluso sabes con absoluta exactitud *por qué* las quieres. Yo, sin ir más lejos, a los doce años ya sabía adónde quería ir a parar. Estaba decidido a ser dos cosas (además de futbolista, por supuesto): quería ser médico y padre de muchos hijos. Lo más sorprendente, sin embargo, es que era ya muy consciente de los motivos a un tiempo intelectuales y morales que me llevaban a desearlo.

El motivo digamos moral era muy claro. Yo no me fiaba de mí mismo (no más que ahora, vaya), de modo que necesitaba encontrar una profesión que fuera lo bastante beneficiosa en sí misma, un trabajo donde no se requiriese *ser bueno* para poder *hacer el bien.* «Si soy camarero, político o abogado tendré que ser bueno», pensaba, «a fin de no ser malo. Siendo médico, en cambio, bastará con no ser del todo un mal bicho para que mi trabajo resulte de algún modo provechoso.» Soldar un hueso, aliviar un dolor, sanar a un niño, todas esas cosas eran un bien que podría ir haciendo *ex officio,* casi de forma maquinal, sin tener que contar con mis buenas intenciones ni exquisitos sentimientos. Lo cual no significa que por entonces me chupara el dedo, ni mucho menos. De sobra adivinaba que con la medicina se podía hacer mucho daño. Pero para hacerlo había que ser también *muy* malo, y mi pusilanimidad parecía protegerme de todo exceso, incluso de un exceso de malevolencia.

El libro de filosofía del colegio aludía a Kant y a su «imperativo categórico». Según el imperativo kantiano, para ser buena, buena de verdad, una acción no sólo ha de *estar de acuerdo* con el deber, sino que debe realizarse por *puro sentido* del deber, por estricta buena voluntad. «Pues eso es exactamente lo contrario de lo que yo busco», me dije. «Lo que yo quiero es un trabajo que, sin tener que contar con mi buena voluntad, tenga efectos razonablemente provechosos.»

El deseo de tener hijos venía a ser lo mismo, pero la razón era aún más transparente. Yo veía –o creía– que incluso la gente más cerril y bruta se mostraba pasablemente tierna con sus hijos. «He aquí», me dije, «una tarea que la buena voluntad lleva bajo el brazo. Ni siquiera hace falta ser buena persona; basta con ser padre para ser más o menos un buen padre.» (Y también aquí mi escaso valor parecía obviar el peligro de que yo llegara a ser una excepción, un *pésimo* padre.) El amor a los críos puede ser una especie de casto erotismo que no se agota, un éxtasis milagrosamente sostenido y sin rastro de anticlímax, una *post coitum laetitia* que, sin duda, también acabará mal, acabará mal como todo. Pero ¿qué otra cosa podemos esperar de este mundo?

Éstas eran las razones a un tiempo morales y sensuales de mi «hijismo». Ahora bien, ¿cuáles eran los motivos o razones intelectuales? ¿Y cómo es que venían a coincidir con mi «vocación» médica?

24

De hecho, a mí nunca me han seducido disciplinas como la astrología o la ingeniería. Quiero decir que no me atrae ni lo necesariamente críptico o misterioso ni tampoco lo exacto o preciso; aquello que tal vez no sepas aún pero que basta con que te pongas de verdad a ello para acabar averiguándolo. Me interesa, en cambio, lo que llego a entrever o controlar pero sólo hasta cierto punto... y sin dejar nunca de sentir que me enfrento a algo que *sobrepasa* mi propia comprensión o habilidad, y que no es estrictamente su producto. Igual que Atenea nace ya adulta de la cabeza de Zeus, la teología nace entera de nuestra imaginación, y la matemática de nuestra razón. Ambas constituyen su fruto, su producto, más que su objeto. Por eso no acaban de interesarme. Lo que sí me seduce, en cambio, son precisamente las cosas que están *ahí fuera,* que llego a adivinar pero jamás llego a entender del todo ni soy capaz de producir. Ni autor, pues, ni mero espectador, apenas parte integrante de lo que me pasa a flor de piel.

¿Como por ejemplo...? Por ejemplo, los procesos de mi cuerpo, que si todo va bien ni siquiera experimento: «Ser feliz», pienso, «es saber visitar serenamente los propios límites, es habitar sin reticencia la propia fragilidad; es dejarse llevar, arrastrado pero dichoso, por ese río, por mucho que sepamos demasiado bien dónde acaba.»

He aquí por qué era la Vida —esa confluencia de cuerpo y alma que los padres generan y el médico repara— lo que constituía el objeto absoluto de mi interés, el origen de mi primer hechizo. La vida como algo que podía transmitir, que incluso podía estudiar y manipular, pero que siempre sobrepasará lo que yo sepa de ella, lo que quiera o pueda hacer con ella. El ingeniero fabrica una máquina con todas sus piezas; el padre o el médico, por el contrario, se limitan a encauzar o hacer bascular un proceso que tiene *su* lógica, *su* hito, *su* ley. Por eso, y por extraño que a mí mismo me resulte, son los hijos, sólo los hijos, lo que siento como *obra mía*, y precisamente porque no son mi producto. Nada parecido siento, en cambio, respecto de mis libros o mis discursos, que se me parecen demasiado; que suponen una réplica, más que una continuación, de mí mismo; que son, en el mejor de los casos, mi caricatura. Es por mis hijos y sólo por ellos por lo que, cuando muera, mi ataúd no me será propicio. Con una sola imagen de ellos que pudiera llevarme, pienso que la caja ya me resultaría habitable.

Ahora bien, sentirse generador de hijos supone también sentirse producto de abuelos y tatarabuelos en esta cadena de montaje que acarrea la vida. Sé que mis gestos, mis amores y humores, las manos pequeñas y el cuello grueso, la erre que no sé pronunciar, las mujeres que me gustan y las que no, sé y siento que todo eso me viene de alguna manera dado y maleado por padres, abuelos y tatarabuelos, a la mayoría de los cuales no he conocido. Que no he conocido y que sin embargo transporto; que por mi boca hablan y ríen, que por mis ojos miran y lloran, que con todo mi cuerpo desean. Cosas todas ellas que pasan por mí, que literalmente me *tras-pasan,* que se producen en este *lugar* o encrucijada que soy yo. Un yo al que debo convoyar piadosamente, mientras sigo los caminos que me abrieron sus pasos; mientras sigo hablando con devoción y sin demasiada atención la lengua que nos cultivaron y que todavía hoy va tirando en boca nuestra.

Pero esta piedad hacia los antepasados se mezcla enseguida con la vergüenza e incluso con el escándalo ante «esa gente que prosigue en mi carne, oscuramente, mis humores, rigores y temores», como más adelante veremos que dice J. L. Borges.

26

«Y menudos granujas debíais de estar hechos», me digo ahora, «si todos estos afanes sórdidos y mezquinos que llevo dentro sois vosotros quienes me los habéis pasado y son, nunca mejor dicho, "marca de la casa". ¿Y cómo, sin todo ello, habríais podido acumular las tierras y chuparles el dinero a los pobres campesinos de la Garrotxa desde el siglo de las luces y las sombras? Siento que mi existencia os delata: *mes ancêtres, mes semblables, mes frêres*. ¿Y cómo no se os cae el cráneo de vergüenza? ¡Así que vosotros sois la matriz de estas envidias y resentimientos, de estos deseos perversos y secretos, secretísimos, por los que a mí sí se me cae el alma a los pies! De manera que mis abuelos eran capaces, como yo, de... Pero ¡qué cínicos y cerdos debíais de ser», acabo pensando, «si, en el fondo, yo soy de vuestra calaña.»

He dicho que toda clase de fenómenos más o menos «biológicos» me seducían, aunque he olvidado añadir que ante todo me angustiaban. Me seducía la perversa conciencia de que los sentimientos o pensamientos más sublimes penden de órganos sangrantes y palpitantes. Pero me desazonaba y me producía un asco infinito el hecho de que alguien como yo –alguien que desea, ama, piensa, llora y recuerda– estuviera hecho y amasado con «órganos», es decir, con un material absurdamente acelerado y recalentado a treinta y seis grados. Más aún: un material que no puede parar sin apestar, y que sobre esta putrefacción en suspenso, apenas aplazada, se eleven los más sublimes ideales y sentimientos. ¿No dijo ya alguien que el más sorprendente milagro de nuestra sexualidad es haber llegado a hacer compatibles el Romanticismo y el bidet? Pues eso.

Ver esos órganos en el quirófano –abiertos, funcionando, cosidos y remendados–, ver el espasmódico funcionamiento de lo que Gregorio Magno denominaba «el abominable vientre del alma», todo eso supuso para mí el mayor choque y escándalo de mi vida. Las cuatro veces que entré de ayudante en el quirófano, salí en camilla antes que el propio paciente.

Y así fue como mi proyecto de los quince años tuvo que simplificarse. No he sido médico ni padre de familia numerosa: he tenido que conformarme con la filosofía y cuatro hijos.

* * *

Eso de «hacer filosofía» tampoco fue sencillo. Con el alma en un hilo –et pour cause–, un buen día le dije a mi padre que tal vez me gustaría estudiar Filosofía. En idéntica situación, parece ser que el padre de Gaziel le contestó: «¿Filosofía, hijo mío? ¿Y cómo te ganarás el pan con la filosofía?» La respuesta de mi padre fue un tanto más sutil, pero también más abrumadora: «¡Así que quieres ser filósofo, caramba, caramba! Ya veo: a ti no te interesan las cosas vulgares, como aprender a hacer puentes, analizar qué es un virus o estudiar la formación de los glaciares. Todo eso deben de parecerte cosas de andar por casa: detalles sin importancia. Tú quieres ir al grano y estudiar directamente para Sabio, ¿no es eso? ¡Bien, vaya, quién lo iba a decir!»

Mi padre no solía ser irónico, y menos, cruel o sarcástico –sus males eran otros. Por eso su respuesta me dejó de piedra, avergonzado, ¡trágame tierra! Entendía muy bien, demasiado bien, lo que mi padre me estaba diciendo: el punto de pretensión y petulancia que tiene lo de querer ser «filósofo», estudioso nada menos que del Ser: de una Realidad absoluta y sublime que, como Dios mismo, contaba sólo con un inconveniente, el inconveniente de tener la existencia más bien poco asegurada. A un ingeniero, un

28

abogado, un dentista –lo decía hace un momento– les basta con ser pasablemente competentes para llevar una vida útil y satisfactoria. Un filósofo mediocre, por el contrario, tiene una inclinación natural a ser patético. «Mejor, pues, ser un buen aficionado a la filosofía», me dije, «que acabar en mediocre filosofante.» Y como no tenía narices ni estómago para continuar Medicina, me matriculé en Derecho (la carrera de mi padre) y también en Filosofía, pero sólo como «alumno libre», como simple aficionado.

* * *

Dicen que la verdadera reflexión filosófica empieza con el asombro y la admiración ante el mundo. Yo creo que empieza con una sacudida más vital que mental, con un desconcierto no sólo teórico sino también, y sobre todo, personal. Con frecuencia son las crisis íntimas las que nos llevan a reflexionar sobre el marco general dentro del cual se ha producido el desastre: los callejones sin salida, las aporías con las que hemos tropezado. Puede tratarse de una catástrofe total o simplemente doméstica; puede ser la muerte del padre, la experiencia directa de la miseria en el tercer mundo o sencillamente los ojos azul verdoso de una chica que se resiste a devolvernos la mirada. Pero en cualquier caso se trata de una sacudida emocional, de un choque que nos lleva a hacernos preguntas de mayor envergadura o más retorcidas de la cuenta. Al fin y al cabo, eso es lo que nos hace dar el paso decisivo que rompe la telaraña de itinerarios preestablecidos de «hojas de ruta» y de sinapsis ya programadas con las que habíamos afrontado el mundo y ordenado hasta entonces nuestro cerebro.

Pues bien, en mi caso esa sacudida ha sido siempre la *vergüenza*. «¿Cómo dices, la vergüenza? ¿No será la *culpa?*», me comenta un amigo. No, no, ¡yo no llego a tanto! No tengo una concepción trágica de la existencia; tengo tan sólo una concepción entre fatídica y vergonzante. De hecho, la vergüenza viene a ser a la culpa lo que la vanidad es al orgullo: su forma banal y venial. Venial pero no por ello menos abrumadora, como... como cuando el *hermano prefecto* me pescó fumando en el váter de los Fossos de Figueres; o cuando se supo que yo había roto tres farolas de la calle del colegio; o cuando descubrieron que un amigo más «*enterado*» y yo habíamos llamado a la farmacia para enviar preservativos a casa de un compañero de clase. Yo no sabía muy bien cómo iba eso de los preservativos, pero sí entendí que tenía que ver con aquello de lo que hablaban en voz baja los compañeros de clase mayores, ya más entrados en la segunda adolescencia. De manera que hacerme el chulo fumando, rompiendo farolas o enviando condones era una buena manera de compensar ese déficit.

Pero no es aquí donde comienza la historia de mis vergüenzas. La turbación es *siempre* la protagonista de mis recuerdos infantiles, el testimonio temprano de mi toma de conciencia como individuo. La primera y la peor, con mucho, fue la del día en que mi padre me sacó a pasear por la Diagonal bien repeinado y *con la raya al medio,* como las niñas (los niños la llevábamos a la izquierda). Qué horror aquellos ojos que yo adivinaba sobre mi cabeza mientras decían: «¡Mirad, mirad a Xavier, peinado como las niñas!» Era también lo que sentía cuando a los siete años me llevaban al colegio con braguitas de niña. «¿No ves que son más cómodas?», me decía mi madre, «y además, ¡más fáciles para hacer pis!» Pero yo tenía que hacer lo imposible para que en el vestidor nadie descubriera mi secreta lacra de piqué azul celeste con gomitas y todo. (Debo reconocer, no obstante, que a esa edad ya había empezado a sentir una secreta envidia de las niñas. Cada vez que se hablaba de cuando nos hiciéramos mayores, de la profesión, de ganarse la vida y cosas así, pensaba: «¡Pero qué suerte lo de ser niña y no tener que pensar en un oficio: con lo bonito que debe de ser pensar simplemente en casarte y tener hijos!»)

Durante el verano que siguió a esta crisis, la crisis de la raya y de las braguitas, la cosa resultó aún más peliaguda. En un paseo matinal camino de Les Fonts, en Olot, describí a la niñera la cantidad de pasteles y bombones que me había zampado en el banquete de boda de mis padres. Y tan bien lo contaba que yo mismo me lo creía y me parecía ver los pasteles borrachos, las pastas de coco, las lionesas de chocolate y la guinda confitada en lo alto del pastel. Al volver a Ventós, los mayores aún estaban en la mesa. Mi abuelo y mis padres tomaban café con los Llimona, Carles, Sans, Planas, Calsamiglia, Puigdengoles, Teixidor, Maragall y Tortella, Eudal Serra, Masramon, Montsalvatge y *tutti quanti*. Era la atmósfera libre, alegre y civilizada de lo que después conocería como «la burguesía». Era la madre luminosa y posesiva que me daba la mano y me la acariciaba por debajo del mantel y que, cuando estábamos solos, me hacía escuchar el estudio para piano número 3 de Chopin, un vals de *El caballero de la rosa* o el *J'attendrai* en versión de Bernard Hilda. (Años después supe que por aquellas mismas fechas en Auschwitz tocaban el *J'attendrai* cada vez que llevaban a la horca en carreta a los que habían intentado fugarse.)

Al arrojarme sobre las galletas que quedaban en la mesa, la chica no pudo evitar contar a los comensales «el atracón de pasteles que Xavier se había dado en la boda de sus padres». Todos se echaron a reír y yo, sin saber muy bien por qué, enseguida supe que había «patinado», que había meti-

31

do la pata. Porque era evidente que se reían *de* mí y no *conmigo*. (¡Qué terrible resulta esa edad en que vas perdiendo a golpes la ingenuidad sin haber adquirido todavía la experiencia y la malicia necesarias para compensarla!)

Ya mayor, a los diecisiete o dieciocho años, fue cuando en casa de Maragall sentí la última de estas «vergüenzas de formación» que habían empezado cuando tenía tres o cuatro. Estaban sentados en el salón Jordi y Basi, Pep Calsamiglia, Arturo Soria, Faustino Cordón y José Bergamín. Jordi hijo no paraba de poner Bach y más Bach en el tocadiscos. A mí aquella música de órgano sin solución de continuidad me deprimía, y así se lo hice saber: «Jordi, por favor, deja de poner siempre lo mismo, *lo del órgano me apesta a misa.*» Agobiado, vi que se había hecho un discreto silencio y que todos habían oído mi comentario. La vergüenza que pasé mientras todavía resonaban mis palabras jamás me la quitaré de encima. Igual que no dejaré de recordar la delicadeza con que el anfitrión, Jordi Maragall, se levantó y, cogiéndome del brazo, quiso tranquilizarme llevándome a ver un libro de Lanza del Vasto para comentarlo irónicamente conmigo, como si yo fuera un adulto. «¿Y qué opinas tú de que Lanza ahora relate en un libro aquellos *mantras* que nos recitaba en la mesa del comedor, mientras decía que eran "inefables"?»

Entonces todos se echaron a reír, incluido yo, y mi vergüenza se disipó: ya no se reían *de* mí, reían *conmigo.*

Una vez, sólo una, esa vergüenza se me mezcló con cierta euforia. Una vez que tenía olvidada por completo y que ahora mi hijo me trae a la mente al decirme en tono imperativo: «Papá, quiero el libro de Conan que me has cogido: lo quiero enseguida, ahora mismo, y no el Tom Sawyer que me obligas a leer.» Entonces, se queda mirándome, sorprendido de su propio atrevimiento, y de repente se le ilumina la cara al añadir: «¡Qué gusto, eh, lo de ser mandón como los otros niños!» Sus palabras me han devuelto el aroma de aquella primera vez que, atónito, me oí a mí mismo decir *¡no!* Debía de tener cinco o seis años y lo recuerdo como si fuera ahora. Al parecer, antes de ser gamberro fui más bien plácido y obediente, tirando a servil. Mis hermanos o mis padres me decían que no con frecuencia —«no cojas eso», «no te dejo aquello»—, pero nunca me había pasado por la cabeza que yo también podía decirlo. Hasta aquel día, ante la cómoda isabelina de mi madre, cuando le dije aquel *¡no!* a uno de mis hermanos, que me pedía el chocolate que yo había conseguido coger, de puntillas, del cajón más alto.

Ése es el único de mis recuerdos en que la vergüenza se me fundió con una especie de exaltación. ¡Yo había dicho que *no* y el mundo no se había hundido ni nada semejante! Tal vez era la iniciación a cierta madurez: la de saber que es posible —y a veces quizá necesario— ser como los demás: un agridulce sentido de la pertenencia a una estirpe. Bueno o malo, pienso que tal vez será este sentimiento, más o menos sublimado, una de las pocas cosas mías que sobrevivirán en mis hijos, ¡pobrecillos!

Hay en la infancia un momento definido y preciso en que experimentas una felicidad peculiar, una emoción que se hace tanto más intensa cuanto más ambivalente. Es el momento en que te sientes al mismo tiempo burlado y protegido, y en que esperas que todavía queden unas cuantas maravillas domésticas por desvelar. Menuda sorpresa me llevé al ver esta experiencia reproducida, esta vez literalmente, por uno de mis hijos. «Ya lo sé, papá», me dijo, «ya sé lo del Ratoncito Pérez; también sé de dónde vienen los niños y quiénes son los Reyes..., pero aún debe de quedar alguna mentira bonita, alguna sorpresa de ésas, ¿verdad?» Sus palabras me recuerdan las de Truman Capote a sus cinco o seis años: «¡Qué maravilla todas estas cosas que me trae Santa Claus! ¿Y tú qué me vas a regalar, papá?»

Él temía que se hubiera acabado lo que se daba, que no quedaran ya más sorpresas domésticas, y esperaba que todavía quedara cuerda para la ilusión. Lo esperaba hasta que esa nostalgia se fue transformando en miedo, o incluso en paranoia. Y es así como, en el catálogo de una reciente exposición de pintura, él describe esa experiencia o fantasía, de la que nunca habíamos hablado y que es idéntica a la mía: un caso de comunicación endosomática, supongo.

De pequeño —dice en su catálogo— imaginaba que el mundo no era más que una inmensa y dulce mentira con la que los mayores nos envolvían a los niños por un motivo «de interés social». Confiaba en que en algún momento de mi vida algo se me revelaría y alguien me daría las «respuestas esenciales». La retórica elocuente que desplegaban mis padres ante mis más sencillas preguntas no podía ser mera ineptitud; tenía que ser, por el contrario, un esforzado intento de mantenerme engañado. ¡Jugaba a imaginar que era un detective y que estaba a punto de descubrirlo todo! El mundo real debía de ser algo mucho más lógico y sencillo de lo que me contaban... Ahora empiezo a temer que tal vez la revelación no llegue nunca. Al menos gratis.

* * *

Tampoco había sido gratis la lección que mi padre me dio a los diecisiete años, cuando le dije que quería estudiar

34

Filosofía y él me respondió con aquel: «O sea que tú quieres estudiar directamente para Sabio, ¿no es eso?» Yo había experimentado, la vergüenza en bruto, sin red ni colchón para amortiguar el golpe. Pero ésta fue la primera vez que la vergüenza me obligaba también a reflexionar. ¿Y cómo hacerlo sino estudiando *precisamente* filosofía? De manera que me tragué todo Platón, Pascal, Scheler, Kierkegaard que caían en mis manos o que Pep Calsamiglia me aconsejaba. Pero el hecho es que esa vergüenza inicial no me permitió, ni me ha permitido ya nunca, hacerme una pregunta demasiado «filosófica» (una pregunta del tipo: qué es Dios, qué es la Belleza, qué soy Yo) sin ponerme un tanto colorado. Ese rubor es lo que me llevó a estudiar Derecho y a asistir, sólo de vez en cuando y como amateur, a las pocas clases de Filosofía y Letras que merecía la pena escuchar: Gomà, Siguán, Valverde, Blecua, Vilanova, Sacristán...

Una vez acabado Derecho (el último curso lo había liquidado en el Hospital Militar, donde me hacía el cardíaco para escaquearme de la mili), me atreví a decirles a mis padres que aún quería estudiar Filosofía, y que quería hacerlo con J. L. López-Aranguren. Creo que acerté. Aranguren fue, con mucho, quien mejor supo encauzar mi pudor filosófico, y también quien mejor me ayudó con sus «influencias» para sacarme de los calabozos de la D.G. de Seguridad, donde me habían encarcelado por estar coordinando la manifestación de mujeres en solidaridad con la huelga de Asturias. (Los detenidos éramos 18 mujeres y yo, circunstancia que los policías no desaprovecharon para decirme «maricón» de mil maneras y hacer como que querían bajarme los pantalones.) Pero para ser justo debo añadir que si, por una parte, Aranguren me seducía por su genio filosófico, por otra, me sorprendía con sus conversaciones mundanas, a menudo malignas («¿Has visto la corbata chillona que

35

llevaba Marías?»...) que mantenía con el futuro duque de Alba (por entonces cura), y que se convirtió en el último de mis escándalos iniciáticos: «¿Cómo se podía ser tan sabio y tan bocazas, tan eclesiástico y tan sarcástico, tan inteligente y tan chismoso como el cura Aguirre?»

* * *

Yo soy poco moral, más o menos como todo el mundo, pero sí soy moralista. Lo de moralista resulta antipático, ¿a que sí?, pero no puedo hacer nada al respecto. El contrapunto a la vergüenza por lo que yo hacía ha sido a menudo el escándalo por lo que hacían o decían los demás.

De esos escándalos, recuerdo un montón. El primero me lo provocó, a los diez años, un compañero de clase en los jesuitas. Era un chico aplicado, obediente, y por eso lo ponían casi siempre de vigilante: para que apuntara a los que hablábamos mientras debíamos comer en silencio. (Otro fue también la existencia de los «fámulos», los estudiantes que no podían pagarse el colegio, que incluso llevaban un uniforme diferente, y que nos servían en la mesa a los ricos.) Después de comer había el recreo más largo del día, y yo me moría de ganas de jugar al fútbol ese buen rato. Era mi *top* ilusión desde la mañana al despertar. Sólo el partido iluminaba la sórdida perspectiva de un día de escuela.

Pero yo hablaba mucho y el compañero encargado de vigilar «me apuntaba» casi cada día, de manera que, mientras los demás jugaban el partido de fútbol, a mí me castigaban a ir dando vueltas al campo en la fila de los reos, que siempre éramos los mismos. La situación me desesperaba, por supuesto, pero me di cuenta de que, más aún que el castigo, me jorobaba que fuera precisamente un compañero el encargado de hacer de sicario a los curas.

Y el moralista que llevo dentro un buen día decidió hacérselo ver. Apenas me hube sentado en el comedor, empecé a hablar muy alto, sin ocultarme, y, mirando a los ojos al sicario, le dije: «Mira, Jordi, ya ves que estoy hablando, o sea que apúntame para que no pueda jugar.» Pensaba que eso lo pondría en evidencia ante sí mismo, que se avergonzaría del papel que estaba haciendo y que aquella vez, al menos, no me apuntaría.

Pensé que al hablar alto y sin disimulo minaba el sentido mismo de su tarea, que consistía precisamente en pescarnos hablando. Pero fue en vano: me apuntó inmediatamente y tampoco aquel día pude jugar. Descubrí entonces que el fracaso de mi reto moral me dolía aún más que el castigo: que al fin y al cabo yo era más moralista aún que futbolista.

* * *

Mi patología moral parece bastante clara, ¿no? ¿Pero qué tienen que ver esas vergüenzas y escándalos con lo de mi vocación galvanizada en torno a tres polos: los hijos, la vida orgánica y la filosofía? Pues yo creo que tienen, cuando menos, un «inconveniente» común. *Hijos, Vida y Pensamiento,* como ya he dicho, tienen el inconveniente de contar con su lógica y sus objetivos propios, independientes, a menudo incluso contrapuestos a los nuestros: a los sentimientos de quienes simplemente nos reproducimos, vivimos o reflexionamos más o menos a bote pronto. *Hijos, Vida y Pensamiento* tienen *su propia* ley, una ley que nosotros, sus oficiantes, hemos de limitarnos a seguir, sin querer imponernos a ella. He aquí el discreto y sublime encanto de habérselas con un Niño, con una Bacteria, con una Teoría. Ahora bien, esta delicia casi nunca se alcanza sin pena ni angustia. Es lo que acabo de comprobar hace un rato al volver a casa y no en-

ir a mis hijos, a esos dos muchachos ya crecidos que
la suya, que no vuelven a su hora, ni avisan, ni llaman,
da.

—Pero ¿no acabas de decir que eso constituye también
su encanto, el encanto de las cosas que amas pero no con-
trolas?
—Un encanto agridulce, ciertamente.
—Pues no te calientes más la cabeza, a lo hecho, pecho.
Y vete a la cama, que mañana tienes que levantarte temprano. Piensa que la felicidad es poco más que buena salud y
mala memoria; o como decía aquel filósofo, «la felicidad es
salirse de uno mismo... y quedarse fuera». En este momento, quedarse fuera significa para ti quedarse dormido; o sea
que quizá en vez de medio Rohipnol tómate uno entero.

Éste es el final del breve diálogo interior escrito en 1985,
cuando mis dos hijos mayores no volvían de esquiar, un
diálogo que se parece terriblemente al de hoy, cuando reúno
estas notas y tengo dos hijos pequeños más en Galicia que
tampoco vuelven «ni se les espera», y que aún no saben
manejar el teléfono.

* * *

Pensar es una cuestión meramente física, y hoy ya dis-
ponemos de los primeros mapas topográficos del cerebro.
Llorar, temblar, empalmarse, incluso amar son igualmente
cuestión de enzimas, de endorfinas, oxitocinas y otras quí-
micas. Pero también nuestros instintos o reflejos a flor de
piel —ruborizarse, tener la carne de gallina o los pelos de
punta— no son sino mecanismos adaptativos consolidados
a lo largo de millones de años y que con frecuencia han

38

devenido ya respuestas tan inútiles como automáticas. Ahora bien, al tener hijos provistos de este tipo de reacciones (que ríen, lloran, tiemblan...), todo eso cambia de repente: deja de ser una cuestión meramente física y se convierte en una experiencia metafísica. («¿Metafísica? ¡Pero qué dices, hombre!» Perdón, pero no encuentro un término más discretito para referirme a ello.)

Ya desde un principio, sin ir más lejos, ya en la misma cópula, nos sentimos participar directamente en esa realidad metafísica de la que somos parte alícuota; de la que no somos tanto autores como marionetas. Ahora ya no se trata de que disfrutemos o juguemos, sino de que nos sentimos nosotros el juguete, y ahí está su gracia.

¡Resulta tan extraño eso de formar junto a otra persona «una sola bestia de dos espaldas» con un pito erecto que las empalma! Cuando te transformas en esa «quimera de musculaturas antagónicas» (Valéry), ya no sabes si eres objeto o sujeto de lo que sientes y de lo que te pasa, si das o tomas, si haces o te hacen. Se trata de una peripecia que nos libera de nuestro fuego transformándolo en chispas, en espasmos, en esperma; en esa especie de humor glauco que por unos momentos rinde la médula misma de nuestro cuerpo. Al estar enamoradas, esas dos personas que forman la bestia pueden tener la experiencia física y psicológica más hermosa del mundo. Buena, excelsa y todo lo que queráis, pero que aún no es propiamente metafísica... Este argumento os parece un tanto embrollado, ¿a que sí? A mí también. Trataré, pues, de explicarme.

Pienso, amo, me gusta aquello que tengo *allí*, en mi horizonte. Lo que me conmueve, en cambio, es algo que siento *aquí*, a flor de piel. Pero hete aquí que eventualmente mis hormonas y neuronas se hacen un revoltijo con las de otra persona y precipitan en un hijo que tiene incluso pestañas, al que le gusta la papilla de melocotón –y no de plátano– y que reproduce exactamente la peca o la mancha en la nuca que tiene el abuelo. Y es entonces cuando los *aquí* y *allí* comienzan a enredarse y nos sentimos participantes –ya no meros observadores– de la *natura naturans,* del proceso todavía misterioso por el que las cosas se hacen y se deshacen. Es el puro egoísmo *à deux* de la cópula transfigurado en niño, en vida autónoma, en materia ajena y enajenada que a través de nosotros produce un nuevo artefacto. Y eso resulta más exquisito y más misterioso aún que lo de formar una bestia de dos espaldas trabadas con un clavo. Es la alquimia por la que participamos, sin saber cómo, en un proceso milagroso donde la química se sublima en metafísica. Copular resulta así la experiencia ontológica más al alcance de nuestra especie y que nos convierte, como quería Heidegger, en auténticos «pastores del Ser». El amor o el placer pueden ser magníficos pero al fin y al cabo son poco más que el señuelo que la Naturaleza nos pone para que cumplamos nuestro deber de reproducirnos *à mort,* hasta devolverle el cadáver que aún le debemos. No resulta, pues, sorprendente la envidia masculina de la doble y dilatada experiencia que en este capítulo tienen las mujeres: ¡pobre de él, para quien tantas veces hacer el amor supone simplemente eyacular! Es quizá por eso por lo que el hombre va siempre tan atento y al acecho con lo del sexo: para suplir, al menos en cantidad, lo que en versatilidad jamás tendrá. No le faltaba razón a Hera al cegar a Tiresias cuando éste osó revelar a Zeus el gran secreto: «Las mujeres gozan más que los hombres *también* en la cópula.» Su veredicto fue terminante, según refiere Apolodoro: «Si el placer genésico tiene diez partes, nueve corresponden a la mujer y una sola queda para el hombre.» ¡Sólo faltaba eso!: ¡sólo faltaba que el secreto se divulgara! Mirad, si no, lo que pasa en muchos lugares, donde al parecer el secreto corrió y donde desde entonces no cejan de obstruir, taponar, cortar, coser y recoser los clítoris o las vaginas, que podrían gozar más de la cuenta.

* * *

Vuelvo a estar aquí, justo en el mismo lugar donde escribía estas líneas hace veinte, treinta, quién sabe cuántos años, y la casa sigue sola y abandonada, ahora sin los hijos mayores ni los pequeños. La mesa, eso sí, sigue trufada de platos sucios, ceniceros rebosantes, vasos medio llenos y un zapato. El otoño está bien avanzado y oscurece pronto. La televisión funciona pero ahora dan un partido de baloncesto que puedo seguir sin voz. Llueve como entonces, más que entonces. Ya no se oyen ni los pájaros ni los camiones. El motor de la nevera, en cambio, sigue zumbando y chirriando. El vecino de arriba aún se deja oír. Las campanas de Sarrià acaban de dar las diez y cuarto. Durante este tiempo, mis hijos mayores se han hecho mayores de verdad, y a los pequeños se los han llevado. Con todo, este verano he podido estar un mes y medio con ellos, que ha sido como estar en el cielo. A finales de agosto jugamos a hacer pareados y les compuse algunos. *«Sóc més feliç que una bruixa / sota la pluja.»* *«Em sento capaç de tot / mentre us tinc ben bé a prop.»* También jugamos a cambiar el género o la función de las cosas: «Las niñas son... guapos», «El niño llora porque está... contenta», «El orinal... es para hacer batidos de fresa». Y hemos hecho nuevos pareados, pero esta vez en series temáticas:

Lluna plena d'agost, / fins al sol li pot.
Lluna plena de tardor, / la que em fa més por.
Lluna plena de Nadal, / ni el sol li cal.
Lluna plena de primavera, / ben bé la meva.

41

Tanto ejercicio poético sin duda debe de haberles influido, ya que, para bautizar a una gatita que han encontrado, los pequeños deciden por consenso que se llame Señorita Calzoncillos: un nombre ciertamente más poético que los anteriores pareados (y que sin duda anticipaba la denominación *underwear pants* que se aplicó años después a la prenda utilizada en el atentado al vuelo Ámsterdam-Detroit).

En todo caso, ellos prefieren la serie menos lírica del «*Tinc cinc fills tísics i prims, / amics íntims i vint-i-cinc*» o la de «*agafa el lloro, el moro i el mico, / en fa un farcell, i a* Puertu Ricu». Pero yo no me rindo.

> *Tinc dos fills petits, petits*
> *i com l'ase de Burilan*
> *miro l'un, em miro l'altre*
> *i no sé amb quin parar.*
> *Que no sé amb quin parar*
> *quan me'ls miro i me'ls remiro*
> *sense poder-me aturar.*

–Anda, papá, no te nos pongas poético –dice el niño–, que la nena se burlará como hizo con aquel que decía: «Tengo dos hijos como dos amantes, etc.» –Y yo me quedo maravillado: ¿cómo es que a los cinco años ya sabe decir «poético» en tono burlón y para tomarme el pelo?

Con todo, este *pareadismo* me trae a la memoria el primer poema (llamémosle así) que me atreví a presentar para la *Antologia Poètica Universitària* y que Isidre Molas, seguramente con buen criterio, optó por no incluir. Pero ahora que Isidre ya no lo impide, ahora que mi hijo se lo toma a guasa, ahora que ya he reconocido que la vergüenza es mi primer motor inmóvil, he aquí aquellos «versos» donde por primera vez me confesaba:

> *Estic cansat, cansat de mi mateix,*
> *tot sóc passions, neguits i malentesos,*
> *i tot just fa disset anys que em porto.*
> *El meu cap m'enviava cada dia*
> *missatges per amagar sa sordidesa*
> *... però un dia dormia, etc., etc.*

Dos días antes de acabar las vacaciones en Empúries jugábamos con un videojuego llamado Little Havana en que dos grupos luchan y se destrozan con cuchillos, ametralladoras, bazucas y láseres. «¿De manera que sólo se trata de matar a hombres del otro bando?», les pregunto. «No, no, pueden ser también mujeres», precisa mi hija. Apago el juego y trato de distraerlos con la *Sexta* de Beethoven hasta que acaban bailándola al compás (como hacía Guillem Maragall después del segundo whisky con el vaso en la cabeza). Así parecen serenarse hasta que llegan sus primos para ir a montar a caballo. Al volver me cuentan que al niño le ha tocado un caballo muy retozón que daba coces y que ha estado a punto de tirarlo al suelo. «Lo que pasa», me dice él, «es que ese caballo necesita un poco de música clásica. Podríamos probar ahora con la misma *Pastoral,* o quizá con Mozart, pero mañana nos vamos y ya no hay tiempo. ¡Qué rabia!»

Gracias a Dios, las frustraciones de los seis o siete años se pasan pronto. El lunes siguiente mis hijos estarán ya en otro sitio, en otra atmósfera, y ya se sabe que los niños son muy hegelianos; para ellos, «todo lo real es racional», o al menos así lo quieren. ¡Y que les dure!

EL APÓCRIFO Y EL DESCONCIERTO

Y es hablando de la vergüenza, siempre de la vergüenza, como empieza también la carta apócrifa que me había enviado mi hijo Albert con trozos añadidos de su hermano, que yo llego a distinguir por la caligrafía. Una carta, además, trufada de palabras que yo hubiera querido escribir a mi padre pero que, cobarde como siempre, nunca habría tenido las agallas de mandarle. Un apócrifo, pues, compuesto con la confluencia de tres generaciones y escrito al día siguiente de llegar a esa casa solitaria y destartalada.

Parece ser que a ti, papá, te trastornaron una serie de vergüenzas, a menudo relacionadas con tu padre. Y ahora, como sueles, comienzas a generalizar tu experiencia. Pero ése no es mi caso, lo siento. Las vergüenzas ante ti (tus ironías, pongamos por caso, sobre un libro o una película que a mí me parecían muy buenos) más bien me dejaban seco, patitieso. Era el *desconcierto,* no la vergüenza, lo que a mí me estimulaba, me hacía crecer y me llevaba a buscar un criterio propio sobre las cosas. ¿De qué desconcierto hablo? Pues, por ejemplo, de cuando tú y mamá os referíais a una misma cosa y ella decía: «Pero qué rara es», y tú decías: «Pero qué bonita es.» O cuando ella decía de alguien: «¡Hay que ver qué estirado!», y tú, en cambio: «Hay que ver qué bien educado»; tú: «Qué ojos tan penetrantes», y ella: «Qué mirada tan dura»... Era evidente que hablabais *de* lo mismo, pero rara vez decíais lo mismo. No te puedes imaginar cómo me esforzaba al principio por averiguar quién tenía razón. Pero no tardé en darme cuenta de que aquello reflejaba un problema más general, más ontológico (como dirías tú) que psicológico. Y así fui descubriendo algo tan elemental como decisivo: que una cosa son las palabras y otra las cosas.

Ahora bien, lo que más me desconcertaba era tu reiterada defensa de actitudes como la candidez o la veracidad... y a menudo en nombre del pragmatismo. Era demasiada paradoja para un niño de nueve o diez años, ¿te das cuenta? Al principio entendí que venías a argumentar lo de que «vale la pena decir la verdad para no tener que estar siempre recordando las mentiras que se han dicho». Y a esas alturas de mi vida yo había experimentado ya cuán turbador podía ser lo de relatar un cuento chino y tener que recordar luego los detalles. Más tarde vi que no, que no era eso, que tu consejo no iba por ahí. Tampoco sé si lo he interpretado bien, pero sí sé de qué me ha servido. Recordé entonces lo que también me habías dicho, medio en broma, en la época en que la policía venía a casa para detenerte y tú huiste a Francia: «Para algunos, hacer ahora *oposición* clandestina supone quizá hacer *oposiciones* a un cargo para cuando el franquismo llegue a su fin.» Estábamos ya a finales de los años setenta... «¿Oposiciones a qué?», te pregunté. Y me respondiste con una cita: «Pues oposiciones al poder, supongo; pero no olvides nunca, si alguna vez te tienta la política, aquella sentencia de Plutarco: "El poderoso es el peor tipo de animal salvaje; y el adulador, del doméstico."»

45

Se ha hecho tarde. Oscurece y ya me cuesta leer la letra diminuta y enmarañada de la carta apócrifa. Vuelven a caer cuatro gotas. Un trueno sobre el Prat anuncia que la cosa va en serio. El viento arrecia, las gotas se arremolinan y empiezan a azotar los cristales. Una gotaza cae sobre el papel que tengo delante y me apresuro a entrar en casa. Aparto los restos de la mesa del comedor y trato de releer la carta. Pero aquí dentro está todavía más oscuro y enrosco la bombilla que cuelga de un cable, desnuda, sobre la mesa, mientras pienso si será verdad, como dice Salvador Pániker, que «la memoria puede volverse fértil si entra en el territorio de la morosidad». De momento es con Verlaine con quien siento que «*il pleut dans mon cœur comme il pleut sur la ville*». Pero la carta hace caso omiso de mis estados de ánimo y prosigue:

¿Así que en tu opinión no había una «tercera vía» entre la del político adulador y la del salvaje? ¿Para qué te habías metido tú pues, para hacer tus «oposiciones»? Ya sé, ya sé que prefieres dejarlo así, que te gustan más las preguntas que las respuestas, más el desconcierto y la perplejidad que una presunta claridad hecha de encargo. Pero he aquí por qué, gracias tal vez a ti mismo, tus hijos no hemos seguido tus pasos. Cierto que ya no pretendes buscarnos una «profesión ideal» y menos meternos en un partido que lleve el bien o la verdad incorporados; un partido donde bastara con apuntarse para estar *con* la Justicia, la Historia, la Patria, la Moral, todo a la vez y bien mezcladito. ¡Con lo que cuesta hoy estar simplemente con uno mismo! Hace poco leía que «el camino que lleva desde el mundo exterior hasta nosotros mismos es largo y sinuoso, está lleno de pasos en direcciones contradictorias que sólo acabaremos de entender con el tiempo». Ojalá con el tiempo...

Tomo aliento. Tengo miedo de que ahora llegue la granizada. No la meteorológica, no, más bien la personal. Pero de momento parece que despeja y la carta adquiere un tono más bien perdonavidas.

También en otro sentido las cosas en casa han ido al revés –continúa– y ahora quizá para mejor. Muchos padres dicen que les gustan los niños sobre todo cuando ya son lo bastante mayores para poder dialogar con ellos, cuando ya son «personitas». Tú, en cambio, parecías sentirte mejor en la caricia que en la interlocución. No es que no quisieras hablar y dialogar con nosotros, al contrario. Pero era evidente que más que hablar te gustaba hacernos correr, vernos jugar, pelear con nosotros, hacernos reír de un modo u otro. Todo servía para ese fin: peinarnos indefinidamente, rascarnos con fruición o amontonarnos los tres en la cama para hacer peleas.

Pasados unos años, cuando yo tenía doce o trece, recuerdo que lo formulaste con ironía pero sin ambages: «Seguramente lo de la mujer objeto es una aberración, pero lo del niño objeto ha sido para mí, mientras os habéis dejado, una pura maravilla.» Aunque tiernas, esas palabras eran también ambivalentes, y me recuerdan la carta tan cruel que dirigió Scott Fitzgerald a su hija de quince años. ¿Que no la recuerdas? Pues te leeré un párrafo por si acaso:

«Has llegado a una edad», escribe Scottie a su hija, «en la que puedes ser de interés para un adulto en la medida en que parezcas tener un futuro. La mente de un niño pequeño es fascinante, ya que mira las cosas de siempre con ojos nuevos, y te enseña. Pero hacia los doce años la cosa cambia. La adolescente

47

que tú eres no ofrece nada que un adulto no haría mejor...»

Por eso mismo –insiste ahora la carta–, esa relación con el adolescente tiene que transformarse. Y tú no estabas tan seguro de haber sabido cambiar de marcha y ponerte a nuestro ritmo. Seguramente por eso te volcaste después casi de forma maníaca en tus hijos menores. Hasta los ocho o diez años aún dominas el asunto, pero a partir de los trece o catorce ya no basta con querer a los hijos para saber manejarlos. Y entonces... entonces ya sólo sabes dejarte mangonear por ellos. La cosa, con todo, tiene todavía más vueltas. Años más tarde, cuando yo debía de tener unos veinte, entre risas nos acusaste «de haber tenido la mala educación de permitirnos crecer y de convertirnos en unos mozos voluminosos e inmanejables». Y justo a continuación, cambiando de tono, ya más serio, nos confesaste que con tantas caricias y arrumacos habías tenido miedo de fomentar nuestra eventual homosexualidad... o incluso nuestra tiranía. Me dejaste de piedra; me parecía una «idea de torero» que no entraba, de ninguna manera, en el repertorio de tus manías... En un primer momento recordé un día en que habías puesto *La sonata a Kreutzer* de Beethoven y nos leíste un fragmento de Tolstói: «Provocar una energía de manera inconveniente, fuera de lugar y de tiempo; provocar sensaciones que no encuentran ningún tipo de salida espontánea; todo eso no puede dejar de tener efectos perversos.»

La lluvia ha cesado. No se mueve ni una hoja. La carta está medio mojada y me cuesta ya descifrarla.

LA FRATRÍA PURITANA

Volvamos donde estábamos al principio, hace ya un buen rato. Volvamos a mi llegada a casa, donde espero encontrar a mis hijos, pero ellos ya se han ido a esquiar. Se trata de una casa de hombres, dos de ellos adolescentes: una auténtica *fratría*. ¿No cabía esperar, pues, que naciera entre nosotros cierta complicidad masculina, algo de esa picardía y camaradería estilo colegio mayor? Pues no, ni una pizca, ni por asomo. Quizá en la carta apócrifa que ahora leíamos se acabe de explicar el porqué.

Es cierto, papá, que en casa podíamos desde cultivar marihuana ornamental hasta traer chicas y tener plena intimidad, siempre que no fuera de obligado espectáculo para los demás. Se podía hablar de todo, por supuesto, pero no contar intimidades eróticas o efusiones sentimentales demasiado explícitas. Esas cosas daban vergüenza. Como en la más puritana de las familias, en aquella *fratría* las cosas tenían que ser tácitas, y más cuanto más fuertes (la novia de Albert podría atestiguar cómo tenía que saltar por la ventana bien pronto, a las siete de la mañana, y llamar a la puerta como si acabara de llegar). «Los senti-

49

mientos ya se manifiestan por sí solos, y rezuman, no es preciso hablar ni hacer demasiado hincapié en ellos», te había oído decir más de una vez. «La familia es lo que nos une, pero también lo que nos trasciende, por eso hay que guardar ciertas formas, cierta reserva y circunspección, como en una ceremonia o un ritual.» Y quien dice sentimientos, dice deseos o pasiones. *«L'amour, madame, je n'en parle pas, je le fais»*, sentenciaba aquel embajador español en París. Pues en casa, igual: nada de hablar de polvos y pajas; tampoco nada demasiado entrañable debía ser tema de conversación, y menos espectáculo. Seguro que por lo mismo no querías que viésemos *Heidi* en la tele. Todavía recuerdo tus palabras el día en que me pescaste y una lágrima rodaba por mi mejilla: «Basta», dijiste, apagando la tele, «eso es un atentado directo a las glándulas lagrimales de los niños.»

El instinto sexual –solías decirnos– aparece en la adolescencia como una fuerza que te domina y que te obliga. Un nuevo poder y un nuevo demonio que planea sobre ti precisamente en el momento en que te estás liberando del poder anterior, del demonio familiar. Y el negocio no parece demasiado bueno. Eliminas al Padre, es cierto, pero ahora tienes que obedecer al Pito: una fuerza incontenible que viene a suplir a otra. La situación resulta dramática, paradójica, y a menudo desagradable; es la de un cierto *dégoût* hacia el sexo que no proviene –como suele decirse– de una represión externa, sino de un rechazo personal, íntimo. Esa especie de pudor –añadías–, ese temprano rechazo del sexo, es la cosa más normal, lógica y natural del mundo. Se trata del desconcierto y la culpa que se siente al ir dejando de ser niño; el dolor y el duelo de quien cambia de piel. Para ti, toda intervención externa en esa piadosa metamorfosis adolescente era siempre una forma de *intrusismo*. Ya sea el intrusismo del cura que con sus lascivas preguntas nos recuerda qué es eso de los pensamientos o tocamientos impuros, ya sea el intrusismo del moderno educador que se entromete en esa experiencia personal al querer anticipar «lo que sentiremos», ya sea, en fin, el intrusismo del padre tradicional que quiere «estrenar» a su hijo y lo acompaña a examinarse a una casa de citas para que se gradúe en la heterosexualidad más tradicional y ortodoxa... Pero ahí no acaba todo. Justo ahora que te estás liberando de la opresión de la familia, sea en la versión tradicional o en la progresista, justo ahora te encuentras enganchado a otra familia: la de la pandilla, el grupo, las chicas, la peña, la patulea...

«Vergüenza», «culpa», «pudor», «asco». Estas palabras salían de tu boca con extraña fuerza, unas veces con virulencia tolstoiana y otras, las menos, con una pizca de ironía chestertoniana. De hecho, parecías *escandalizado* por el sexo; más aún que por la violencia, la guerra o el propio «progreso» convertido en mercancía política. Es lo que me atreví a decirte, no sé si te acordarás. Yo sí que lo recuerdo porque tu nerviosismo aumentó todavía un punto. Ya lo creo que me escandaliza –viniste a decir–. Es normal que un crío de ocho años se escandalice al saber que los niños se hacen con lo mismo con que se hace el pis, sólo que orientado hacia arriba para rendir cuentas justo al lado del orificio urinario del otro sexo. ¿O te parece casual que los griegos hicieran nacer a Atenea de la cabeza de Zeus y que la diosa hindú Kunti saliera por el orificio auditivo de su madre? Pues más vergüenza todavía hemos de sentir –añadías– cuando a los quince años tomamos conciencia de que esa emoción *única* y sublime que nos produce la vecinita de las trenzas rubias –*the girl next door*– es también la que nos hace empalmarnos al

51

vislumbrar un pecho, una pierna, un muslo –*cualquier* pecho, *cualquier* pierna, *cualquier* muslo–, siempre que goce de unas proporciones, digamos, idóneas. ¿En qué quedamos, pues? –te preguntas–, ¿la deseaba a *Ella* o deseo *A quien corresponda* con tal que tenga unos ojos o un culo mínimamente bien puestos? Entonces compruebas que *ambas cosas son verdad.* Y es entonces cuando se te cae la cara de vergüenza, al comprobar que un impulso tan y tan individualizado en el corazón se nos hace tan y tan ecuménico en la entrepierna.

–Pero ¿de dónde viene –te interrumpió Gino–, de dónde sale esa confusión, vergüenza, turbación o como quieras llamarlo? –Al levantar la voz, nos había oído desde el jardín y entraba con la gatita que una vez más reclamaban los vecinos.

–Es que hemos descubierto –replicaste tú– que somos una confluencia de individuo y de especie, de corazón y de genitales, y que todo ello forma un embrollo muy poco presentable.

–Pero ¿impresentable ante quién?, ¿ante los demás?, ¿ante las chicas?...

–No, ante nosotros mismos.

–Vaya lío –insistía Gino, que no se daba por satisfecho–. Antes decías que hay que saber hacerse viejo deliberadamente; ahora dices que hay que tener «mala conciencia», y recuerdo haberte oído defender también que es preciso ser autoritario. –Y eso lo dices tú, papá, que ni de viejo, ni de puritano, ni de autoritario has sabido nunca ejercer. En eso, tal vez sólo en eso, creo que has acertado: has conseguido que te tomáramos la medida y nos liberásemos de los presuntos papeles que representabas. Déjame, pues, acabar con un poco de paternalismo a la inversa, eso que tú llamas *hijismo.*

Ahora que ya eres mayor, relájate, cuídate un poco, no te rompas más piernas con la moto, e intenta educar a nuestros hermanos menores con tanta gracia como a nosotros, pero eso sí, con algo más de eficacia.

LAS PESADILLAS

> Despiertos tenemos un mundo común
> pero soñando cada uno tiene el suyo propio.
> [...] De ahí que si empezásemos a soñar la noche
> siguiente lo que dejamos la anterior, quién sabe
> si no nos parecería que vivimos en dos mundos
> distintos.
>
> KANT

Si una nevera maloliente y unos pareados de encargo me habían retrotraído, *backwards,* hasta la adolescencia, es ahora una pesadilla la que me dibuja un escenario prospectivo que no quisiera ver como un profético vaticinio.

Hasta donde recuerdo, la pesadilla va de una esposa rusa que tuve, alta y un poco jorobada, joven y que *va* de joven. De joven y de tierna, y de cándida y de todo eso a la vez. Cuando hablas con ella por teléfono, por ejemplo, sólo con oír su tono de voz ya sabes si está sola o acompañada, si te habla a ti o si habla de cara a la galería. Unas veces se muestra expeditiva y a menudo violenta: «¿Qué quieres? Ya te he dicho que hables con mi representante, que tengo prisa»; otras suelta un «Hola, qué ilusión, sí, sí, ahora mismo mi hermana y yo hablábamos de ti, ¿sabes?». Y lo que tú sabes es que hace teatro: que no te habla tanto a ti como al amigo, la amiga o el pariente que tiene delante. También sus ataques de ira o de histeria empiezan a resultar previsibles: aparentemente son incontrolables pero no tardo en darme cuenta de que están cuidadosamente pensados y representados. ¿Podría decirse que es «taimada»? Taimada es un adjetivo que ella suele utilizar y del que no se me ocurre ningún si-

54

nónimo en mi lengua –o en ruso– para traducirlo. Para herirte o humillarte, una persona «taimada» nunca te atacará. Más bien intentará hacerte un cumplido a la baja. No dirá que eres razonable, o tierno, o buen padre, no. Dirá, por ejemplo, que eres un notable macho, un copulador de primera, como si dijera que eres un artista en hacer huevos fritos o en limarle los callos. «¿Qué queréis, un filósofo manitas con auténticas manitas?», dice en el sueño. «Pues aquí tenéis a uno: Xavier.»

Hay que tener en cuenta que a las personas más «taimadas», a las más astutas de lo debido, les ocurre a menudo que son tan y tan listas que *sólo saben ver lo que tienen a la espalda*. Hermenéuticas natas, no escuchan, sino que «interpretan» las palabras: «Lo que debe de significar el hecho de que ahora digas esto o lo otro; y que seguramente lo dices para-que-no-parezca-que-sabes-que-yo-sé-que-piensas-que-sospecho-que-quieres-que-yo-diga-que-intentas...» Con todo, cuando les hablas no dan señal alguna que te vaya orientando sobre lo que piensan de lo que dices; ninguna señal, ni de aprobación, ni de duda, ni de rechazo... Como hace un rato, al principio de la pesadilla, cuando yo le estoy diciendo a Natasha: «La criada llora, ¿la oyes? Esta mañana también me ha parecido oírla.» Es entonces cuando mi taimada eslava pone cara de póquer.

La criada es una dominicana de diecinueve años que ha dejado en su país a una criatura de dos meses a cargo de una abuela, y que llegó hace cinco días a Barcelona. Este mediodía, Natasha la ha regañado porque servía la sopa fría, y por la tarde he oído cómo la reñía por no sé qué de la plancha. Mi sueño se vuelve borroso hasta el momento en que le digo –que me atrevo a decirle– que quizá habría que tratarla mejor.

–Piensa que acaba de llegar de su país, que todavía no sabe muy bien dónde está, que es muy jovencita, casi una niña, ¿y no has visto cómo le caían las lágrimas al servirnos?
–Tú no le hagas tanto caso y déjame a mí. Mi madre es chacha como ella, y entre nosotras nos entendemos; ¡no necesitamos la piedad y la benevolencia burguesa que tú rezumas!

Siento que me pongo colorado (no sabía que te pudieras ruborizar en sueños). Colorado de vergüenza, de rabia quizá, pero ciertamente también de admiración. Me admira, en efecto, ese «orgullo de casta», esa solidaridad y al mismo tiempo crueldad de clase, ese resentimiento elegante con el que ha venido a decirme: «Esto es cosa nuestra, terceros fuera, sentimentales de casa bien a la calle; para "feo, católico y sentimental" os basta con el marqués de Bradomín.» Me admira su temple, sí. Me admira esa dureza que en ella se sublima hasta convertirse en una especie de «ideología orgánica» de clase. Pero esa admiración aumenta al tiempo que se va al traste la estimación. Y la verdad, yo nunca había experimentado qué era eso de «desestimar» (sólo en el lenguaje de los recursos administrativos o judiciales había leído la palabra «desestimado»).

Con anterioridad me había enamorado dos o tres veces, cierto, pero nunca me había desenamorado. Sabía lo que cuentan de la «progresiva erosión del amor por la rutina». Lo que no sabía, lo que no había llegado a imaginar, ni siquiera a soñar, es que el amor pudiera irse al garete de golpe –«catastrofarse», que diría Carlos Barral–; como un puñetazo que anestesia el amor y que en su lugar nos deja un vacío, y a no tardar un cardenal. No sé si es por la pesadilla o por el pis que se me escapa, pero lo cierto es que me desvelo de repente y, al volver del lavabo y adormecerme otra vez, el sueño parece continuar. Ahora el escenario ha cambiado, no obstante. Recuerdo vagamente unas escaleras, el ladrido insistente de un perro, una puerta entreabierta, toda ella pintada de purpurina, y el alboroto de los canarios que trinan. Hay que decir que Natasha tiene aficiones y gustos muy pintorescos (toca el piano con seis o siete canarios enjaulados que le hacen de coro; es muy, muy alta, pero nunca se quita los tacones de aguja; se alimenta casi exclusivamente de sopa de calabaza, tortilla de patatas y cubatas de ron Pujol). Yo llego con los niños a casa, abrimos la puerta y, en el sueño, la pequeña corre a los brazos de su madre, sentada al piano: «Mamá, hola, mamá, ¿sabes?, papá dice que no venimos de Navirks, no, que hemos de decir que venimos del parque.» En efecto, ir a Navirks a ver a mi familia se ha convertido en una «actividad clandestina» para mí y para los críos. «No volveré más», me digo y le digo a Natasha, pero su cara se ha trasmutado. El sueño se acelera, *forwards,* y ahora aparece una criada anterior, Guadalupe, que llevaba en casa dos años y finalmente se despide: «Es que yo no he estudiado como usted, señora, y trabajo desde los doce años, es cierto; pero tampoco es para que me trate así y me hable como si viniera de la basura, que yo también tengo familia.»

En este caso, mi sueño no registra ninguna solidaridad de clase por parte de Natasha. Y ya no me atrevo a defender a Guadalupe con los argumentos burgueses y sentimentales de siempre. A partir de ese momento callo y callo. Callo mientras Natasha irá desgranando sus variaciones acerca de la malignidad y la hipocresía de mis hijos mayores, nietos, amigos y *tutti quanti:* la brutalidad de mi padre, la hipocresía de mi madre, la perversidad de mi hijo mayor y del oasis catalán que cobija a todos ellos. Y, al final, no sé muy bien qué es lo que acaba por despertarme: si un camión que descarga vigas en la casa de al lado o la vocecita de la niña, que en medio del estrépito oigo que pregunta: «¿Es verdad, papá, que mis hermanos mayores sólo esperan a que te mueras para ganar dineros?» Por suerte ya no oigo (¿o es que no quiero oír?) lo que viene a continuación.

Me despierto así con la terrible vergüenza de haber sido capaz de tener delirios tan bajos y retorcidos. Ya sé, ya sé que no somos «responsables» de nuestros sueños, que éstos constituyen tan sólo traducciones imaginarias de estados físicos (así, buena digestión = angelitos, y mala digestión = hipotecas). ¿Y qué queréis? Ayer me cené yo solito una lata de fabada Litoral de cuatro raciones. Trato, pues, de olvidar la pesadilla con Alka-Seltzer, pero hay algo que se niega a irse y me mantiene perplejo: ¿cómo es que mi sueño se centraba más en lo que Natasha hacía o decía a los demás que en lo que me hacía o me decía a mí? ¿No será que la crueldad implacable, gratuita y sin ningún «beneficio» a cambio nos parece mucho más escandalosa cuando la vemos ejercida sobre los demás que cuando la sufrimos nosotros? ¿Será quizá que cuando el daño nos lo hacen a nosotros tenemos miedo de que sea el propio dolor (o resentimiento) el que hable por nosotros? No sé.

En la segunda parte de la pesadilla estaríamos ya separados, y ella no me dejaría ver a los niños ni una hora más del estricto régimen de visitas: los escondería o llamaría a la policía si lo intentaba. Y todo eso sin ninguna «compensación» para ella y no digamos para los niños: sin ningún juego de suma nula de por medio. «¿Pura falta de piedad sin provecho alguno?», pienso; «¡qué terrible pesadilla!» Tan terrible como lo es el que ahora, ya bien despierto, me pregunte: «¿De dónde procede, de dónde puede venirle a la dama de mis sueños esa fuerza implacable que, incluso durmiendo, me admira; que me vacía y me anonada? ¿Es la fuerza y la violencia sin freno que han tenido que desarrollar los pobres, generación tras generación, allá en Rusia, a fin de sobrevivir? ¿O es más bien un fallo de ese mecanismo que debería detenernos —y que detiene a los propios animales— cuando el contrincante está ya vencido, se entrega y esboza el gesto de mostrarnos la yugular?»

Al fin y al cabo, una de las pocas protecciones que tenemos frente a la fuerza y la violencia del otro es el espectáculo de la propia debilidad que ofrecemos al vencedor; el rictus de miedo y la mirada implorante que le dirigimos cuando, vencidos y desarmados, suplicamos su gracia. Muchas veces me he preguntado cómo el verdugo o el torturador son capaces de mirar a los ojos aterrorizados de la víctima y proseguir serenamente con su labor. La cosa tiene algo de elegante, incluso de épico; algo de la serena impasibilidad nietzschiana con la que el hijo de puta de Jünger es capaz de describir que él es el oficial nazi encargado de leer y eventualmente destruir las últimas cartas a la familia escritas por los condenados a muerte de la resistencia francesa. Aquí el ejecutor ya no odia a la víctima, tampoco gana nada con su muerte, y sin embargo prosigue y remata su tarea de manera ecuánime, impasible, tal como le gusta describir a Borges.

Con eso no quiero decir que en mi pesadilla yo sea literalmente torturado. Pero sí algo parecido. Ved, si no, como continúa el sueño: viajo a San Petersburgo para poder ver a los niños y me los ocultan. Allí descubro además que han falsificado mi firma para inscribirlos en el censo de esa ciudad y llevarlos a un colegio al que yo jamás habría querido que fueran: a un colegio oficial del Partido Comunista de la Unión Soviética. Ella, que está de viaje por Hungría, telefonea al director del colegio para ordenarle que no me deje recoger a la niña para llevarla a comer fuera el día en que cumple tres años. Mi delirio reproduce el acontecimiento punto por punto: la niña ha salido del comedor del colegio, ha cogido su pequeño paraguas (en Rusia siempre nieva o llueve) y se está poniendo ella sola el abriguito, cuando llega el director: «Lo siento, acabamos de hablar con su madre y dice que no puede salir.» El profesor que vigila el comedor se encarga de quitarle el paraguas y el abrigo a la pequeña, que, llorando, se agarra con fuerza a mi mano —«quiero ir con mi papá, quiero ir con mi papá»—, hasta que me la arrebatan y la devuelven al comedor. Desde fuera aún oigo sus lloros, y ahora soy yo el que me hundo. Apoyado en la pared exterior del colegio, empapado y sin ánimos para irme, soy yo quien se traga las lágrimas para no dar un espectáculo —*más* espectáculo todavía— a las mamás que vienen a recoger a los «externos» para comer... Una vez más, me despierto horrorizado al confundir los chillidos de un gato en celo con el llanto de la niña.

Ya veo, ya veo que mi sueño sigue el camino de esas novelas y series de televisión que yo denominaba «atentados directos a los lagrimales». Hago lo que puedo por despertar. «Basta, basta», digo en el propio sueño, o esto acabará como una entrega de Eugène Sue. A no ser..., a no ser que la pequeña saque algo de carácter y diga que quiere ver a su papá siempre que lo desee. Dicho y soñado: la niña lo dice, su madre le responde que no sabe nada de mi frustrada visita y que si insiste en eso va a recibir un castigo. «Y qué hiciste tú», le pregunto. «Pues nada», me responde, «hacer como ella: mamá miente y disimula pero yo también disimulo para que no sepa que veo que disimula.» ¡Qué serenidad, qué temple!», pienso, «seguro que no lo ha sacado de mí.» Y por si no queda lo bastante claro, me entretendré todavía en relatar otro ensueño de muchos años atrás, tan dramático quizá como éste pero con un final ciertamente más bonito.

EN VALLVIDRERA

¿Excusas? Sí, ya lo he dicho al principio: a mí no me llama lo puramente lógico y racional..., pero tampoco lo que es absolutamente fantasioso, onírico o sentimental. La explicación de los propios sueños me aburre tanto como las demostraciones matemáticas o el funcionamiento de los motores de explosión. Cuando alguien se propone contarme con pelos y señales su sueño o fantasía, intento apretar el paso o dar media vuelta con cualquier pretexto: «Ay, me he dejado el tabaco en casa.»

Pero lo que sigue no es un puro sueño, como lo era el anterior. Es más bien un insomnio —medio adormilado, medio desvelado— hecho con retazos de memoria de más de cuarenta años atrás... Ya un tanto espabilado, me recuerdo a mí mismo pidiendo tener hijos a la joven mexicana con la que me había casado. A ella, recién salida del nido familiar, el proyecto le aterrorizaba: sentía que tener un hijo era en parte como dejar de ser ella misma. «No estaba preparada», como diría hoy un especialista, «para cambiar de rol ni para invertir los papeles.» Pero yo no cesaba de dar la murga: «Que venga, que ahora, que vamos allá, que ánimo.» Hasta que acabó por ceder, agotada, y a los tres meses esperábamos

61

el primer hijo. (Estábamos en Frankfurt, íbamos a la clase de Adorno, que a mí me tenía deslumbrado, pero ya sólo esperaba ese latido de un corazón nuevo que en el segundo mes ya es posible escuchar.) Ella lloraba a menudo, se sentía «invadida», pero no tardó en acabar queriendo lo que había pasado (o que yo le había echado encima). Insisto en que este deseo mío era a un tiempo un cumplido y un tributo a ella: a la única persona con quien deseaba confundir y disolver mi sangre para así participar, abrazados y cómplices, en ese proceso maravilloso y bestia que es la vida. Por entonces todo iba sobre ruedas pero, mira por dónde, volveríamos a pasar algo parecido cuando, tres años más tarde, le propuse tener un segundo hijo. Angustias que llegamos a somatizar hasta el punto de contraer una enfermedad específica –la mononucleosis– a la que atribuir nuestro desasosiego. Nos instalamos en un sanatorio de Vallvidrera –dizque a curarnos–, y fue allí precisamente donde engendramos, con sus lloros y también con su complicidad, el segundo hijo. En lo sucesivo jamás volvió a echarme en cara mi tozudez generativa. Incluso acabó bendiciendo mi desorden reproductor, amoroso o simplemente erótico. Pronto comprendió que la seducción que ella y su fertilidad me inspiraban constituía en su conjunto un sentimiento distinto y superior al provocador de *ces nymphes que je veux perpétuer*. Ella lo entendió y cabe decir que la cosa no era fácil de explicar: era como si el deseo sexual de un caníbal como el de Melville se amalgamase prodigiosamente en mí con el imperativo reproductor del Opus Dei. Pero ella tenía una sensibilidad muy fina y no tardó en captar la onda. Debe de ser por eso, me digo, por lo que aquel amor tardó años en cauterizar. Ahora bien, que me entendiera no significa que me lo tolerase todo ni que dejase de hacerme la más justa crítica, el reproche más idóneo que se haya hecho a una obra mía.

Estábamos en 1971 y yo acababa de publicar mi libro *Moral,* donde defendía la *dependencia* personal como valor ético. En lugar de guiarnos por Principios y utilizar a los demás como a «ejemplares pretexto» con tal de realizarse uno mismo («plantar un árbol, tener un hijo, escribir un libro», etc.), yo defendía que hay que convertirse en instrumento, en veleta de los deseos de los demás, hasta devenir un juguete en sus manos.

«Todo eso puedes predicarlo», me dijo, «porque eres un hombre que no lo has sufrido como destino. El pobre, la mujer o el inmigrante, aquellos que han experimentado la dependencia ligada a su condición, ninguno de ellos podría jamás cantar las alabanzas de la dependencia, de la precariedad y de la menesterosidad personal, profesional, social, emocional...»

¡Tocado! Tocado una vez más, en esta ocasión sin malicia, sin el resentimiento convertido en argumento del sueño anterior. Ella había acertado en el corazón mismo, en la precisa clave de mi petulancia, apenas maquillada bajo una gruesa capa de paternalismo y de humildad.

* * *

Hablo de hace ya tiempo, treinta años como poco, pero guardo aún la libreta cuadriculada de tapas verdes y negras donde tomaba también los apuntes de clase. Ahora transcribo literalmente parte de esa libreta, donde se habla de los últimos intentos de salvación de un matrimonio que se hundía por estricta culpa mía: por la admiración a su estirpe, que paradójicamente desembocó en una traición a ella y a los suyos.

Yo tomaba estos apuntes cuando ella aún no se había

marchado de casa y hasta que, ya decidida, se trasladó a otro piso. ¿A otro universo físico? Sí, pero también a otra galaxia espiritual.

Contigo vivía eufórico y angustiado –decía la libreta–, y ahora debo aprender a vivir sólo angustiado. Nuestro amor no ha sido una camaradería *light,* despreocupada y divertida. Por supuesto que lo hemos pasado bien juntos, pero siempre tratando de convencer, de seducir, de pervertir al otro. Y es que el amor puede basarse en la complicidad pero no vive ni culmina si no es en la tensión que supone el intercambio de recuerdos, de mitos, de manías y también en lo que alguien denominaba *una perpetua pérdida de la sangre fría...* Una sangre fría que tú hoy, serena y tolerante, dices haber recuperado por tu cuenta y con buen fin; con buen fin para todos: para ti, para los niños, para mí.

No, no creo que haya *beneficios* en la ruptura, por mucho que tú quieras creerlo haciendo de la necesidad virtud. Tanto para mí como para los niños creo que ha sido una pura, una estricta pérdida. Tal vez pérdida *relativa* de ti o de mí –¡ojalá!–, pero pérdida *absoluta* de la fe en la realidad y en la continuidad de nada... Los que, como yo, no sabemos amañarnos una *trascendencia* de encargo, nos aferramos a esa forma exigua de trascendencia que denominamos continuidad. La disipación de mi primer amor adolescente ya supuso para mí un escándalo que nunca acabé de digerir («¿cómo algo tan sublime podía desvanecerse así como así hasta acabar evaporándose?»). Si aquel sentimiento no era verdad, si no era La Verdad misma, ¿qué demonios podía llegar a serlo en este mundo? Entonces tuve la repentina experiencia de la mortalidad del alma, que ahora se agrava con la sospecha de que son más de una las almas que se nos pueden ir muriendo dentro, una tras otra: *«¡Cuántos plazos la muerte nos va dando!»*

Nada, ni el Rohipnol ni el fútbol evitan que te sueñe ya lejana, y cada día más. ¿Cuándo acabará este delirio? Me consuelo pensando que estoy cerca del final. Los clímax pueden ser el prólogo cifrado de los climaterios o, cuando menos, de esas «reconversiones» matrimoniales más o menos a la baja pero capaces aún de diluir la sed del deseo y la búsqueda de la felicidad en una especie de lánguida serenidad compartida.

Yo también debo ayudar a ello, claro está, ¿pero cómo? Pues escribiendo lo que me pasa, a ver si se me pasa. Aprender a gemir hacia fuera en lugar de escarbar y hurgar para dentro. Aprender el difícil arte de «dramatizar» literariamente ese duelo hasta convertirlo en lágrimas de cocodrilo... Así, cuando la tormenta haya pasado, y cuando la angustia se mitigue, tal vez la escritura diluya también mi culpa: la culpa por haber expropiado nuestro pasado; la culpa de verte entregada a ese letargo optimista y prospectivo con que los *newborns* hacen borrón y cuenta nueva de todo lo anterior a fin de purificarse y renacer.

Distante y dura pero cordial, aún me sugeriste un día convivir «civilizadamente», sin pasión, sin arrebatos ni veleidades sentimentales. Una especie de matrimonio blanco que, *faute de mieux,* yo me apresuré a aceptar. De ese modo querías institucionalizar el desamor, y para no perderte, y para no rematar tampoco a los niños, traté de seguirte la corriente. Pero, como Circe, para entregarte exigías que no te deseara; para recibirme, que nada se me moviera del ombligo para arriba. Y no tardaste en decidir, seguramente con razón, que la cosa no podía funcionar.

Y ahora tomas té, y escribes poesía, y practicas yoga

y vas al psicoanalista. Ahora no quieres ni te crees ya nuestras ilusionadas construcciones: ahora quieres ir a fondo. No buscas una mera *explicación* de las cosas: quieres su (y tu) *iluminación*. Ya no huyes, como yo, hacia delante, sino hacia dentro, hacia antes, hacia atrás. Creíamos habernos encontrado, pero sólo nos cruzábamos. Nuestro roce produjo hijos y fantasías, y durante un tiempo vivimos el desenfreno y la bienaventuranza. Pero como dice *El Príncep* de Teixidor, «tú seguías tu camino, y ahora vuelves a estar lejos».

Sé muy bien que para curarse de amor basta con aceptar la burda distinción entre cuerpo y alma, y reconstruir desde ahí una nueva felicidad a fuerza de técnicas corporales, aventuras terapéuticas, convicciones puras o sensaciones cósmicas. Pero también sé que un millar de estos gestos «claros y distintos» no valen un solo, inseparable, gesto de amor: un abrazo sexual preñado de ternura, una mirada de inteligencia y provocación al mismo tiempo... ¡Y nos hemos amado así tanto tiempo...! Por eso no puedo –no puedo ni quiero– caer en esa engreída especialización del «curado de amor» y de todos sus sucedáneos.

Ya lo decía al principio: a mí nada puro me es grato, nada inequívoco deseo, nada ideal me contenta. Desde siempre sólo me han cautivado –y angustiado– los fenómenos híbridos: los sentimientos entrelazados con vísceras, la psicología empalmada con la fisiología; todo lo que se ve mejor que en ninguna otra parte en la fisonomía, en la cara de la persona de la que te enamoras, en ese lugar donde el alma emerge a flor de piel, se vuelve pura presencia inmediata y a la vez presentimiento de lo que aún no comprendes del todo (al fin y al cabo, tú eres un poco indígena), rastro o bosquejo, en fin, de lo que no se deja domesticar y que, por eso mismo, te procura un goce tan inmenso como perverso. Así me seducían también tu acento, y tu ritmo, y tus palabras, todo lo que dotaba de lenguaje unos labios que mis labios acallaban (Empúries, abril de 1958).

La cosa continúa en ese tono pero yo no resisto ya, cierro la libreta y abandono.

* * *

¡Qué difícil es, no obstante, que las cosas mismas se dejen abandonar! Años más tarde: de camino al Congreso de los Diputados, todo se tambalea cuando el taxi me lleva a la glorieta de Bilbao, delante mismo del Café Comercial. Dudo, sin atreverme a entrar. En las butacas aterciopeladas que se adivinan al fondo del café es donde por primera vez probé esos labios y esa piel cuyo vacío todavía siento vivo. De repente, es como si todo se desvaneciera a mi alrededor. La luz, la gente, el ruido de la calle, todo se apaga de pronto: *un seul être nous manque et tout est dépeuplé.*

Sólo una voz viene ahora a romper el hechizo, una voz interior que me susurra: «¿Y qué importan, desdichado, qué importan esas migajas de confitería sentimental comparadas con el pascaliano "silencio de los espacios infinitos", con lo que "mueve el sol y otras estrellas" o con el sufrimiento de los que ahora mismo, en este momento, mueren de cáncer o sólo por estar en la tercera edad o sólo por encontrarse en el cuarto mundo?»

Miro al cielo, desconcertado, pero enseguida me doy la vuelta. «¡Ya lo creo que cuentan!», me digo. «La nostalgia es la única cata de infinito que nos es dada a nosotros los mortales. Al menos, a los que no condescendemos a crearnos un dios o una mujer a nuestra medida, y tenemos siempre la sensación de que algo se nos escapa: de que se nos escapan las lágrimas, el pis, el sentido de lo que vemos o incluso de lo que deseamos.»

Pero ya he dicho que lo dejo aquí, que estoy empalagado de amores y de melancolías, que necesito ceder la palabra a experiencias menos teñidas por las emociones, más frívolas o más metafísicas, tanto da. Basta con que sean de *n'importe où hors du monde* –por lo menos del mundo que aquí describo.

HUMANOS, DEMASIADO HUMANOS

Tiempo después de todos estos embrollos me encontraba en Harvard con mis dos hijos mayores, por entonces de siete y cuatro años, y me quejaba a su colegio, donde en lugar de explicarles cosas los atiborraban de Principios, Ideales, Valores y demás *collonades*. Y todo ello camuflado de simples descripciones. Daban como hechos no lo que las cosas *eran*, sino lo que (la profesora creía que) *debían ser*. Así, cuando mi hijo contestó que consideraba más importante haber pescado muchos peces en el mar que haber regresado puntualmente a casa, la profesora lo suspendió por no haber *entendido* la pregunta. «¡Esto no pasaba ni en la época de mis padres!», exclamaba yo, «ni creo que suceda jamás en nuestro país.»

Pero sí ha ocurrido, e incluso se ha transformado en algo peor y encabezado no ya por los colegios sino a menudo por los propios padres. Ahora ya no se trata sólo de dictar valores a los niños, sino de averiguar sus propios valores y fantasmas para retomarlos convertidos ya en mercancía pedagógica, interactiva, alimentaria, cinematográfica, vete a saber. Millones de padres y miles de corporaciones tratan de encontrar un producto que sea el «positivo» de los deseos to-

69

davía inconscientes, todavía en «negativo», de los propios niños. Los libros, las películas, y no digamos los youtubes, las atracciones, los videojuegos, las hamburgueserías, los helados con regalo dentro, los parques temáticos o esos chiquiparks tan especializados en la diversión de sus niños como los tanatorios lo están en el responso por los muertos. Todo, absolutamente todo, parece formar parte de una *opa* lanzada sobre las criaturas y dirigida a auscultar sus sueños y anticipar sus ilusiones. Así es como ni unos ni otros, ni mayores ni pequeños, podemos ya trabajar ni divertirnos a sentimiento. No hay tiempo para eso, si no es que se nos ha tragado ya el pavo. Hemos de hacer de la educación y el tiempo libre una expresa y convulsiva ocupación: *educacionar, vacacionar, hacer familia* (no tardarán en denominarlo *familiear*). Nada que ver con la «sobriedad de estímulos» tantas veces aconsejada por Cardús. Muchos jóvenes ejecutivos trabajan hasta las diez de la noche, y el tiempo que les queda lo dedican también a *hacer* cosas: hacer sexo o hacer gimnasia, hacer viajes a las Seychelles, peregrinar a las estaciones de invierno o cualquier otra ocupación con la que amueblar compulsivamente su tiempo des-ocupado. Y todo eso, claro está, bien asesorados por expertos: animadores culturales, musculadores, psicólogos de la interacción y otros diseñadores de la «sinergia interactiva» en el marco de ese «ocio organizado» que ponía los pelos de punta a Glenn Gould... y que todavía nos los pone a Jordi Llovet y a mí.

Lo que no tenemos, y cada vez menos, es tiempo para el «tiempo perdido»; tiempo para ese lapso divagante del diálogo distraído, del tedio de las tardes de verano, del deambular por una casa donde puedes tropezarte con un padre, una tía o un abuelo descolgados a los que hacer preguntas o confidencias extemporáneas.

Necesitamos también de ese tiempo distraído; de ese

tiempo vacante, no dirigido a *querer* reflexionar, *querer* amar, *querer* «que pasen cosas» o *querer* «estrechar lazos». Hay que volverse un tanto budista y recordar, con Salvador Pániker, que no siempre hay lugar para el esfuerzo y la anticipación, que a menudo lo que hace falta, como dicen en el campo, es dejar mear al macho. La verdadera felicidad no es una meta, es una circunstancia. «Las aventuras», decía Chesterton, «suceden los días sosos y aburridos, no los días soleados; es al tensarse al máximo la cuerda de la monotonía cuando nace el sonido de una canción.» Y también el evangélico «dejad que los niños se acerquen a mí» exige más tiempo y más paciencia que el carácter expeditivo con que tantos padres pretenden averiguar, en los cinco minutos que pueden dedicar a ello, cómo le ha ido al niño en el colegio, dónde se ha arañado la rodilla o por qué hoy no le habla a su hermana. Se trata de un verdadero *absentismo familiar* que los padres intentan compensar siendo más y más obsequiosos, más y más condescendientes con los deseos o caprichos infantiles. ¿Se solucionaría todo ello, tal como proponía Joan Echevarría, con un horario flexible que no sólo permitiera *salir*, sino que literalmente *echara a la gente* del trabajo entre las cuatro y las cinco y de forma escalonada? No lo sé, pero estoy seguro de que con ese simple cambio descubriríamos muchas cosas. ¿Cómo llegarían a soportarse, por ejemplo, esos padres e hijos «encerrados en casa» de seis a once? ¿No se verían obligados a aburrirse juntos, a jugar a las cartas o al ajedrez, incluso a hablar de cualquier bobada tras haber agotado las numerosas herramientas, consolas, googles, adminículos o artefactos que les permiten interconectarse con el mundo para no tener que conectarse en casa? La experiencia podría ser explosiva, es cierto. ¿Cuántas familias no sobreviven gracias precisamente a haber convertido el hogar en una especie de trabajo a tiempo parcial? ¿Y cuántas

71

superarían ese impacto? Pienso que en este medio más íntimo y doméstico, menos laboral y estresado, tal vez se irían al garete *todavía más* familias que en la actualidad. A fin de cuentas, parece ser que nuestra especie no es idónea para tener hijos, que no estamos bien preparados para las tareas de reproducción ni para el buen cultivo de las crías.

* * *

Humanos, demasiado humanos. En efecto. Nuestra falta de idoneidad para tener hijos la percibí por primera vez, y de muy pequeño, en la terraza de Cal Gambo, en Empúries. Mis padres se habían entretenido con Pla y Dalí —la única vez que los vi juntos— y yo había seguido escaleras arriba hasta la terraza. Allí, un niño pequeño jugaba con una pelota entre las sillas, ante la mirada bovina de un padre grueso repantigado en una butaca. «Deja de jugar con las sillas», decía, «que te voy a dar», y hacía amago de levantarse para darle una zurra, pero a medio intento lo dejaba correr y volvía a repantigarse en la butaca. «Y no toques las botellas que las romperás, y te he dicho que dejes la pelota, rediós, ahora sí que te la has ganado, *malparit.*» Y siempre el mismo gesto de levantarse y la misma renuncia a cumplir la amenaza. «Le da pereza», me decía yo, «le da pereza levantarse para darle un tortazo.» ¿Y cómo es que la maravilla de tener un hijo puede acabar desembocando en las ganas de darle una paliza... y en la pereza de hacerlo? Humanos, demasiado humanos. Eso es lo que somos desde que nos hemos vuelto profesionales de la paternidad y la ejercemos de oficio.

Más tarde, mucho más tarde, leí que tener hijos no te convierte en padre de la misma manera que tener un piano no te convierte en pianista. Una frase que traduce lo que estuve rumiando mientras mis padres se despedían, subían la escalera y pedían un sifón con grosella, mi bebida de los domingos.

Hoy los padres jóvenes ya no parecen tan zafios y linfáticos como nuestro hombre de Cal Gambo, pero tampoco parecen capaces de estar al pairo de lo que los críos necesitan. Han trasladado su energía a un nuevo mundo laboral que requiere no tanto un esfuerzo físico como la misma atención moral y afectiva que la familia reclama, y que ellos han de sacar de algún sitio. Dije hace un rato que a los siete años ya me inquietaba cuando me preguntaban qué quería ser de mayor. «Cosas son muchas las que quiero *hacer,* pero *ser* sólo quiero ser padre.» De ahí la envidia que sentía de las niñas, que en aquella época no tenían otra presión profesional que la de ser mamás.

Mientras me tomaba mi sifón con grosella, escuché el diálogo de unos jóvenes creativos que, trasladado a hoy día, vendría a ser éste:

–Actualmente lo que cuenta –oigo decir a uno– es la invención, la innovación, el valor añadido; inventar o morir, imaginar o irse a pique.

–Para fabricar las cosas –prosigue el otro– ya tenemos la mano de obra barata de más de medio mundo. Hemos de deslocalizar los astilleros o las fábricas de automóviles (¡que fabriquen ellos!), mientras nosotros estimulamos la investigación científica en la universidad, la invención formal en el diseño y la ingeniería financiera en la bolsa.

–Claro –concluye el tercero–, hay que estimular todo lo que rompa con la pereza intelectual: investigación + diseño = innovación.

El culto a la novedad y la invención, el anatema a lo repetitivo o rutinario, todo cuanto un día fue monopolio del progresismo y la vanguardia, se ha convertido así en el lenguaje de ejecutivos, publicistas, políticos inspirados, jefes de ventas y demás adictos a la creatividad. Y así es como la escolástica vanguardista de la Subversión ha cedido el paso a la escolástica empresarial de la Innovación –igual que la poética marxista del proletario se ha transformado en la del empresario.

Ahora bien, ¿hay algo menos creativo (y más contradictorio) que eso de *predicar* la creatividad? No sé si siempre es cierto lo de que «el fuego en el corazón produce humo en el cerebro», pero sí estoy seguro de que este voluntarioso elogio de la «creatividad» acaba armándose un lío, cortocircuitando las sinapsis y generando más cretinos que creadores. ¿Cómo no esperar, pues, que empiece a inquietarnos esa prédica –más que práctica– de la Investigación, y esa retórica –más bien raquítica– de la Creación? ¿Cómo no rendir tributo a los reflejos, automatismos, hábitos y creencias que nos permiten responder de forma rutinaria y eficaz en la mayoría de los casos?

Es también lo que he tratado de decir a mis hijos: cada cosa reclama su nivel de concentración y atención precisos: una *atención óptima* que sólo en contadas ocasiones resulta ser –o coincide con– una *atención máxima*. ¿Acaso sabríamos hacernos el nudo de la corbata o encontrar las llaves en el bolsillo si no dejáramos nuestra mano *suelta* para hacerlo? ¡A buenas horas descubriríamos algo nuevo sin la concentración mental que podemos permitirnos cuando dejamos la administración del día a día a nuestros hábitos y creencias! ¿Aprenderíamos a subir escaleras a fuerza de leer las *Instrucciones para subir una escalera,* de Julio Cortázar, a convertirnos en bienaventurados siguiendo los pasos del *Diario de un aspirante a santo,* de Georges Duhamel, o a curarnos de una disfunción eréctil, pongamos por caso, sin aprender a no pensar en si se nos levanta o no?

Pero no es sólo eso. No es sólo que la rutina constituya

el medio natural y el alimento necesario tanto de la ciencia como del arte. Es también el requisito –lo decíamos antes– para la educación de los hijos (los niños, como es sabido, son bulímicos de la rutina: adictos a la periódica repetición de los mismos cuentos, episodios, situaciones, apuestas, dichos...). Y la insistencia con que oyen decir que hay que ser creativo suele actuar como un obstáculo a ello. Hay cosas, ciertamente, que no es posible buscar, predicar ni ordenar expresamente sin que sus efectos se vuelvan en nuestra contra. Es el caso, por poner un ejemplo cotidiano, de la madre que, inquieta por la timidez de su hijo, le dice: «Joan, sé *más natural* cuando saludes a las visitas; a ver si aprendes a ser *más espontáneo* de una vez.» El pobre niño, por supuesto, no sabe cómo se hace eso de ser espontáneo por encargo; justo como a muchos de nosotros nos inhibe el imperativo de ser innovadores. (Y no digamos cuando nuestros creativos de escuela de negocios traducen *les raisons du cœur* pascalianas por un *pensamiento emocional* desde el que nos lanzan una nueva consigna: hala, a ser sensibles.)

Dadas sin ningún tipo de cautela o de reserva, este tipo de consignas son casi siempre contraproducentes, cuando no contradictorias. Investigar viene de *investigo,* que significa rastrear, buscar, hacerse cargo de las cosas sin cargárselas. Si somos demasiado impetuosos, corremos el peligro de acabar observando no la realidad sino el producto de nuestras propias manipulaciones, y de olvidar que en las cosas hay algo tan frágil como delicado; algo que sólo se manifiesta si sabemos observarlo sin machacarlo con más palabras, preguntas, método, razones o legitimaciones de lo debido. Cierto que las cosas callan como un muerto si no somos capaces de ponerlas verdes o, como hacía Platón y recogía Popper, de hacerles preguntas puñeteras. Pero también es cierto que las preguntas hechas con demasiada maña suelen acabar *dictándoles* la ley a las cosas más que *desvelándolas*. Otro fantasma recorre todavía el mundo: la droga de lo íntimo y de lo «sentido». Si el marxismo denunció los mecanismos que generan un hombre *alienado* (sacado de sí mismo), hoy deberíamos insistir en las condiciones que producen al hombre *intimidizado*, un individuo cerrado en sus propias sensaciones, alimentado con el sucedáneo de sus expectativas. Visitamos lo «exótico», nos divertimos en el parque «temático», compramos «curiosidades» *(curious)*, vendemos «relatos». Los anuncios de automóviles vienen a reforzar nuestros sueños de poder, de seducción, de ubicuidad. En la publicidad vemos proyectadas nuestras aspiraciones más íntimas e inconfesadas: son nuestros desechos psíquicos, que se nos ofrecen y que consumimos en forma física de mercancías. Contaminado por nuestros ideales y fantasías, el entorno se nos presenta como un espejo de nosotros mismos; como un repertorio de estímulos dirigidos a excitar directamente nuestro hipotálamo. La producción de objetos va mutándose así bien en la promoción de arquetipos e ideales, bien en la manufactura directa de las gratificaciones que nos ofrece en un supermercado de «relaciones significativas», «valores cívicos», «juegos comunicativos», «pensamientos emocionales», *«feed-backs* bioenergéticos», risoterapias, llantoestrategias y suma y sigue.

En los años setenta, cuando yo lo denunciaba en el libro *Crítica de la modernidad,* todo ello era todavía algo incipiente. Apenas estaba en sus albores esta oferta espiritualizada que en lugar de zapatos, casa de campo o joyas nos vende «deportividad», «rusticidad» o «nobleza en la piel». Justo empezábamos a consumir el *signo* o la *marca* de nuestros propios ideales: virilidad, cultura, estatus o *glamour.* Kodacolor era el color de *tus* recuerdos, el oro reflejaba *tus* sentimientos, un Martini *te invitaba a vivir,* Lucky era la colonia de un hombre *como tú...* Feuerbach había dicho que nos arrodillamos y adoramos nuestros ideales convertidos en Dios; ahora estaríamos aprendiendo a *adquirirlos* convertidos en Mercancía.

Hoy esta tendencia a la sublimación y a la autorreferencia se ha generalizado a todos los ámbitos de nuestra vida. Ahora ya no es sólo en la publicidad y la propaganda donde cada día se riza más el rizo hasta que llegamos a no saber ya qué se nos vende. El *producto emocional neto* se presenta como la verdadera prestación de cualquier servicio o producto. El objetivo declarado de una acción de gobierno será *visibilizar* su obra, como el de una empresa será *fidelizar* al cliente y el de un partido *comunicar* su mensaje. Y la cosa no acaba ahí. Cualquier asignatura de bachillerato que pretenda hablar de Dios o del pensamiento filosófico o de los clásicos –¡preguntad a Jordi Llovet!– será sustituida por otra que pretende inocularnos directamente (elimine usted intermediarios) la propia «educación cívica y democrática». Valores y más valores –morales, cívicos, sociales, artísticos– que predican y formulan lo que simplemente debería ser mostrado. Los valores no son ni han de ser nada más que el *destilado* de una experiencia ejemplar, de un trato con modelos de conducta que acaban modelando nuestros actos. Pero he aquí que hoy se pretende sustituir esta experiencia de la cual destilaban los valores por la venta y promoción de los valores mismos.

Las moralejas se han liberado por fin de sus fábulas y campan hoy por sus respetos, narcisistas y despechugadas. ¿Ha quedado claro? No estoy nada seguro, pero debo dejarme de especulaciones y cerrar ya este capítulo. Y quizá la mejor manera de hacerlo es volviendo a dos episodios tempranos que me parecen emblemáticos de todo lo que estoy aquí diciendo. Pero ya que hablábamos de Dalí quiero dejar constancia de una respuesta suya en una entrevista que me abrió los ojos cuando yo tenía diez u once años. «A qué personaje histórico admira usted más», le preguntaba Del Arco. «¿Yo? Yo al que más admiro es al Generalísimo Franco...; bueno, luego de la Inmaculada Concepción», respondió Dalí. ¿Había forma más bestia y críptica de burlarse del caudillo? Freud utilizó una parecida para conseguir que la Gestapo le dejara marcharse de Viena para refugiarse en Londres.

EN EL CONFESIONARIO

A los diez años me defendía del pecado a cañonazos. Encendía la mecha, me tapaba los oídos, cerraba los ojos y sólo los abría para comprobar el efecto disuasorio del cañonazo sobre el enemigo. Este enemigo se me presentaba de forma ovalada, vibrátil y turgente —como una teta, para decirlo claro— que después de mi disparo, cuando volvía a abrir los ojos, me aparecía desgarrada y convertida en una lluvia de chispas que me cegaban. Eso cuando todo iba bien, que no era siempre. Si iba mal, sin embargo, tenía un plan B: en lugar de las bombas lo solucionaba con confesiones.

Primera confesión

—¿Y cuántas veces, hijo mío, cuántas veces disparas? —preguntaba el cura.
—Pues tantas como se me aparece el enemigo.
—¿Y cuándo ocurre eso?, ¿cuándo te asedia el maligno?
—Pues por la calle, al ir o volver del colegio a casa. Pero no es todos los días; sólo una o dos veces por semana, en especial los domingos, cuando, para ir a misa, ellas se ponen

79

la mantilla sobre unas blusas blancas que transparentan los encajes de la ropa interior.

–Ya veo, ya veo quién es el maligno, pero no entiendo qué munición te dispara.

–No, padre, no me dispara nada, simplemente lleva el arma en ristre.

–¿En ristre?

–Sí, son esas tetas que se mueven al ritmo que marcan unos tacones altos y que se me meten en la cabeza (o no sé dónde, o sí sé dónde) y que con frecuencia sólo a cañonazos consigo disipar transformándolas en chispas.

–Venga, venga, ¿de verdad querías mirarlas o no? ¿Y qué significa eso de «con frecuencia»? Mis maestros de Roma decían aquello de «ver no es mirar, ni sentir es consentir». Pero el guardagujas que deja pasar o no los malos pensamientos y las miradas lascivas eres tú, sólo tú, tú, que sabes si antes de disparar los cañones has sido condescendiente con las malas imágenes. Y eso no tiene matices, o blanco o negro, *o caixa o faixa*.

–Pues sí quería, padre. O quizá no. O quizá a medias. Dudo y no sé qué decir. Es verdad que cuando los pechos son de una proporción exacta, cuando empiezan convexos, parecen culminar en un mojón apenas insinuado y acaban cóncavos; y cuando todo eso se junta es cierto que pocas veces he sido capaz de resistirme disparando inmediatamente mis cañones. Y los peores son esos pechos ligeramente caídos hacia arriba que avanzan a saltitos, justo como en el Instituto Benjamenta, donde también «los pechos brincaban apretados entre sujetadores, fajas y combinaciones».

–Pues fíjate bien la próxima vez y vuelves para contarme si ha sido queriendo o no queriendo. De momento, tres padrenuestros y tres avemarías de penitencia. («¿Así que rezar era un castigo? ¡Válgame Dios!»)

80

Y así, día sí y día también, en la capilla del Colegio de San Ignacio.

Segunda confesión

Los domingos voy a misa a la iglesia del Pilar, en Casanova-Londres, y si quiero confesarme, he de hacerlo allí mismo, no con *mi* cura del colegio, que me conoce como la palma de su mano. Me pongo a la cola del confesionario, un artefacto con celosía a derecha e izquierda para las mujeres y una cortina central para los hombres. La cola de las mujeres –como en los váteres públicos– es más larga y lenta que la nuestra. Además, el confesor va atendiendo alternativamente al personal (ahora un hombre, ahora una mujer), de manera que no tardo ni diez minutos en llegar, pasando por delante de diez o doce mujeres. Ellas me miran envidiosas (no sé si se confesarán de esa envidia, pero lo cierto es que yo me arrodillo avergonzado). En la penumbra, el cura parece muy pálido. Tiene mucho pelo por todas partes y es un poco gordito. Es menos elegante que mi jesuita y debe de ser algo sordo, porque grita como si estuviera confesando de una tacada a la cola completa de las señoras.

–¿Cuánto tiempo hace que no te confiesas, hijo mío?

–Ayer.

–¿Ayer?

–Sí, en la capilla del colegio.

–¿Y qué pecados te has apresurado a cometer en un día?

–Pues mire, los ojos se me van al pecho de las señoras, donde por debajo de la blusa se adivinan... Bien, usted ya debe de saberlo... Pero yo no quiero mirar y, para distraerme, pienso que disparo cañones. De acuerdo, a veces quizá sí que me entretengo un poco y no disparo deprisa deprisa.

81

Entonces podría decirse que sí que miro y me complazco un poco...

—Bien —me interrumpe el cura gordito, que parece tener prisa—. Eres bastante difícil de entender.

(¿Difícil de entender? ¿Tan extravagante es lo que me pasa? Pues os diré que ahora, más de cincuenta años después, me encuentro con que Philip Roth, el autor de *Portnoy's Complaint*, utilizaba una estrategia muy similar para ahuyentar los malos pensamientos y las miradas lúbricas que le hacían «empalmarse incluso en lugares públicos donde se podía ver la protuberancia». En lugar de imaginar cañones y explosiones, él pensaba «en muertos, hospitales y en horribles accidentes de tráfico». ¿Y de dónde me vendrá —sigo pensando— esa sintonía con Roth y demás judíos, con los que tan a menudo he encontrado que tenía complicidades, recuerdos, experiencias compartidas? Seguro, seguro que tengo sangre judía por alguna parte. Tal vez sea un bisabuelo de Sóller, un chueta de nariz ganchuda y nuca plana como la de mi padre.)

Lo cierto es que el cura gordito parece inquieto por mi lentitud y mi silencio: «Anda, ve a comulgar, que se te pasará el turno.» Me da la bendición y allá que voy a la cola de la comunión, pero cuando me faltan sólo un par de monjas y una chinita muy guapa, la patena del monaguillo me deslumbra y me retiro asustado, como si hubiera recibido un mensaje divino, una iluminación directa del cielo. «Porque... porque ve tú a saber», pienso: «le he dicho que a veces sí que quería mirar las tetas. Se lo he dicho para no quedarme corto, para cubrirme. Pero la verdad es que no he recordado ninguna vez, desde la anterior confesión en el colegio, en que haya consentido ni tanto así... Y la confesión, seamos serios, consiste en decir la verdad sobre los pecados: no decir *menos*, pero tampoco decir *más* pecados de lo debido.»

Y hete aquí que vuelvo a ponerme a la cola del confesionario, donde, al arrodillarme, el oficiante me mira sorprendido.

—¿Y ahora qué quieres?

—Pues mire, le he dicho que sí que quería, pero la verdad es que no.

—Venga, venga —replica—, déjate de cuentos y ve a comulgar.

Y yo me quedo con un palmo de narices, pero más tranquilo. Más tranquilo al principio, sí, pero mientras espero arrodillado la comunión de las diez y media tengo tiempo para pensarlo y repensarlo. «Le he dicho que *no* consentía, pero ahora mismo he mirado sin cañones el pecho y el culito de la niña arrodillada justo delante de mí. Y con eso, que es un *sí* como una casa, es evidente que no puedo comulgar.» Y vuelta a la cola del confesionario. Pero ahora va a ocurrir una cosa que me curará por siempre jamás de mis escrúpulos. No es nada que el confesor diga, sino algo que *hace:* abre de par en par la puerta del confesionario, donde yo estaba a punto de arrodillarme, y en tono alto y con timbre cabreado me señala la cola de la comunión que aún dura y me dice:

—Ve ahora mismo a comulgar. No quiero oírte más, y mira que te vigilo; no confesaré a nadie de la cola, todos tendrán que esperar a que comulgues tú.

Habría querido fundirme allí mismo. Pero lo cierto es que desde aquel día, desde aquel mismo momento, mis pecados parecieron diluirse. Desde aquel domingo se me acabó de golpe la munición de mis escrúpulos. Basta de cañones, basta de sujetadores y basta de culpas, que se disolvieron y no sé adónde fueron a parar.

Sólo sé, eso sí, que bastó con un hombre sencillo y

pático, sensible, pálido y gordito, un cura como el de la iglesia del Pilar, para liberarme de los tentáculos de un jesuita que, día sí y día también, regaba y abonaba con esmero mis escrúpulos.

Cierto que hoy estoy mayormente curado de aquellas angustias y pecados, pero no sé si del todo del todo y sin ningún coste. ¿No decía Marx que *sólo se supera aquello que se suple?* Pues tal vez tenía razón, o al menos así me ha ido a mí. Dejé de imaginar los cañonazos cuando vislumbraba unos pechos, pero ha sido a cambio de imaginar inmediatamente unos pechos cuando oigo la explosión de un cohete o de un petardo. Y hasta hoy.

LA MUERTE DE MI ABUELO... Y LA MÍA

Al releer ahora mis cartas apócrifas he recordado a los antepasados de los que hablo: los abuelos, los tatarabuelos y todos aquellos de los que me siento eslabón, en esta carrera de relevos que es la vida. ¿Y qué podemos hacer con esos ancestros? ¿También a ellos tendríamos que matarlos simbólicamente para poder coger nosotros el testigo? Pero ¿cómo hacerlo, si están muertos? ¿No habría manera de rendirles tributo mientras siguen con vida, ofreciéndoles, como decía Jaume Balmes, «la tolerancia con sus molestias y la compasiva ocultación de sus faltas»? Ahora bien, ya he dicho que todo lo que ahora se me ocurre queda absorbido por el ciclo infernal de la depresión: sueño → angustia → sueño → tristeza → sueño → desasosiego → y venga y dale. No es pues extraño que, al pensar ahora en mi abuelo, recuerde precisamente la inconsciencia con que primero lo herí y después lo olvidé.

Subíamos en el carro de la leche, mi hermano mayor y yo, carretera de Santa Pau arriba, hacia Ventós. El abuelo iba a pie, justo detrás del carro. Nosotros jugábamos y nos peleábamos entre los bidones metálicos de leche, hasta que uno de ellos resbaló y cayó sobre el pie del abuelo, causándole una herida horrible. Él no hizo muchos aspavientos, pero cuando los masoveros le quitaron el zapato brotó un chorro de sangre que parecía imparable. El doctor Mir Mas de Xexás hizo lo que pudo, y a éste siguieron una retahíla de especialistas que, con toda clase de emplastos y sulfamidas, intentaban curar la septicemia y secar una herida purulenta que interesaba hasta los huesos. Pero ya se sabe que chapucear con los huesos favorece la formación de coágulos. Así ocurrió cuando yo me astillé el fémur con la moto y así le ocurrió a él. De manera que poco después tuvo un ataque de apoplejía del que no se llegó a recuperar y del que al cabo de un tiempo moriría.

Como yo quería mucho a mi abuelo y al parecer era el hijo más dócil de casa, al llegar septiembre y volver todos a Barcelona, mis padres me dejaban en Olot, «para hacer compañía al abuelo hasta Todos los Santos». Mi amor al abuelo y mi connivencia con él venían de lejos –de todo lo lejos que pueden venir cuando se tienen siete años–, pero la soledad *à deux* de aquellos meses en Olot acabó de hacernos cómplices. Paseábamos, hablábamos poco, él leía el periódico o un libro de santos y yo me aburría y deambulaba por aquel caserón inmenso: picaba ladrillos para hacer pintura naranja, cazaba grillos y les fabricaba jaulas de corcho con agujas de coser como barrotes; iba de una habitación a otra buscando caramelos en el fondo de algún cajón. Perder el tiempo juntos, aburrirse juntos, sentirse acompañado sin ser atendido, plácidamente, así se forjan los lazos más profundos y tiernos. «Anda, ve a ver a Joan y Montserrat», me decía el abuelo cuando me veía más aburrido de la cuenta. Y yo bajaba a Can Gall, la casa de los masoveros, donde ayudaba a ordeñar las vacas, a descascarillar o a remover la caldera mientras entonábamos baladas más bien marrones[1] y nos distraíamos con juegos más bien procaces. Montserrat –guapa, rellenita, simpática– se prendía por ejemplo un monigote en el culo (no en la espalda, exactamente en el culo) y pedía a un chico, que casi siempre era yo, que la persiguiera con una vela intentando encenderle el «muñeco» al tiempo que cantaba:

> Yo te encenderé,
> el tío, tío fresco.
> Yo te encenderé,
> el tío de papel.

Ella meneaba las nalgas de un lado a otro haciendo revolear el monigote de papel y contestaba:

> Tú no me encenderás
> el tío, tío fresco.
> Tú no me encenderás
> el tío de detrás.

1. He aquí la letra de alguna de esas canciones que ahora recuerdo: «*Si voleu sentir pudor / aneu al carrer Major, / que hi ha hagut l'apotecari / que s'ha cagat al armari. / La mestressa s'ha aixecat / amb tres pams de merda al cap; / l'amo diu a l'aprenent / quina pudor que se sent.*»

«*Jo festejava una noia / que tenia pretensions, / una noia que es tallava / els cabells* à lo garçon. / *El barber que va tallar-los / en secret a mi em va dir / que tenia els cabells macos / pero hi tenia molts titits (polls).*»

«*Si n'era de ruc / vell i feixuc / que feia l'amor a una somera, / i ella li deia prou, prou, prou, / que més m'estimo ser soltera.*»

«*Quan s'alçaven els coets, / el Zamora en calçotets. / Quan l'Alcántara fa un xut, / el Zamora ha ben rebut.*»

87

Le encendí cinco monigotes.

Gestos, canciones y movimientos nada refinados, auténtico folclore rural de la Garrotxa, que se interrumpía en cuanto el abuelo bajaba para llevarnos a rezar el rosario en la sala. *«Consolatio aflictorum... ora pro nobis; regina peccatorum, regina angelorum, regina pacis...»*

Para mí, sin embargo, *pacis* más bien poca. Yo sabía que al acabar las letanías venía el miedo, «el miedo nuestro de cada día». Entonces, Montserrat se encargaba de tapar los cristales de las ventanas con papel de forrar azul («si ven la luz, los maquis vienen y se lo llevan todo»). Entonces Mercè, la madre de Montserrat, me contaba aquellos *reality-cuentos* tan terroríficos: de la masía de al lado, allí mismo, donde una anciana había aparecido con un puñal clavado en el ojo; de las *fantasmasses* y las *visarmasses* que nos esperaban justo en el camino de la Boixeda; de la criada a la que el cadáver enterrado aquella misma noche agarraba por los pies exigiéndole que le devolviera el hígado que le había robado en el cementerio para servírselo de cena a sus señores... Y entonces, cuando la camisa ya no me llegaba al cuerpo, aparecía el abuelo: «Se ha hecho tarde, es hora de acostarse.»
Montserrat nos había metido ya el calentador en la cama para caldear las sábanas. Pero tanto daba: yo corría a la habitación del abuelo, le decía que tenía frío y me agarraba a su cuerpo para espantar a las *fantasmasses* que me asediaban y que acabarían por tirarme de los pies, cama abajo, abajo... Y cuando intentaba dejar la puerta del abuelo entreabierta para que entrase algo de luz, lo que me aterrorizaba era entonces la misma cabecera de la cama, donde de la boca del crucificado salían estas palabras dirigidas a un santo Tomás, pluma en la mano: *bene scripsisti de me, Thoma.*

88

A los lazos de la soledad, del aburrimiento, del mismo miedo se sumaban también los de la transgresión: la del «tío, tío fresco», la de las caladas de puro o la de los sorbos de Chartreuse que el abuelo me empujaba a compartir. Todo eso consolidó una complicidad y una inteligencia que ya nunca se borrarían; o mejor dicho: *que no deberían haberse borrado jamás.* Pero el hecho es que –y ahí empieza la historia de mi escalofriante premonición– un día descubrí, de repente, que esos lazos ya no funcionaban. Y fue precisamente el día de su muerte.

–El abuelo ha muerto esta madrugada, ayer cenó como todos los días...; no se ha dado cuenta de nada.

Yo esperaba la punzada de dolor, pero no la sentí. «¡Mira tú a quién se le ocurre morirse ahora! Y encima en Olot, tan lejos...»

Por entonces yo tenía dieciocho años. Nada de lo que hicimos o vivimos juntos me venía en ese momento a la memoria. No sentía nada. Sólo la *interferencia* que esa muerte suponía para «todo lo que ahora mismo tengo que hacer, ahora, ahora». ¿Y cómo es que no me sentía culpable de que me fallaran los sentimientos? Cierta vergüenza sí sentía (ya he dicho que soy más vulnerable a la vergüenza que a la culpa, más pudoroso que puritano), pero desde hacía un año tenía los sentimientos y los pensamientos inundados por un flujo de testosterona y adrenalina que todo lo colmaba. Incluso el recuerdo del abuelo. Flaubert habría dicho que por entonces yo estaba «en la edad de la locura y de los sueños, de la poesía y de la estupidez». Los Libros que he de leer, la Chica a la que tengo que seducir, la Revolución que debo emprender. Todo eso era más urgente, más importante... No es que me costara hacerme a la idea de la muerte de mi abuelo, es que me costaba sentirla. «¡A quién se le ocurre morirse ahora, en este junio de días cada vez más largos, más cerca de los cohetes de San Juan y de mi viaje a París, donde ella me espera!» La savia y las hormonas que me subían por las venas no estaban para duelos. Es la vida que despunta, y que brota, y que rechaza la decrepitud y el crepúsculo. «¿La muerte? ¡Qué asco, qué vergüenza, qué inconveniencia, qué estorbo!»

«Y vaya si tenías razón», me digo ahora, cuando la depresión lleva camino de mudar en premonición. Vaya si tenías razón, pobre de ti, como la tendrán tus hijos pequeños cuando te les mueras, que será más o menos a la edad que tú tenías cuando murió el abuelo. Eso puede suponer mi muerte para Fran y Xita, justo lo que la del abuelo supuso para mí. Igualmente vendrá a estropearles los planes, un poco como la del abuelo vino a estropear los míos. Los planes de un momento en que todo (la luz, los colores, la música), en que todo lo sientes como una exultante manifestación de tu propia vida, de una vida plenipotenciaria, que el espectáculo de una muerte se dispone a emborronar. Antes sin embargo, un poco antes, los niños habrán empezado quizá a sentir ese leve asco que las pecas o el fuerte olor de los viejos producen en la gente joven. Y después, mucho después, y ya en el recuerdo, tal vez Fran y Xita volverán a sentir por mí la ternura y la piedad que me devuelven hoy a mi abuelo...

¡Qué animal soy escribiendo estas cosas! He estado a punto de borrarlas pero no lo he hecho.

2. La dispersión como salida. Cóctel de «parties»

UNA CONFLUENCIA DESAFORADA

Bebo plácidamente una eventual naranjada elaborada a base de glutamato de sodio y estabilizantes diversos con la que intento tragarme un menú que no se compadece con la magnífica azafata negra que nos sirve. Estamos en noviembre de 1984 y voy en el vuelo Madrid-Nueva York, donde viajo embutido entre jóvenes y jubilados con tarifa reducida (me digo que no tengo *ya* edad para viajar así, o que *todavía* no la tengo). Salgo cinco días antes del Encuentro que he organizado en el Wilson Center: un par de días para escribir mi intervención en la Bobst Library de la New York University y otros tres para hacer los últimos arreglos con la gente de Manhattan. Quería trabajar ya en el avión, pero me ha distraído una india de Michoacán que vuelve para ver a sus cinco hijos después de haber servido dos años en España. «Son cinco» me aclara, «pero no crea, cada uno tiene su padre.» Y nos pasamos todo el viaje charlando.

¿Cómo es que siempre acabo igual? En el anterior viaje a Nueva York también quería preparar una conferencia, pero me toca al lado una señora distinguida que habla un castellano más fino que sonoro y con un leve acento pijo. Antes de una hora nos hemos intercambiado revistas y cigarrillos

93

(*¡o mores!*) y antes de dos se las ha arreglado para contarme su vida: su primer hijo, la guerra en San Sebastián, la mejor tienda de perfumes de Nueva York, las nuevas píldoras para dormir que al día siguiente no te dejan resaca, las hileras de cipreses en la Toscana, su primera «aventura» y sus contingencias matrimoniales: «Llevábamos dieciocho años casados y yo nunca le había puesto los cuernos.»

La conversación se ha ido haciendo quizá demasiado íntima, pero no llega a incomodarme. La señora tiene la ventaja de pertenecer a una galaxia absolutamente distinta de la mía, y de saberse explicar sin pedir una estricta correspondencia. No es que no me pregunte, al contrario. Pero cuando le respondo lo de que soy «catalán», «profesor» o «escritor», no cambia en absoluto de tema ni de tono. No pretende hablarme entonces de filosofía, de la universidad o «de las autonomías esas». No: para ella lo que *hago* en la vida no interfiere en absoluto en lo que *soy*, alguien sentado a su lado. Y a mí la sensación me resulta bastante cómoda.

¿Pero es siempre así? Un tanto mareado por el vino y por la altura, trato de repasar la lista de mis relaciones de avión: el campesino colombiano, la matrona gallega, el comerciante coreano, el tenista checo, el italiano con raya dibujada con fijador y brillantina.

Todo recuerdos más bien agradables, que empiezan con el «abróchense los cinturones» y acaban con «la compañía les agradece...». Es sorprendente, pero se comprende que sea así de plácido. Cuenta Leopardi de un sabio hebreo que cuando alguien le dijo que lo apreciaba, respondió: «¿Por qué no ibas a apreciarme, si no eres de mi religión, ni pariente mío, ni mi vecino, ni persona que me mantenga?» En efecto, tampoco ninguno de esos compañeros de viaje era de mi peña, y eso no sólo evita muchas tensiones y malentendidos, sino que permite que se te suelte la lengua: una franqueza tanto más relajada e intensa cuanto que sabemos que será perfectamente limitada en el tiempo. La conciencia de una próxima y definitiva separación nos da la tranquilidad necesaria para hacer confidencias o contar secretos que en las relaciones habituales, más a largo plazo, sabemos por experiencia que no siempre es prudente airear.

«No dejes de hacerme una llamadita cuando pases por Madrid, por favor», me dijo al final la señora. Yo le contesté que sí, e incluso pensé que lo haría. Aún no me atrevía a confesarme que la verdadera clave de nuestra franqueza consistía precisamente en que no volvería a verla, ni a ella ni a la michoacana madre de cinco hijos y esposa de los cinco maridos bien catalogados, ni al italiano bien repeinado...

Antes de desembarcar me pregunto cómo es que aún necesito viajar, tener nuevas impresiones, recopilar imágenes que me obsequien la retina. ¿Acaso no estoy repleto y bien impregnado de ellas? ¿Acaso tendré alguna vez suficiente tiempo o suficiente estómago para acabar de digerir las que ya he reunido? Pero la verdad es que no viajo para buscar sensaciones ni recopilar emociones; más bien por lo contrario. ¡Cuántas experiencias no habría tenido sin salir de mi habitación, mirando por la ventana o simplemente siguiendo con la mirada las vetas de los muebles o la pátina de las paredes! Pero también es cierto que sin algo de diversidad y distracción externas no habría tardado en sucumbir a la desazón que comporta el trato inmediato y continuado conmigo mismo. De ahí que siga escapándome por la tangente, pero no para tener más sensaciones o experiencias, sino para introducir una cadencia más lenta a su conjunto, para encontrar una vida más pausada saltando (¿huyendo?) de país en país, de ciudad en ciudad.

* * *

Como siempre, la llegada a Estados Unidos es caótica y vejatoria. Vejatoria para todo extranjero no estrictamente suizo, siempre sospechoso de ser un potencial inmigrante clandestino. ¿Se trata de una manifiesta incompetencia organizativa? ¿No será más bien una deliberada, calculada negligencia de la policía? ¿Cómo es que en un país tan moderno y pragmático no tienen ya un ordenador para saber si el visitante es comunista o quiere matar al presidente? ¿Cómo es que para averiguarlo han de consultar trabajosamente una especie de guía telefónica infecta? ¿Y cómo es que en las dos hojas que te dan –inmigración y aduana– debes escribir la fecha de nacimiento en un orden distinto (día-mes-año en la una, mes-día-año en la otra)? ¿Cómo puede prolongarse esta situación en un país donde todo y todos te recuerdan que el tiempo es dinero? Salgo de la aduana con el convencimiento de que todo eso debe de tener un papel intimidatorio u otro, pero nada más subir al autobús hacia Manhattan leo dos letreros que me llevan a pensar que tal vez no sea así, que quizá Estados Unidos tiene también una secreta tendencia al retruécano y la paradoja. El primer letrero figura en la etiqueta de un frasco de píldoras: «Si se desprende esta etiqueta, no ingiera el contenido.» El segundo, un anuncio de prevención del sida, advierte contra las «actividades sexuales de alto riesgo», definidas a continuación como *sex acts with multiple partners that involve the exchange of bodily liquids*. ¡Para que luego digan que lo del realismo mágico es cosa de América Latina!

* * *

Con sólo poner el pie en la calle, siento como un sorbo de la ilusión y el terror que experimenté en mi primer viaje, en el año 1962, cuando entre los peligros de Nueva York no se contaba aún el de encontrar a media Barcelona buscando los escenarios de Woody Allen. Tenía veintidós años. Antes de partir hacia la Universidad de Cincinnati, en Ohio, viví aquí tres días de esa levitación deliciosa que produce un entorno con más estímulos de los que podemos o sabemos procesar. Una levitación, eso sí, teñida de canguelo profesional: al cabo de cinco días debía comenzar las clases sobre *Fortunata y Jacinta* (que no había leído) y sobre la Ilustración española (de la que no sabía ni jota). Por aquel entonces tampoco sabía que las cosas no se conocen antes sino después de haberlas enseñado. De momento vivía aún en ese lapso tan bien descrito por Céline como «aquel intervalo en el que las costumbres del país precedente te abandonan sin que las otras, las nuevas, te hayan colmado, noqueado, atontado por completo».

La excepción americana (añadido de 2002)

Como dice el chiste, cualquier barcelonés que se jacte de serlo tiene que haber estado en Nueva York «una vez o al menos ninguna». En efecto, ¿quién no ha asistido en Barcelona a una cena donde se discute apasionadamente si la mejor tienda es la de la Diecisiete con Union Square o si, por encima de todo, hay que ir a la galería de la Cooper Union? «Si no has visto eso, no has visto nada», concluye nuestro cosmopolita ocasional.

Nueva York constituye para nosotros uno de esos mitos de andar por casa que han venido a sustituir a los grandes referentes políticos o religiosos que iluminaron –y deslumbraron– nuestra adolescencia. En efecto, todo parece indicar que ni la Salvación, ni la Revolución, ni la Ciudad Ideal nos sirven ya para conectarnos directamente con la Verdad y la

97

Vida... Pero he aquí una nueva remesa de dioses menores que, abandonando la ideología, parecen haber bajado a la topología más prosaica y han acabado viviendo entre nosotros. Los ejemplos se podrían multiplicar. Así, *Europa,* como lugar donde la *praxis* de nuestros antepasados ha precipitado en campos y ciudades, en usos e instituciones que ahora operan como bisagra *(exis)* de nuestra acción –digo. O el *Mediterráneo:* su equilibrio, su escala, su Melina Mercouri, su dieta equilibrada, su jubiloso paganismo, su viaje a Ítaca, su aceite de oliva y su poética entre Durrell y el sirtaki. O la *Ciudad:* el modelo Barcelona, la Cataluña-ciudad. O incluso la propia Nueva York pasteurizada y convertida en apta para todas las sensibilidades, y para la catalana más que para ninguna.

A diferencia de los anteriores, estos mitos ya no apelan a nuestra Fe o a nuestra Razón: se limitan a capturar nuestra imaginación, o a dejarse capturar por ella. Y el caso de Nueva York es emblemático: ha llegado a seducir incluso a los que tenían los prejuicios más acusados contra Estados Unidos o contra los americanos. «Es que Nueva York es otra cosa», dicen. Nueva York ha resultado ser así una sublimación de Estados Unidos digerible para europeos más o menos cultos –que a los demás ya les bastaba con Hollywood.

Es cierto que tampoco faltan las analogías de ocasión para sustentar el argumento Barcelona, al igual que Nueva York, es menos que una capital y más que una ciudad. Cierto que una especie de individualismo voraz y creativo encuentra su lugar y se reconoce en ellas. Cierto que ambas han generado una especie de narcisismo cosmopolita de rendimiento excelente. Cierto también que son el centro y el eje de un área que allí puede ser la *West Coast* hasta Cape Cod y que aquí es algo así como los Países Catalanes. Cierto, en fin, que desde hace tiempo ambas ciudades han sido

98

capaces de absorber y metabolizar grandes contingentes de emigrados. Todo eso yo lo he vivido. Lo viví, primero, durante un año en Harvard, y después a lo largo de los tres años que duró la cátedra Barcelona-Nueva York (1983-1986), época en que Pasqual y Diana Maragall residían en el East River y Mary Ann Newman enseñaba en la NYU. Como dice la propia Mary Ann, en aquellos años conseguimos generar «la mayor trashumancia jamás producida entre Barcelona y Nueva York». Allí se encontraban pintando Perico Pastor, Antoni Miralda, Antoni Muntadas y mi hijo Gino; nos visitaban Quim Monzó, Oriol Bohigas, Manel e Ignasi Solà Morales, Àlex Susanna y Marta Mata; se proyectaron nuestras películas, cantó Raimon e impartieron cursos o conferencias Jordi Llovet, Pep Subirós –que organizaron también la Cátedra–, Martí de Riquer, Miquel Roca, Eugenio Trias, Lluís Izquierdo... Sonó Mompou en la flauta de Barbara Held, rodeada por una instalación de Eugènia Balcells... Durante la década siguiente, la casa de Mary Fitzgerald y el club de Arthur Schlesinger me sirvieron para arrastrar a los demócratas más amigos a nuestras tesis sobre la OTAN, y en el New York Institute for the Humanities comía «los miércoles del seminario» con Paul Ricœur, Thomas Kuhn, Roland Barthes, Susan Sontag, Dick Sennett, etc. (Sólo falló Hannah Arendt, que estaba de viaje aquel semestre.)

Qué civilizado, qué cosmopolita todo esto, ¿verdad? Todo para confirmar que Nueva York seguía siendo «la excepción americana». Cierto que hoy la imagen de Estados Unidos ya no es tan caricaturesca ni estereotipada, pero todavía persiste aquel *ritornello* del: «Sí, pero Nueva York no es Estados Unidos, es otra cosa... más europea...» O persistía al menos hasta el 11 de septiembre, cuando vimos emerger una reacción nacionalista sin parangón. Una reacción que nos hizo ver que Nueva York era mucho más parecida a Oklahoma de lo que creíamos. Y, por desgracia, también más parecida a Europa. Veámoslo.

La América profunda (esa de la que decíamos que Nueva York era «la excepción») estaba constituida, según nosotros, por los telepredicadores fundamentalistas del Middle West y sus *new born;* por los fabricantes de *junk-food* y *junk-entertainment,* de los que debíamos protegernos como de la peste; por las convenciones políticas convertidas en circo de *majorettes* y banderitas; por los *lobbies* que defendían en Washington los intereses de las grandes Corporaciones. Tampoco faltaban los racistas del Sur, los policías que se encarnizaban persiguiendo a los espaldas mojadas que conseguían cruzar el Río Grande, todo esto entre otras alimañas.

La propia experiencia y la realidad de nuestro país nos ha librado ya de gran parte de estos prejuicios, sin duda. Hoy son nuestros partidos políticos los que hablan sin avergonzarse –e incluso con cierta complacencia– de que hay que hacer *lobby* de esto o aquello. Hoy hemos comprobado que esos partidos «de ideas» que aquí defendíamos solían basarse en una financiación no menos corrupta y mucho más hipócrita. Las pateras del Estrecho y las reacciones xenófobas ante la inmigración magrebí han puesto en evidencia el sentido del chiste políticamente incorrecto que alguna vez conté yo al volver de Estados Unidos:

–¿Qué te ha parecido Estados Unidos, ahora que acabas de pasar allí un par de meses?

–Pues un desastre, un asco, chico.

–¿Y por qué?

–Hombre, primero porque son unos racistas, y luego porque está lleno de negros.

100

A Nueva York, como decíamos, se le perdonaba la vida por ser una «excepción» americana, más próxima a Europa. Pero la verdad es que Nueva York vale sobre todo por lo que *sí tiene* –o tenía– de americana y por lo que *no tiene* –o no tenía– de europea. Por americano entiendo aquí su tradicionalismo, su confesionalidad disidente, su espíritu individualista y sectario, su alergia jeffersoniana tanto al crecimiento estatal como a la dependencia internacional. O es acaso una casualidad que la *colonización* inglesa fuera en cierto modo inversa a la *conquista* española. Desde 1492, España exporta a América una estructura administrativa centralizada de base agraria y nobiliaria que acaba procreando naciones criollas, a menudo tan despóticas como insolventes, y que reproducen clónicamente la mentalidad de la metrópoli. Casi un siglo más tarde llega a las costas de Massachusetts una oleada de prófugos puritanos, episcopalianos, católicos, cuáqueros, buscando cada cual su libertad personal. Este individualismo piadoso es lo que se traduce y sublima después en una constitución donde lo *foral* empalma directamente con lo *federal* sin pasar por el nacionalismo y el legalismo europeos: un tradicionalismo vernáculo sin un Derecho Romano o una Iglesia católica siempre dispuestos a vertebrarlo todo.

Y es eso, *también eso,* lo que Nueva York respira, lo que de la ciudad nos seducía, a Muñoz Molina y a mí: la expresión cosmopolita de un mundo de escapados en busca de la felicidad personal. Nueva York es la máxima expresión –no la excepción– del *patriotismo agradecido* de aquellos que consiguieron huir, llegar y hacerla. Un patriotismo muy distinto del *nacionalismo afirmativo* de los estados europeos, siempre con su celosa Identidad por detrás y su Destino universal visto por el retrovisor.

Y para muestra un botón: el jefe de la policía de fron-

101

teras californianas me acompañaba en una visita por las vallas que separan México de Arizona. Yo le pregunté por qué ponían tanta alambrada y tantos sistemas de alarma. La respuesta del policía me sorprendió por su candidez:

—Pues mire, los que sean lo bastante avispados ya se espabilarán para entrar evitando estas barreras, y sus hijos, supongo, acabarán siendo policías como yo. Pero mientras no lo consigan, yo debo estar aquí vigilando para expulsarlos.

Ni el menor dejo de superioridad o de racismo en las palabras del policía, de las que se deducía que, para él, *americano era simplemente aquel que se había colado antes*. Podemos llamarlo darwinismo social o como queramos, pero lo cierto es que no tiene nada que ver con el nacionalismo que hemos visto surgir en Nueva York a partir del 11 de septiembre de 2001, cuando la ciudad dejó de ser mero observatorio de conflictos que ocurren lejos para verse convertida en frente: en el escenario mismo del conflicto, en el centro de una batalla donde, como dice Baricco, «la ley del más fuerte ya no es garantía para nadie, ni siquiera para el más fuerte».

Pero es bien sabido que la enfática e idealizada identidad de un colectivo se alimenta de la agresión de que es objeto. De ahí que el lírico y piadoso patriotismo americano, que Manhattan había suavizado con una pátina entre civil y narcisista, empiece a semejarse más a los chovinismos europeos, sólo que con más fuerza para afirmarse violentamente. Nueva York se ha sentido más americana, sí, pero al precio de convertir su patriotismo cosmopolita en algo ya más parecido al nacionalismo europeo. El Imperio empieza a reivindicarse *también* como nación y encima monolingüe: ¡qué miedo! Sólo nos resta esperar que en este contexto de nacionalismos rampantes Barcelona pueda seguir el camino contrario y vaya volviéndose más acogedora, menos crispadamente «diferencial», más relajada y segura de sí misma, más afirmativa que recelosa, en una palabra: más independiente.

* * *

Decíamos que el paisaje humano de Nueva York revela una sopa genética realmente singular y estrafalaria: acento japonés de unos ojos que parecen cortados con bisturí sobre una piel oscura de cabello claro; deliciosos tobillos indianos, quizá un poco delgados, que soportan un torso chino, casi siempre demasiado cóncavo. Etcétera. Ahora bien, si este paisaje resulta siempre sorprendente, al llegar la primavera –que aquí se presenta de golpe y sin avisar–, la cosa resulta ya alucinante. Como los brotes en los árboles, como las flores mismas, los cuerpos humanos se abren y explotan de repente y sin traba. Nada parece ya poder contenerlos. El paso de cero a veinticinco grados en un par de semanas hace que emerjan de golpe las nalgas y los pechos femeninos, que teníamos ya casi olvidados.

Bajo al metro de la Trece y me encuentro con un anuncio de Exxon que dice así: *Start with US, stay with US* (donde *us* significa al mismo tiempo «nosotros» y «Estados Unidos»). Es una suerte –pienso– que en castellano no puedan hacerse juegos semántico-nacionalistas de ese tipo, por mucha *ñ* que quieran ponerle.

Pero no son sólo los sentimientos nacionales los que están en alza en Estados Unidos; también los sentimientos privados, de los que hemos hablado, son ahora los protagonistas que saltan a un primer plano. Completada (parece ser) la revolución sexual, ahora se aplican a hacer la revolución sentimental: ¡y venga experiencias íntimas y emociones compartidas, relaciones significativas, *actings out* de todo lo que llevamos dentro! Hasta los chicos de la calle se han aprendido eso de que hay que expresarlo y «sacarlo» todo. Me topo así con una especie de Tom Sawyer del SoHo que hace garabatos y grafitos en las paredes rodeado de amigos que solicitan ayudarlo. Está terminando de escribir *Moonks are cool* con letra gótica.

–¿Por qué pintas esas cosas? –le pregunto entre sociológico y curioso.

–Hay gente –me responde– a la que le basta con mantener los cojones dentro de los calzoncillos: ¡a mí no!

–¿Y esa serie de pitos y braguetas que dispones como en una cenefa?

–Es que nosotros, cuando juramos, no lo hacemos con la mano en el corazón, sino en la entrepierna: ahí es donde se cuece todo.

–Entiendo.

(Feroz, tierna, desmelenada, la vida en Nueva York hace pensar en los delirios a que puede llegar la naturaleza humana; por supuesto que en los países comunistas se convirtieron también en caricatura no ya de la *naturaleza,* sino de la misma *razón* humana. Pero eso es harina de otro costal. Y también es cierto que rusos y americanos se parecen. Truman Capote lo dijo no sé dónde: «Ambos son muy gregarios y comunicativos. Tienen muy buen corazón. Beben mucho. Son sentimentales. ¿Qué más queréis?»)

La amiga de nuestro pintor, de labios carnosos y entreabiertos, me recuerda a la portuguesa fea y pecosa que me introdujo en Nueva York hace más de quince años. Fuimos a escuchar a Count Basie en un bar cutre de la Cincuenta y dos, donde había cuatro gatos, negros y bebidos. Después quiso llevarme al Morocco y al Copacabana, de *art déco* y señoras elegantes. Me apetecería volver ahora a esos lugares, pero... Pero descubro que el sopor y la desidia de mis diablos íntimos han empezado ya su labor. En mi reloj son sólo las dos y media cuando salgo del estudio de mi hijo Gino, donde me alojo: hora y tres cuartos todavía para asistir a la conferencia de G. en la New York University. Apenas bajamos del avión, los pasajeros nos dividimos en dos bandos. Por un lado, los que quieren ponerse inmediatamente las pilas y adelantan el reloj seis horas; por otro, los que todavía defendemos un día o dos nuestro reloj biológico y nos resistimos a ello. Es ese reloj *sive* Diablo biológico el que ahora se me queja mientras nos distraemos rebuscando discos en Tower Records. Me apetece volver a casa y dormir un rato, pero Gino acaba arrastrándome a la conferencia para hacer tiempo hasta la fiesta que me espera dentro de dos horas: «Ya verás como después de una sesión académica, la fiesta te divertirá más.»

La lectura de G. es tópica y muy adecuada para lo que quieren oír los profesores hispano-progresistas que asisten. Al principio de la conferencia, la curiosidad puede aún con el sueño que arrastro, y así me entero, por ejemplo, de lo siguiente:

El creador literario es aquel que viola el lenguaje del poder: un lenguaje que, en manos de según quién, puede mistificar nuestra experiencia de la realidad social y apaciguar el deseo revolucionario. Pero el creador no se deja sobornar ni enjabonar: él transgrede este orden semántico y hace así del lenguaje un delito, un auténtico crimen...

La cosa, para abreviar, suena a Sade pasado por Bataille pasado por Artaud y al cabo pasado por agua. La reiteración del discurso y el uso previsible de los adjetivos (*«la derecha infame, los reaccionarios de siempre...»*) me producen un dulce sopor acunado por el monocorde bla bla bla de fondo. Ya medio dormido, sueño que soy yo quien dicta la conferencia mientras los asistentes, uno tras otro, se van quedando dormidos. Eso hasta que un repentino cambio de tono me hace abrir los ojos y compruebo que el sueño no iba tan desencaminado; que los efectos sedantes de la conferencia han podido con más de la mitad de la audiencia, que también se ha dormido o ha desertado. *«Y así es como el tercer mundo, aliado a nuestro discurso subversivo, acabará con la sociedad de la manipulación y el consumo. ¡Adelante, compañeros!»*

El cambio de tono ha despertado a los últimos hispanistas que han aguantado y que ahora aplauden tímidamente. Abrevio las despedidas y me dirijo a la fiesta. Gino se resiste a acompañarme. Que le da vergüenza, dice. A la salida, justo delante del edificio, un taxi ha atropellado a una vieja, aunque sin matarla. La gente se amontona en espera de acontecimientos. Yo no, que llego tarde a la fiesta.

EL MOTORISTA, EL ZEN Y ROLAND BARTHES

Definitivamente, aquí la gente ha preferido perseguir el cielo que conformarse con la tierra. Subo a la planta 63 en un ascensor metálico de paredes transparentes con un sistema de pulsadores, registros digitales y pantallas como de cápsula espacial. Hacia el piso 30 terminan las paredes o ventanas de los edificios próximos y empiezan los penachos que rematan las cornisas y terrazas. Por fin ya sólo quedan las nubes, arrastradas y arremolinadas por el viento. Desde aquí, dentro de este ascensor galáctico, lo de las nubes parece casi una dejadez, un anacronismo. Tanta geometría y tanta ingeniería electrónica para acabar así, ¡en puro algodón deshilachado! ¿Cómo no les ha dado por diseñar también el techo meteorológico de la ciudad? ¿Tardarán mucho en planificar unas nubes que amueblen decentemente el trozo de cielo que les corresponde? Pienso que sí, que tardarán aún, y que tal vez acaben por dejarlo correr. El día que tengan la suficiente competencia técnica para programar este cielo y estas nubes es probable que decidan conservar un techo urbano «sostenible y renovable». Contrapunto del *skyscape* de la ciudad, disfrutaremos entonces del *cityscape* que nos permita, como diría Calders, *tocar de peus al cel.*

Una voz metálica advierte que ya estamos en la planta 63. Aquí dan hoy un *party* Young Salter y los «liberales» del State Department. Es la fiesta del fin de curso en Georgetown, que este año celebran en Nueva York con sus amigos de Manhattan. Todos son relativamente jóvenes; jóvenes y atentos, instruidos, profesionales, bellamente casados. Hablan del mundo con la familiaridad, la candidez y la frialdad del propietario. Comparten un refinado menosprecio por la clase media, por esa *«obtuse middle class which entrusted its morality to policemen, and its fine arts to businessmen»*, según la definía James Joyce.

Los séniors de la fiesta son Robert Silvers, director de la *New York Review of Books*, el pintor Frank Stella, Norman Mailer, David Riesman, con su mujer la actriz Mayra Langdon, y Arthur M. Schlesinger, acompañado de Mary S. Fitzgerald, justo como hace un año, cuando cenamos en el Harvard Club con Tad Szulc. Empiezo por agradecerle, una vez más, los consejos que me dio aquel día para moverme en Cuba con el comandante Piñeiro (Barbarroja) y Marta Harnecker. Pero la anfitriona nos interrumpe para presentarme a Berty Colmes, el único obviamente desparejado de la fiesta, aparte de mí. Es un chico muy alto, grueso y rubio, pero que no responde al modelo neoyorquino. Se trata de un célibe militante que se apresura a contarme lo bien que se lo monta solo. Pero de momento, mientras nos sirven los primeros martinis, los protagonistas no son los séniors, ni los famosos, ni tampoco el soltero colgado. La auténtica estrella es el antiguo amigo de clase, simpático y pintoresco, con corbata de lazo de músico, zapatos de dos colores y sombrero de explorador, un sombrero que en éstas todavía no se ha quitado. Se llama Nick y es el único que, en lugar de hacer carrera política, abandonó Georgetown y se fue a Colombia, después a Nigeria y a la Guayana, no se sabe muy

108

bien si a vender armas, a comprar drogas o a traficar con la información del propio State Department. Él mismo se encarga de acentuar el misterio en torno a sus travesuras, que los amigos (propietarios como él, pero que nunca han recorrido la finca ni sus bajos fondos) no dejan de escuchar atentos mientras pinchan una aceituna La Española.

–Al subir al Picacho de San Andrés, la policía me detiene y me hace abrir el jeep para registrar el maletero. Allí, por supuesto, sólo llevaba la ropa, el saxo, los planos topográficos y cosas así. La mercancía iba bien segura en la bolsa del asiento allí puesta a mi lado, justo como en *La carta robada.*

–¿La mercancía? –pregunta Silvers. Se hace un breve silencio que el protagonista paladea.

–Bien, sí, la mercancía, je je. Ahora no recuerdo si en este caso era de Washington, del general que controlaba la guerra de baja intensidad en El Salvador, o si eran los paquetes de unos amigos de Santiago de Chile que debía llevar a la embajada británica de Brasilia.

–¿Paquetes? –intervengo yo, y nuestro amigo camuflado de agente triple con toques de Cocodrilo Dundee deja pasar el rato que el efecto requiere.

–Bueno –concluye Nick–, lo que hay dentro de esa clase de bultos, como lo que ocurre debajo de las faldas, o entre la *lingerie,* nunca acabarás de saberlo.

He conseguido escabullirme de la fiesta al cuarto intento y muerto de sueño me he encaminado paso a paso a casa de Gino. Pero ya se sabe que el sueño demasiado postergado también se cansa de esperar y con frecuencia se esfuma. ¿O es quizá que en mi reloj biológico ya es hora de levantarse? El hecho es que no consigo dormirme. De manera que me tomo mi Rohipnol y abro uno de los bestsellers del año: *Zen and the Art of Motorcycle Maintenance,* de Robert Pirsig, una historia de carretera al estilo Kerouac, teñida de espiritualidad californiana, antropología contracultural y ecologismo militante. ¿Breviario para la reconversión de progresistas? ¿Novela de caballerías motorizada? *How-to-Book? Road Story?* El libro de Pirsig tiene algo de todo eso. Y hay que reconocer que nadie como los americanos para adivinar de inmediato lo que la gente estará dispuesta a consumir, sean nuevos híbridos de maíz o nuevos híbridos de literatura, tanto da. Pirsig constituye un buen ejemplo de todo eso. Aprovecha su viaje motorizado *coast to coast* para explicarnos de mil maneras cómo la mística oriental se aviene de maravilla con la mecánica de su Triumph SX 732. En línea directa con aquel zen de andar por Esalen de Alan Watts, el autor nos enseña cómo podemos aprender «a ser uno» con la moto, «a reconocerse uno mismo» en el paisaje, a descubrir «la vida como camino» (Tao), a manipular el carburador con la conciencia de que los hombres somos también «modelos isomorfos de retroalimentación tal como nos enseña la Ergonomía y nos explica la Teoría General de Sistemas». (Personalmente, prefiero el toque de ironía que sabía dar Josep Pla a sus descripciones psicomecánicas. «El chófer, el hombre que lleva un motor entre las piernas, se caracteriza por una estupidez específica producida quizá por la salud física requerida para la adaptación de un ser humano a la máquina.»)

Pero Pirsig es optimista y nos enseña que la mecánica y la ciencia avanzan que es una barbaridad. Y no sólo ellas: son también la psicología, la espiritualidad, la mitología misma las que van a caballo de su Triumph a 150 por hora. Del «Jesús entre pucheros» de Teresa de Ávila pasamos así a este «Zen entre bielas». *La Motociclette* de P. de Mandiargues que Joan de Segarra nos ha glosado —*la jeune femme sur la moto, sans soutien-gorge et sans culottes, nue hors sa combinaison de cuir*– transformada ahora en emblema de la nueva espiritualidad californiana.

De todos modos no es eso lo que más me inquieta y me impide conciliar el sueño. Justo en el momento de apagar la luz –ese momento crítico en que las ideas insólitas nos juegan la mala pasada de susurrarnos al oído– se me ocurre, *hélas*, que el libro de Pirsig me desasosiega por lo mismo que me inquietaba el amigo trapacero de la fiesta cuando refería sus atrevidas aventuras. Al igual que Nick, el libro no se priva de advertirnos cada cuatro páginas de lo muy subversivo y sofisticado que es lo que nos cuenta. El autor no nos deja seguir la narración, sino que asoma la cabeza una y otra vez entre las páginas del libro para hacernos un guiño y murmurarnos al oído que el protagonista, por ejemplo, «está aprendiendo a tratar su motocicleta con el cuidado y la profundidad con que el Zen nos enseña a tratar la naturaleza», o que «no hay nada en el mundo, ni siquiera lo más mecánico e impersonal, que el espíritu no pueda impregnar». ¡Pues vaya que sí!

Justo cuando empiezo a adormilarme creo adivinar cuál es el principio «literario» que el libro de Pirsig viola y que a mí me violenta. Se trata de un principio que caracteriza desde la elegancia personal hasta la formal, desde la calidad humana hasta la literaria, y que consiste simplemente en no-definir-con-antelación-lo-que-se-cuenta; en no-poner-la-venda-antes-de-la-herida; en no añadir al discurso unas «instrucciones de uso» como las que llevan las latas de sopa precocinada y en las que yo he incurrido también en el Epílogo... Entre la telaraña de mi ensueño suena ahora una sentencia de Kafka –«hay que saber detenerse justo una palabra antes de la verdad»– y pienso que es eso, eso exactamente, lo que echo en falta (o mejor: lo que echo en sobra) leyendo el libro... Como lo encuentro también

111

en Jordi Escapado, el amigo al que visité hace dos meses en Ibiza, e incluso –¡quién me lo iba a decir!– en alguna obra de Roland Barthes. Está visto que tengo una inclinación natural e irrefrenable a la asociación libre y toda pretensión expresa de ser original acaba pareciéndome tan paradójica como la descrita en el maravilloso *Diario de un aspirante a santo* de Georges Duhamel. («Hablo menos que en otro tiempo, y debo de tener aspecto distraído. Las pruebas que me impongo para ser algún día más dulce, más humano, con frecuencia me ponen irritable [...]. Y es que la humildad de los santos es paradójica. Consiste en una competición por ver quién será el más pobre, el más modesto, el más oscuro. Siempre un poco más que los demás. La verdadera humildad, por el contrario, consistiría en seguir siendo lo que se es, como las piedras. Es decir, la inercia.»)

Primera asociación

Al poco de llegar a Ibiza me tropezaba con Jordi Escapado, el ex compañero que hace ya veinte años se refugió allí y que vive de traducciones al francés, agricultura orgánica, horticultura alucinógena, ¡y que ahora encima se ha hecho cristiano! Yo le manifiesto mi perplejidad.

–Pero ¿no decías hace poco que eras el último pagano del Mediterráneo?

–Sí, chico, pero el cristianismo acabó en buena hora con el paganismo oficial y sus ramplonerías.

–¿Y eso?

–Mira lo que dice Chesterton: «El cristianismo era odiado en Roma porque a su manera quieta y casi secreta había declarado la guerra a todas las patrañas y faramallas del paganismo oficial. Se atrevía a mirar a su través, como si el oro y el mármol hubieran sido cristal.»

—Así que has acabado en Chesterton... Eso sí que es repetir punto por punto su periplo en *Ortodoxy*... —Pero temo que Jordi se me ponga demasiado místico e intento hacerle aterrizar cambiando de tema—. Me han dicho que tu casa está lejos de aquí, en el otro lado de la isla, mucho menos habitado que éste.

—Lejos y cerca son términos que aquí no significan lo mismo que en Barcelona. Y tampoco llamaría «una casa» al lugar donde vivo. Se trata de otro concepto de habitabilidad, quizá el *Wohnen* de Heidegger. —No me esperaba que mi amigo pusiera la directa y acelerara tan deprisa, pero no me desanimo.

—¿Y qué haces, qué escribes por aquí?

—Nada. En este mundo escribir y vivir no son dos cosas diferentes. Sin horarios ni itinerarios fijos que te aten, todas las actividades del día pueden llegar a ser creativas.

—¿Y de qué vives?

—Alejado del consumismo, he aprendido a preocuparme más de cómo vivir que de los medios para hacerlo. La alienación moderna consiste precisamente en sacrificar la calidad de vida por un puñado de...

He aquí —me digo— la misma militancia que veíamos ya en el libro de Pirsig o en las «aventuras» de Nick, el amigo con corbata de lazo y zapatos de dos colores. Me refiero a ese talante de quien, en lugar de hacer buenamente una cosa u otra, se aplica conspicuamente a formularla, a explicarte su mensaje al tiempo que te hace el guiño del «tú ya me entiendes». Es una especie de oficiosidad que a menudo, y con las variantes del caso, encontramos también entre funcionarios de ministerio, profesionales de la danza, *maîtres* de hotel, creativos de agencia o ejecutivos briosos..., pero que resulta más inquietante cuando se trata de aficionados a la aventura pintoresca, a la insularidad contestataria o a la misma posmodernidad... Y como ya he dicho que el cruce del sueño con una idea se refuerzan mutuamente, al levantarme de la cama para beber un vaso de agua me viene a la memoria un caso más. Un caso más patético y al mismo tiempo más enternecedor. El de un gran *maître à penser* de mi tiempo.

Segunda asociación

¡Pero qué miedo, qué desasosiego llegan a provocar la cultura o el arte a sus propios rectores y oficiantes! ¡Qué miedo les da pasar por pequeños purgatorios de olvido o de incomprensión! Los últimos textos de Roland Barthes son un monumento a ese *canguelo;* un ejemplo impactante de lo que veníamos diciendo. En sus últimos libros, Barthes hacía lo imposible por distanciarse de los tópicos consagrados, de la modernidad establecida («de lo que se dice»). Lo que hoy mola, venía a decirnos, ya no es la cantinela estructural-libidinal, sino lo espontáneo-sentimental. Pero también en cada página –por si no nos habíamos dado cuenta– no dejaba de recordarnos que ahora su canto al Amor (en su *Fragments d'un discours amoureux,* por ejemplo) no era «de ida», sino «de vuelta»: que venía a ser un proustiano *amour retrouvé,* una recuperación del amor desde esa textualidad que lo había inundado todo. Es lo que yo le comentaba al propio Roland Barthes mientras paseábamos por Washington Square, al tiempo que él acariciaba discretamente a un amigo común, eterno escritor de un primer esbozo, de un primer original, de un primer capítulo de una primera novela.

114

–¿Y cómo es que no te atreves a decir, simplemente, que crees más en el amor *tout court* que en los análisis semióticos que antes se hacían de él? ¿Por qué has de vestir ese «amor» con tanto Jakobson o Hjelmslev? ¿Por qué te sientes todavía obligado a sazonarlo todo con la canción de la textualidad o de la semiótica? Algunos escritores pasaron del semen puro a la semiótica dura, y ahora vas y les dices que no es la razón, es la emoción la que debe hacer el papel...

Silencio glacial y leve temblor de Roland, que incluso deja en paz la pierna del amigo. Asustado por el exceso de efecto producido, intento arreglarlo.

–A ver, no es que no me encanten tus últimos libros, tanto *Le plaisir du texte* como *Fragments d'un discours amoureux*. Sólo me inquieta que te sientas obligado a presentarlos como de lo más *rompedor*, lo cual no creo que les haga ningún favor, y quizá más bien envara el texto.

Barthes sigue algo tembloroso, y pienso que no puede ser, que no es justo. No puede ser que a los sesenta años, con una magnífica obra a las espaldas, pueda descolocarte la crítica apacible de un crío de treinta. «Definitivamente», me digo, «¡no quiero acabar mi vida como intelectual, con un flanco tan vulnerable y tan suspicaz! Y es que en la profesión literaria, como decía alguien, el fracaso está siempre a la vista. Seguro que eso no le pasa a un campesino o a un abogado.»

En éstas sigo en la cama, sin conciliar el sueño, y en la oscuridad me resulta más claro que el agua lo que tienen en común el amigo del *party* y el de la isla, el libro de Pirsig y los de Barthes. Todos ellos tratan de darnos las claves para su interpretación; todos ellos te susurran al oído lo insólito, lo original, pintoresco, innovador o «vete a saber qué» es todo lo que dicen, escriben o hacen.

Y eso es lo que más me cuesta tragar. A mí me parece que la innovación o la ruptura no pueden nacer ya aceptadas y bendecidas, publicitadas y con seguro de vida. Lo que de verdad es nuevo debe pasar (en un mundo que no lo es) por una necedad, una ingenuidad, una ramplonería o, sencillamente, una simpleza. Tal vez por eso mismo en estas notas intento protegerme como puedo de la tentación —¡que también la tengo, por supuesto!— de hacer lo mismo que ellos. La tentación de explicar, por ejemplo, que lo que ahora escribo, por melancólico o convencional que parezca, es en el fondo —«y si sabéis fijaros»— de lo más insólito y original. No, pienso que no hay que ceder ni encogerse frente al peligro de ser incomprendido; ése es el precio que ha de pagar, inevitablemente, quien pretenda dejarse ir, sin trampa ni «control de calidad», entre las propias reacciones intelectuales y afectivas, entre las manías y los recuerdos, a caballo de la tristeza y la sabiduría que uno ha ido acumulando... Y lo que todo ello «signifique» no nos corresponde a nosotros decirlo, tal vez ni siquiera saberlo.

* * *

La confesión estratégica

Pero volvamos al *party* del piso 63, antes de haberme ido a dormir. Entre el discurso del aventurero y mi cuarto intento (exitoso) de escabullirme de la fiesta, han pasado unas dos horas largas que he intentado negociar poniendo el piloto automático y dejándolo a su aire; un método aconsejable incluso cuando no se está hecho polvo. En las fiestas, como en todas las tareas demasiado repetidas y previsibles, hay que encontrar esos reflejos que nos permiten actuar con un desgaste mínimo: maneras de presentar a individuos cuyo nombre no recordamos, formas de escurrirse de un rincón donde un pesado nos tenía arrinconados, de hacer que se enrollen dos personas para huir en busca de una tercera, etcétera.

No es obligado, por ejemplo, escuchar la vida y milagros que nuestro vecino nos va desgranando, y que a los quince segundos ya nos tiene aburridos. Mientras él se explaya, podemos pensar en la agenda de mañana, estudiar los muebles de la casa o buscar los ojos de una desconocida a la que querríamos conocer. (¿O acaso no aprendimos de los barrocos, y yo de mi confesor, aquello de que «ver no es mirar, como oír no es escuchar, ni sentir es consentir»?) Lo único que hay que hacer, eso sí, es pedir de vez en cuando al pelmazo, frunciendo el ceño y fingiendo cavilar, una aclaración sobre la última palabra que ha dicho o sobre la obra que acaba de citar. La periodicidad con que deben pedirse las aclaraciones resulta difícil de precisar, y varía según el interlocutor a quien atentamente desatendemos. Pero me atrevo a afirmar que oscila entre medio minuto, en los casos más exigentes, y minuto y medio en los más sencillos, cuando el contrincante es uno de esos plastas que ni te escuchan: que se enrollan y se lo montan ellos solos. (En los libros de Jorge Herralde encontramos un prontuario de situaciones por el estilo.)

Así me las he ido yo apañando hasta después de la cena —una cena sentados a la mesa, que para ellos resulta más «europeo»—, cuando el grupo se dispersa y yo hago el primer intento, frustrado, de escabullirme. Pero Adami, un director de escena grecofrancés que había acaparado la conversación

117

en la mesa, viene ahora hacia mí con esa impetuosidad y decisión mediterráneas que te hacen añorar la formalidad de los anglosajones cuando saben limitarse a hablar del tiempo. —No sé si me has entendido a la hora de cenar, compañero. —Y me da una palmada en la espalda—. Lo que quería decir es que la obra no tiene un final cerrado: es el propio espectador quien se lo ha de dar, se trata de una obra abierta, polisémica... («¿Realmente polisémica?», pregunto distraído.) Aunque el efecto resulta ya manifiesto desde un principio, como Diderot cuando... («Ah, sí», digo yo, como en *La paradoja del comediante),* y debe golpear al espectador, como quería Artaud, donde más le duela («¿Es realmente teatro de la crueldad?», pregunto maquinalmente mientras busco con la mirada una alternativa más atrayente).

Pero cuando no hay manera, no hay manera. Echo una ojeada en derredor y no encuentro por ninguna parte la mirada de esa maravillosa desconocida que siempre imaginamos que va a aparecer de un momento a otro. Sí me tropiezo, en cambio, con los ojos de Norton, que el mes pasado me envió su novela. Me hace una seña con la copa y yo, como si no lo hubiera visto, vuelvo al diálogo con el director de escena, que hace ya rato que me explica cómo se financia una obra en el Village: «Hay que invertir en bonos del National Endowment y pagar los ensayos con los créditos de los primeros meses, hasta que empiezas a devolver el principal, y entonces...» Pero no ha pasado ni un minuto cuando noto la mano de Norton en el hombro.

Su novela no la he leído, y tal vez por eso, por mala conciencia, la he defendido cuando en la mesa alguien parecía criticarla por demasiado oportunista en los temas y demasiado simplona en la escritura. «Es como si quisieras adular al lector y congraciarte con todo el mundo», le ha dicho alguien mientras cenábamos. Pero a mí me ha dado pena y he salido en su defensa aprovechando la discusión que un comensal ha entablado entonces acerca de Ricardo Bofill y su arquitectura. «La arquitectura», he dicho, «viene a ser la literatura de la construcción, y al igual que resultaría dramático que toda construcción fuera deliberadamente *ar-qui-tec-tó-ni-ca,* lo sería que toda escritura se hiciera enfáticamente *li-te-ra-ria.* Pues bien, Norton constituye un buen ejemplo de lo que quiero decir: él, al menos, nos deja respirar entre frase y frase»... Y ahora, naturalmente agradecido, Norton viene a comentar la jugada.

–¿Has observado el ambiente de esta fiesta? Parece sacada de mi novela, la realidad imita la ficción, ya se sabe. A propósito, la recibiste, ¿verdad? Te envié la novela tanto a la dirección de Barcelona como a la de Bruselas. Me dije que siempre tendrías algún amigo editor...

Momento dramático y de dificilísima salida. Aquí ya no basta con «oír sin escuchar»; también hay que contestar sin saber de qué va el guión. De las técnicas de reposo en el brazo del sofá hemos de pasar a las técnicas de escape. Y ahora la cosa es urgente porque Norton me ha apartado amablemente del director de escena, que amenazaba con darme una clase de Financing Arts.

Parece mentira, pero en cierto punto del *party* los pesados como éste acaban por brindar cierto alivio. Por lo menos, son gente que, como la dama del avión, parece dispuesta a guisárselo y comérselo sola: ellos se preguntan, ellos se responden y tú puedes mirar desde la barrera con la cabeza en otra cosa. Por desgracia, como se verá, no fue ése el caso.

–Que no sea estrictamente realista tampoco significa que el resto de mi novela sea un mero ejercicio estilístico –prosigue Norton–. Pero ya se sabe, mi ex mujer, que trabaja en *The New Yorker*, aprovecha cualquier cosa para hacerme la pascua. Y ya ves la crítica que han hecho de mi libro. –Pero entonces llega el golpe más difícil de esquivar–. ¿No te parece que Arthur –me dice señalando a Schlesinger– es el vivo retrato de mi John, el marido de Diane? Pensé mucho en él mientras escribía la novela.

–Hombre, el vivo retrato tal vez no... –digo como quien dice que sabe lo que dice.

–O mira a Mary Fitzgerald –insiste–, mira cómo se pone las gafas. Es justo ese movimiento lo que precipita todos los acontecimientos en mi libro. ¿Recuerdas cuando al final de *Soul Nurse*, justo antes de que John se vaya, Diane se pone también las gafas para ver el álbum?

–*Pues fíjate, no. ¡Ahora no recuerdo esa escena!* –digo como sorprendido.

¡Confesión estratégica! ¡Respuesta crucial, genial! Mal me está el decirlo pero es así (y por eso lo he escrito en cursiva). Fijaos un momento: la leve ofensa o lapsus que nos permitimos al haber olvidado el pasaje en cuestión no hace sino convencer al autor de que, eso sí, el libro lo hemos leído; *quod erat demonstrandum*. Un inseguro y evasivo «*ah, sí, ahora recuerdo la escena*» podría hacerle dudar de si hemos cumplido con la obligación de hacer los honores a su libro. Pero un contundente «*ahora no recuerdo esa escena*» no le hace sospechar que sea el libro mismo lo que no hemos visto ni por el forro. Convencido de que lo hemos leído, halagado por nuestro interés y compadecido de la confusión que nos ha producido no recordar *ese* pasaje, ahora el autor mismo cambia de tema, ¡y todos salvados!

La cosa es que, para ser creíbles, las excusas, las mentiras e incluso los cumplidos han de ser relativamente inverosímiles. Decidle a una guapa que está especialmente guapa, a un anfitrión que llegáis tarde por culpa del tráfico, o a un autor como el que nos ocupa que no habéis leído su libro porque, apenas recibirlo, vuestra madre (gran admiradora suya) os lo cogió y estáis esperando a que os lo devuelva. Decid cualquiera de estas cosas y no os creerán: ya se las han dicho mil veces. Decid, en cambio, a la bella que es la más extravagante de la fiesta, al anfitrión, que el taxista que os traía ha chocado y habéis tenido que llevarlo al ambulatorio, o al autor, que no habéis leído el libro porque vuestro hijo pequeño lo ha metido en el horno para jugar y vuestra mujer ha hecho con él un suflé, decid cualquiera de estas burradas y os creerán religiosamente: son demasiado bestias y exageradas para que pasen por cumplidos o excusas de mal leedor.

Pero hay una variedad peligrosa y bastante frecuente en este tipo de aquelarres políticos o intelectuales. Es cuando el autor trata de recordaros a continuación el pasaje refiriéndolo a otros pasajes de la novela de los que, obviamente, tampoco sabríais comentar nada. Por eso, una vez dicho lo de «ahora no recuerdo esa escena», hay que terminarse de un trago el gintónic y huir rápidamente en busca de otro a la mesa de los cócteles, donde seguro que encontraréis algún alma en pena dispuesta a sacaros de la situación crítica. La mesa de los cócteles es al mismo tiempo el Cuartel General y la Retaguardia del *art of mingling*. Es el punto estratégico adonde van a parar los colgados de las fiestas, siempre dispuestos a hacer consideraciones sociológicas de urgencia. Con razón dijo alguien que ese bufet de los cócteles *is the only place in the party where a single man can linger without looking purposeless or alone.*

Me escurro, pues, al cóctel-burladero medio oculto tras una columna de espejos que me protegen también de una profesora de español de ojos inquietantes, mujer no sé de

121

quién, y que ya de entrada me ha dicho muy seria que «tenemos que hablar». Desde el rincón puedo fumar un cigarrillo y espiar tranquilo: a la derecha, el culo de la única negra parece calcado de un Motherwell que cuelga en la pared; más allá, la calva mal camuflada de Nick, el aventurero con corbata de lazo y sombrero de explorador; al fondo, las luces del Village, y en primer plano, el perfil de Dora, la señora de la casa, una bostoniana un tanto ajada pero todavía joven y con un tipo magnífico, perfecto si no fuera por una espalda ligeramente encorvada y demasiado pecosa. A estas alturas parece haber olvidado ya su tarea de anfitriona y ahora discute entusiasta con la única pareja algo cumbayá de la fiesta.

–En Occidente hace ya mucho que pensamos *contra* la naturaleza, para controlarla, y ya es hora de que empecemos a pensar y sentir *con* ella: a con-sentir-la –es lo que le está diciendo el cumbayá *sive* hippy. La señora asiente y me sonríe cuando me ve reflejado en el espejo de la columna–. Y a ti –me dice, volviéndose–, ¿qué te parece lo de con-sentir las cosas? Es muy estético, ¿verdad? –Y recordando de pronto que no nos había presentado antes de sentarnos a la mesa–: Rubert, profesor de estética, o de política, no sé; es miembro del Parlamento Europeo. –Y añade, señalándome a la pareja–: Ada y Tom, los únicos que saben elaborar cocina orgánica en Manhattan.

La presentación me ha pillado distraído y a contrapié. Yo estaba mirando a Jeannette, su hija de veinte años y de facciones clásicas aunque un tanto imberbes, con las mismas pecas que la madre pero más concentradas en las mejillas. Para acabar de ser hermosa –pienso– sólo le faltaría decisión, empuje... O tal vez bastaría con un poco menos de esa «naturalidad» tan aplicada que con frecuencia echa a perder la belleza de las americanas. Alguien me la había descrito como «una chica de veinticinco años recién salida (con notable éxito) de su segundo divorcio»... Distraído con estos pensamientos, busco rápidamente una frase que ligue, más o menos, con la conversación en curso.

–Mira, a mí de pequeño me dijeron que había que pensar *desde* la Fe, después *con* Perspectiva Histórica, o Económica, o vete a saber. Ahora ya no quiero pensar ni *con* la Historia, ni *con* la Naturaleza, ni con nada de nada, sólo quiero pensar *en* las cosas.

Aún no he terminado de hablar cuando mis propias palabras me producen una sensación de *déjà-vu,* de algo ya dicho, sobado y redicho: «Es una respuesta muy propia de ti», me dijo, «tal vez puedas saltarte la Historia, quizá incluso la Naturaleza, pero de ti, de Ti mismo, no podrás escabullirte jamás.»

A cierta edad, en efecto, empezamos a darnos cuenta de que la aparición de determinados temas nos arranca una y otra vez la misma respuesta, un reflejo casi idéntico. Ello supone una primera experiencia humillante, pero también crucial. Ahora es el alma, no sólo el cuerpo, la que pone en evidencia los achaques de la edad. Ahora descubrimos (con cierto júbilo) que la multitud de «ideas al respecto» que pueblan nuestro cerebro tienen un núcleo consistente. Y también descubrimos (eso con cierta pena) que ese núcleo es muy duro, muy redundante y pequeñito. Se trata de un yo-mismo que ni siquiera llega a ser *haissable,* que es tan sólo un yo algo maltrecho y que la única manera de hacer las paces con él consiste quizá en seguir los pasos descritos por Oscar Wilde: «Primero me adoré a mí mismo, después me aburrí, y después, después crecimos juntos.»

123

–Dar una fiesta –dice ahora Dora– es como querer programar lo excepcional, lo excepcional que nunca llega. Por eso las fiestas resultan casi siempre aburridas y frustrantes. Además, aquí nos conocemos todos, somos los de Georgetown, los del Departamento de Estado y los cuatro intelectuales neoyorquinos con los que ya nos lo hemos dicho todo... Fíjate, fíjate en nuestro actorcito de reparto.

Dora tiene la imperiosa necesidad de bautizar a cada cual con un sobrenombre que lo retrate: ahora es «actor de reparto» como después será el «anacoreta», el «crupier» o el «corredor de comercio». Lo que le va son las idiosincrasias que se dejan retratar con un *beau-mot*. Y hoy lo tiene fácil con el pintor que ha sentado a mi derecha, «los dos más estéticos y estáticos, a mi lado», ha dicho, graciosa, ella. El pintor es un individuo bajito, pulcro, peludo y un tanto estrafalario, con unos brazos que le cuelgan como si fueran las propias mangas de la americana. Pero lo más inquietante no es eso. Lo más inquietante es que va de pintor (de hecho, tiene el aspecto descoyuntado de un Kokoschka), quiere hablar de pintura, y no para hasta que Dora nos lleva a ver sus cuadros, que tiene discretamente colgados en el dormitorio. Decía Canetti que siempre le había gustado la manera como los propietarios o los propios artistas muestran sus cuadros en un domicilio particular. A mí no. Yo más bien sufro y no sé qué decir ni comentar ante la vigilancia de unos ojos ansiosos y unas cejas fruncidas.

Decía la anfitriona que las fiestas suelen ser aburridas. Tal vez porque, como señala el amigo Rabella, la buena conversación no consiste en decir cosas ingeniosas sino en saber escuchar tonterías. Pero ahora pienso que no son tanto esas tonterías lo que nos cansa. Lo que nos aburre es ese yo demasiado conocido que arrastramos y la imagen de nosotros mismos que irremisiblemente nos devuelve. Es el talante de nuestras respuestas habituales que ha ido ganando peso y perdiendo plasticidad hasta constituirse en el repertorio monocorde y aburrido de nuestras sentencias, de esos pronunciamientos con que dejamos todo tan pringado que da asco. De ahí que sea tan bueno un cambio de medio, un nuevo horizonte que nos permita descubrir registros desconocidos, nuevas configuraciones de nuestro espíritu; algo que nos ayude, siquiera durante un rato, a sorprendernos de nosotros mismos. A veces (aunque más bien pocas) tenemos éxito en la operación: algunos libros nos prestan unos ojos nuevos para mirar el mundo; algunos amigos –no necesariamente los más íntimos– nos ayudan a descubrir un nuevo paisaje interior, un suplemento de alma que teníamos sin estrenar...

–Nos lo hemos contado todo, es cierto, Dora, pero sólo del ombligo para arriba.

Es John, el marido de Dora, quien ahora recupera su frase y le pasa otro gintónic. Es un hombre guapo, muy guapo y alto, pero mira un poco contra el gobierno y encima tiene un ojo de cada color: uno negro y el otro entre verde y amarillo. Lo cual le da un aire inquietante, como de artista un poco loco, un aire que él compensa con una actitud entre servicial y bonachona.

No sé por qué, pero he adivinado de entrada (pese a lo distintos que parecen) que John y Dora son un matrimonio, y un matrimonio como es debido. ¿Tal vez por esa perfecta, aséptica yuxtaposición, tan natural y tan neutral a un tiempo, que sólo llega a darse en una pareja ya bien rodada? Una naturalidad, sin embargo, que no llega al autismo *à deux* de esas parejas ya tan, tan estabilizadas que, como los muebles en el desván, acaban sólo unidas por las telarañas que se han formado entre ellos. Alguien dijo que «al principio, el ma-

125

trimonio es maravilloso, pero cuando sales de la iglesia la cosa ya se complica un tanto»... y es allí mismo, pienso yo, donde empiezan a fabricar su particular telaraña.

Pero es la joven compañera de Silvers, con un escote de vértigo y unas llamativas gafas de nácar, la que recupera lo del «ombligo para arriba» que John había dejado sobre el tapete: «Mi marido y yo, en cambio, sólo nos contamos las cosas de cintura para abajo y la verdad es que él siempre lleva las de ganar. Es tan narcisista que no puedo abrazarlo sin sentirme celosa... Y es que en América», pontifica, «seguimos siendo un país de puritanos y pioneros. Un país nuevo que... Etcétera, etcétera.»

Como aquella condesa de Amiel a la que no se podía reprochar ni una sola idea original, nuestra amiga produce un chaparrón de palabras sobre un desierto de ideas; de unas ideas que parece haber atrapado como quien contrae una gripe: por contagio. Sin embargo, tiene sobre los demás invitados una ventaja incuestionable: la de poseer una idea cómoda de sí misma y encontrarse a gusto en su piel.

Una vez más, opto por poner el piloto automático. Intento ofrecer a mi entorno sólo una atención flotante que me permita hacer acto de presencia sin estar ahí. Y lo que ahora oigo es un goteo de palabras o frases deslavazadas; una lluvia de fonemas inconexos como los del *Patufet a la panxa del bou on no hi neva ni plou.*

—... tu tesis sólo tiene dos inconvenientes: que no funciona y encima que no es verdad.

—... Lo que pasa es que esos neoliberales de Chicago no han leído jamás un libro ni han labrado un campo. Si no, sabrían que *la riqueza es como la mierda: sólo es buena si está bien repartida sobre la tierra* (Bacon). Son unos nuevos fascistas que...

–... Sí, vosotros siempre decís que el fascismo planea sobre Estados Unidos, pero la verdad es que suele aterrizar en Europa. –Es Norman Mailer quien habla ahora, y continúa–: Sois como los de *N. Y. Review of Books* –y mira a Silvers de reojo–, que saben equivocarse con toda la autoridad; que tienen un verdadero olfato para el error. Y lo mismo les ocurre con el estilo: pueden acertar con el adjetivo, pero tienen el gatillo demasiado fácil y la frase se les escurre siempre entre los dedos. Lo que les falta –concluye– es un poco de buen gusto y de paciencia: *il faut attendre pour atteindre.*

–Pues precisamente ayer un diplomático italiano me decía que en la economía del *supply side* no se trata sólo *de esperar,* sino de *tener esperanza:* parece ser que un filósofo católico, de nombre Maritain...

–Quita, hombre, quita, los diplomáticos son una especie de azafatas de la política...

Decididamente, Norman Mailer es el maestro de la provocación. Recuerdo cuando lo conocí en Berkeley, hace más de diez o doce años. Celebraba una especie de mitin en el centro del campus –sobre un estrado de madera–, y fue capaz de torearse a seis feministas embutidas en enormes falos de porexpán y con vaginas de peluche que subieron a la tarima para rodearlo dando saltitos: «falócrata, falócrata», decían las chicas a cada bote... El auditorio de estudiantes estábamos con ellas y contra Mailer, por supuesto, pero él siguió impasible, y soltándolas cada vez más gordas, hasta que acabó dirigiéndose al coro de las chicas fálicas: «La próxima vez a ver si venís con unas vaginas más practicables», les dijo; «en los sex shop de Razor Lane Street las venden por seis dólares.»

¡Qué animal!, ¿no? Pero lo cierto es que acabó metiéndose al público en el bolsillo.

Eso precisamente es lo que querría conseguir hoy Nick, nuestro amigo aventurero, que trata de aprovechar lo de los diplomáticos para seguir relatando sus gracias y peripecias. «Pues mirad, yo también conocí a un embajador que quería explicarme la geopolítica del sudeste asiático en una discoteca de Paramaribo con el ambiente absolutamente saturado de alcohol barato, decibelios y testosterona. Y eso mientras el camarero nos contaba que su amigo tenía el pito tan largo que podía hacerse un nudo con él, un nudo que después se deshacía... sin manos, sólo empalmándose.»

La gente se ríe, pero al parecer ya no está para más aventuras de nuestro agente triple en países exóticos con sombrero de Indiana Jones. Ahora la cosa se pone más psicoanalítica.

–Hay días que salgo a la calle y me siento incapaz de pescar no ya a una chica guapa, sino un *pinche* taxi libre.

–Por supuesto, a mí me pasa más o menos lo mismo ante la hoja en blanco. Y es que sólo encuentro fuerzas para hacer algo cuando he olvidado por qué quería hacerlo.

–Oye, ¿eso no lo escribió alguien?

–Tal vez sí, tal vez sí –dice John, el marido ya amortizado de Dora y que pasa más por guapo que por escritor–, pero es que yo coincido mucho porque, gracias a Dios, leo poco. Lo de no leer supone también un seguro contra numerosas enfermedades. ¿No recordáis a Pablito, tan sabio él, que se compró un perro de segunda mano y acabó con la manía de que se le comía los libros?

–Sí, pero ahora ya está curado de la paranoia, ¿no lo sabíais?

–No, ¿y cómo es eso?

–Es que tiene cáncer.

* * *

Los retazos de conversación que he ido espigando no estaban enlazados. Son los que de vez en cuando me han llamado la atención para sacarme de mi letargo. Poco antes de irme, ahora sí de verdad, me he dirigido casi maquinalmente a la profesora de español de la que me había escabullido tras la mesa de los cócteles. «¡Cuántas veces no habré hecho lo mismo», es lo que ahora cavilo, «y cuántas no me habré maldecido y me he dicho que nunca más!» Me refiero a mi tendencia a acabar fingiendo que persigo a quien me persigue. «¿Y de dónde carajo debe de venirme esta inclinación? ¿Mala conciencia? ¿Buena educación? ¿Lástima? ¿Ganas de quedar bien?» En este momento, con la lucidez puntual que proporciona el cóctel de ron y de sueño, pienso que es como un impulso irrefrenable de neutralizar una relación demasiado asimétrica (uno persigue, el otro se escabulle) en la que nunca he logrado sentirme cómodo. Sobre todo si el otro es una mujer.

¿Cómo explicarlo? La cosa sigue una secuencia bastante fija y ordenada. Empieza, paso 1, cuando una mujer te ronda y hace un avance galante que desde tu educación tradicional consideras más propio de un hombre. Entonces, paso 2, corres a escalar el galanteo a fin de no ponerla en evidencia, y que al menos parezca que eres tú quien ha hecho el avance. Lo más jodido es que muchas mujeres son poco sensibles a la auténtica motivación de este paso 2 (el deseo de salvarles la cara, pasando por ser tú el perseguidor) y, envalentonadas, dan entonces un paso más, el paso 3, lo cual te obliga a escalar a un paso 4 y 5 y 6 y... Y así es como sueles acabar haciendo la corte a las mujeres que menos te interesan. Por desgracia, pocas veces es verdad lo que decía Proust: «Ninguna mujer puede acabar gustándonos tanto como la que de entrada no era nuestro tipo.» Pero la cosa tiene más que ver con aquel *par délicatesse / j'ai perdu ma vie* de Rimbaud que con *l'amour retrouvé* de Proust. Y es entonces cuando maldecimos nuestros huesos, sobre todo si había en el horizonte una prometedora alternativa que nuestra cortesía nos ha hecho perder de vista.

Hoy, por suerte, la profesora llevaba al marido incorporado y, gracias a Dios, hemos evitado ese círculo vicioso, que podría resumirse con una pequeña variación de la canción mexicana: *«María Cristina me quiere cortejar / y yo le sigo, le sigo la corriente / porque no quiero que diga la gente / que María Cristina me quiere cortejar.»* O quizá es Vila-Matas quien mejor lo explica, bien claro y castellano: *«De hecho, me dije, las mujeres sólo quieren una cosa, que los hombres quieran acostarse con ellas. Pero si te acuestas con una mujer, ella te puede dejar jodido. Y si no quieres, ella te jode igual por no haber querido.»*

EL TAXISTA, LA MUÑECA Y EL GAY

Hay una cosa que me encanta y otra que detesto de esas fiestas americanas. Adoro la ocasión que brindan de mantener una conversación a un tiempo convencional y viva, tan protocolaria como, eventualmente, aguda. Aborrezco, por el contrario, su necesidad de disfrazar un encuentro ocasional de interés «personal» y de convertirlo en *exciting;* de una excitación que ha de durar, clavados, cuatro minutos y medio. De ahí la necesidad de sazonar la conversación con un mínimo de confidencias íntimas. Y como tantas confidencias no pueden ser de verdad personales, acaban siendo tan seriadas como «personalizadas». Ya un poco aburridos, estos neoyorquinos viven a la caza desesperada de la impresión, del *feeling* que conmueva. Es lo que antes he denominado «la revolución sentimental», para mí la más *phony* de todas las revoluciones. El teólogo Harvey Cox, el decano de Harvard y que me prologó el libro *Self-Defeated Man,* ofrece esta explicación del fenómeno: «Como no creen en Él, buscan una Ella que se deje mitificar, y caen en brazos del primer Absoluto de andar por casa que les viene a mano.»

Tal vez sí, tal vez sí tengan razón cuando dicen que a los latinos nos ahoga la estética y somos prisioneros de un

131

mundo de formas y de imágenes: de ritos y formas que no queremos diluir en fórmulas abstractas. Pero si a ellos no los ahoga la estética, sí los anega la psicología más o menos trascendental. Se trata de la tiranía –y el negocio– de la intimidad, que al popularizarse ha salido del gabinete del psicoanalista y ha recuperado la calle adoptando las formas más chabacanas del esoterismo. Cierto que los propios psicoanalistas americanos de los años cuarenta y cincuenta ya habían empezado a ablandar un poco la cosa freudiana. Freud desplazó la atención del *Yo* y la encaminó hacia las *pulsiones* inconscientes y sus «perversiones». Entonces los americanos se apresuraron a aguar todavía más el producto para adaptarlo a la producción en serie. Y su conclusión fue ésta: ni demasiado arriba en los *principios,* ni demasiado abajo en las *pulsiones:* lo mejor es disolver ese Yo en el repertorio de los *gustos* y las *preferencias* personales. Ahora todo será cuestión de «autoanalizarse» (A. Maslow), de «encontrar el auténtico yo» (K. Horney): de aprender, en definitiva, a ser condescendiente con la propia banalidad. Y hay que reconocer que en eso Dora, la anfitriona de la fiesta de hoy, es una auténtica artista. He aquí las palabras con que la he oído despedirse de Dick: «No, no te preocupes por mí, sabes muy bien que mi conciencia y yo siempre acabamos por hacer las paces.»

* * *

En dos días vuelo ya hacia Washington y después a El Salvador y Nicaragua. Me queda esta mañana para hacer cuatro gestiones e ir *uptown* a comprar juguetes para mis hijos: ya estamos en noviembre y no tengo aún nada para Navidad y Reyes. Veo un taxi en la parada y le doy la dirección de la tienda de juguetes.

132

–Let's vamos –contesta el taxista, que estaba recostado en la puerta abierta del vehículo, con los brazos cruzados y ese punto desmañado que tiene siempre un camarero sentado o un taxista de pie. Detrás del asiento del conductor leo, ahora en español: *Sea cortés, la cortesía paga.*

He aquí –pienso– el sincretismo de dos mundos que ayer veía tan distintos: el de la ceremoniosidad iberoamericana y el del pragmatismo anglosajón; de la riqueza como tesoro (*«el tiempo es oro»*) y la riqueza como numerario (*«time is money»*). Y quizá sí, quizá sí estos hispanos se están haciendo un código que en el siglo XXI acabará sintetizando ambos mundos. De momento ya se van infiltrando en todas partes. Y, además, lo de tener una lengua propia y una clara identidad de referencia se ha convertido para los hispanos en una ventaja más que en un obstáculo. Los negros, en cambio, tienen dos inconvenientes respecto de los *latinos:* un color de más y una lengua de menos.

Hemos enfilado ya la Quinta Avenida, donde las aceras se van llenando de gente que camina en la misma dirección. El tráfico se hace más lento hasta que se detiene.

–¿Se trata de una manifestación? –le pregunto al taxista hondureño, que me responde con una sonrisa.

–No, ahora aquí la gente no se manifiesta por causas, se manifiesta por cosas. Tenga en cuenta que estamos cerca de Navidad y que eso viene a ser la manifestación (o, si lo prefiere, la procesión) de los compradores. Ja, ja. ¿Sabe cómo tendrían que anunciarlo?: «Hoy, en la Quinta, manifestación de compradores entre la Cuarenta y Seis y la Cincuenta y Dos, ése sería un buen titular.» –Al parecer mi taxista es filósofo, pero no deja de tener razón; ser o no ser noticia, ésa es hoy la cuestión decisiva.

Es cierto, y no es ninguna novedad: hoy la noticia ha

133

unificado todos los temas –guerra, deporte, meteorología (Romário todavía es noticia, Somalia ya no es noticia, etc.)–, y también todos los géneros (reportaje, anuncio, ficción, crónica, recensión), hasta el punto de que cada género se camufla y se disfraza de otro para evitar su desgaste. Los anuncios se «naturalizan» presentándose como reportajes, mientras que la información se «dramatiza» (en especial si es de guerra) con las técnicas cinematográficas y publicitarias de los docudramas. Todo ello genera una emulsión de realidad y espectáculo, de información y propaganda perfectamente pasteurizadas y prácticamente indiscernibles. Tan indiscernibles que cuando el director de la CBS, W. Leonard, quiere referirse a noticias puras, a noticias de verdad, habla de las *hard-core news,* del mismo modo que la pornografía se conoce como *hard-core sex* y la heroína como *hard-core drug.* Pese a ello, aún podemos distinguir las dos grandes categorías de que hablaba McLuhan: «las malas noticias, que son las noticias, y las buenas noticias, que son los anuncios».

Ahora, el mismo W. Leonard habla en la radio como presentador del debate entre Carey y Duryea, los dos candidatos a gobernador de Nueva York. Y eso sí que es *hard-core politics.* El republicano se presenta con la promesa de que reinstaurará la pena de muerte. El demócrata, gobernador saliente, presenta como credenciales el aumento en un 25 % de la población penal... Pero ya estamos en la tienda de juguetes y el taxista me pregunta si tengo hijas. Le contesto que no, pero añade:

—Busque de todas formas las muñecas Cabbage, valen la pena.

En la tienda compro los monstruos galácticos y las pistolas que necesito para Reyes el mes que viene. Pero recuerdo el consejo del taxista y pregunto por las muñecas. «En el tercer piso», me indican. En esa planta desaparecen todos los ingenios plásticos, electrónicos o cibernéticos, y uno diría que ha entrado en una mercería de encajes y cenefas, de cintas y botones. Un tal Xavier Roberts (¡ay, por poco!) ha diseñado para Coleco, el fabricante de los ordenadores Adam, esas muñecas Cabbage que hacen furor. No son muñecas mecánicas, ni galácticas, ni góticas, ni cibernéticas. Al contrario: no se mueven, ni lloran, ni hablan, ni hacen pis, ni guiñan los ojos. Son más bien muñecas de trapo; peponas como las de antes pero diseñadas por ordenador, de manera que cada una tiene una cara diferente y una actitud perfectamente identificable. Ésa será, con seguridad, la culminación de las nuevas tecnologías: producir en serie pero cosas distintas y de calidad «artesanal», como estas muñecas «personalizadas» *(costumized)*, hechas con máquinas de coser que cometen expresamente pequeños errores o irregularidades a fin de darles la calidad del «cosido a mano» o del «hecho por la abuela». Estas muñecas Cabbage, claro está, no «se compran», sino que «se adoptan» y en consecuencia vienen con un pequeño libro de familia incorporado donde la niña firmará su compromiso formal de hacerse responsable de ella.

–¿Y se venden muchas? –pregunto al encargado de planta.

–Este mes se han adoptado cerca de 1.200: unos 800 niños y unas 400 niñas.

–O sea, que por cada niña se adoptan dos niños.

–Más o menos.

Ahora creo recordar que ésa viene a ser la proporción que en la Europa de finales del siglo XIX guardaba la «muerte accidental» de recién nacidos durante el primer mes de vida (un 48 % de niños y un 62 % de niñas). Ya se ve que las cosas no varían tanto. Y que el naturalismo de estas muñecas llega a los aterradores extremos de reproducir con bastante exactitud la tasa de infanticidio femenino de nuestros tatarabuelos.

* * *

Por la tarde vuelvo al Village y paseo por Christopher Street, donde hace ya tiempo Ángel Zúñiga me introdujo en los primeros –discretos– clubs gays. Ahora los gays ya han salido del armario e incluso ocupan la calle, donde se mueven como Pedro por su casa. El color del pañuelo de paliacate que llevan en el bolsillo de los vaqueros identifica sus preferencias o especialidades: activo o pasivo, sado u oral, de hotel o de apartamento.

¡Y qué alegría ver ahora a esos chicos en floración, paseando seguros y contentos, ufanos de su identidad! ¡Cuánta vergüenza secreta y cruel, cuánta culpabilidad gratuita por fin disuelta (y cabe decir que también un tanto banalizada) en esa aceptación de un mundo hasta ahora condenado a bascular entre la perversión y la mala conciencia, entre los oropeles del espectáculo, los setos de Washington Square y las tinieblas del urinario!

Ahora sólo falta que eso se generalice a otros colectivos, que no será fácil. ¿Cuándo llegaremos a que los ancianos, los étnicos, los gordos, los andrajosos o simplemente los feos puedan mostrarse seguros y orgullosos? ¿Cuándo dejarán de vivir su estado como un pecado? ¿Cuándo podrán exhibirse sin avergonzarse? ¿Cuándo saldrán de su madriguera todos los que todavía no pueden dejarse ver sin ofender, amar sin asustar, mostrarse sin aterrar, todos los que viven en la alternativa de suscitar el escándalo o dar lástima?

Al amigo con quien paseo por Christopher Street –que

136

ahora ya es la columna vertebral del barrio– también me lo había presentado Ángel Zúñiga en 1962. Ahora es un gay maduro, un sí es no es amanerado, pero nunca sobreactuado. Su traje y sus andares no anuncian su orientación sexual, pero tampoco la disimulan. Es la homosexualidad ya rodada, tranquila, que no se ha visto condenada a optar entre la militancia gay y el camuflaje, entre la ostentación y el fingimiento, y que ahora sabe manifestarse sin necesidad de exhibirse.

Admirado, le pregunto cómo ha podido afrontar la ironía o la reticencia que pese a todo siguen ellos despertando entre el mundo *straight*.

–Mira –me dice–, desde que aprendes a hacer exactamente lo que antes reivindicabas u ocultabas, ya puedes empezar a soltarte e incluso a compartir las chanzas que provocas: dejas de ser su objeto para hacerte su partícipe. Ahora bien, para conseguirlo –concluye sentencioso– debes tener presente una cosa: del juicio de los demás sólo te salva y te separa la distancia que sabes mantener tú contigo mismo.

–¡¡¡!!!

El *new look* de los homosexuales de Nueva York –pelo corto, pantalones más holgados, pequeña nota de cuero, bigote recortado– es ciertamente más duro y masculino que el estilo dulce y cadencioso de los *mariquitas* de antes. Es lo que comento más tarde en la fiesta en honor de Paul Ricœur, en la que también están Thomas Kuhn, el pintor Francis Stella y Susan Sontag.

–Déjate de literatura –me responde Susan Sontag–, los gays de Christopher son hoy el último bastión del machismo.

La fiesta es en una casita, justo al lado de Washington

137

Square y bastante parecida todavía a la que describe Henry James en su novela del mismo título.

—Son el último bastión del machismo —insiste Sontag.

—Pues mejor para ellos: así será una liberación al cuadrado —respondo yo algo picado y harto ya de la cantinela de que ahora son ellos, los negros, los que son racistas; o nacionalistas los kurdos; ¡o trepas y agresivas las mujeres!...

—Y ahora que hemos superado todo eso —continúa Susan—, ahora ellos, las antiguas víctimas, vienen a reencarnar los viejos vicios y a reclamar «discriminaciones positivas» de todo tipo... ¿O no es verdad que hoy si no eres negra, ni mujer, ni tullido, ni hispano, ni gay ya puedes olvidarte de presentarte a unas oposiciones a la NYU?

Es el mismo argumento que ya he oído a muchos liberales tronados y que me extraña que repita Susan, siempre a la última.

—No me negarás —le digo para picarla— que este paisaje habría hecho las delicias de Charlus.

Y es verdad. En *Sodome et Gomorre,* Charlus insiste una y otra vez en que le gustan los hombres-hombres, no los mariquitas afeminados que solía encontrar *chez Swann.* Charlus, al igual que J. R. Ackerley, pertenecía a la fracción de los homosexuales machos «activos», que en Grecia se distinguían de los otros con un nombre perfectamente diferenciado: *erastes* para el activo, por lo general adulto, y *eromen* o *eromenos* para el joven, que casi siempre adoptaba el papel femenino. Ahora bien, pienso que fue sobre todo a los primeros, a los *erastes,* a quienes les faltó una imagen social en la que reconocerse y definirse. No querían asumir el rol masculino convencional pero tampoco se veían en el papel amanerado de las *locas.* Les atraía un papel fuerte, seguro y más bien dominante: una actitud que no existía en el repertorio de la homosexualidad establecida. Algunos amigos míos han sufrido llantos y quebrantos para llegar a aceptarse y encontrar su papel. Por eso no puedo por menos que alegrarme –diga lo que diga hoy Susan– al ver que en Christopher Street empieza a dibujarse, también para ellos, una imagen social en la que podrán reconocerse.

–Son machos con cadenas nuevas –insiste Sontag–; ¡es patético!

–Son, en todo caso, niños con zapatos nuevos –me desquito yo–; ¡es enternecedor!

Y así se desencadena una discusión generalizada en torno al tema. Cabe decir que en nuestra fiesta los homosexuales son mayoría, y que en esta misma casa, hace unos años, en una reunión similar despertaron a mi hijo de diez años, que dormía en el piso de arriba, y él apareció con los pantaloncitos del pijama para ser objeto de una ceremonia de cortejo digna de la Grecia que nos han contado. Pero hoy la homosexualidad discursiva y argumental de nuestro *party* resulta mucho menos atractiva que la que vi despuntar en Christopher Street hace más de veinte años. «La homosexualidad», vienen a decir, «representa el único erotismo verdadero: la sexualidad pura no difuminada en su función (la reproducción) ni aprisionada por la institución (matrimonial); la sola actividad erótica pura, virgen y sin coartadas ni propósitos que la trasciendan» (obviamente, el diálogo es de ya hace años, y hoy sería muy distinto).

–Tanto social como fisiológicamente –dice ahora el anfitrión–, los heterosexuales lo han tenido *demasiado fácil,* y así han ido cediendo a la sexualidad convencional y rutinaria. Sólo nosotros hemos afrontado el reto y el rechazo; un reto que nos ha llevado a elaborar una sexualidad imaginativa, un auténtico erotismo... Resumiendo: la heterosexualidad es «naturaleza», sólo la homosexualidad ha elaborado y ha devenido una «cultura» verdadera. Y quien no lo prueba, se lo pierde –concluye, guiñándome un ojo.

«¿Demasiado fácil?» «¿Rutinario?» Es lo que me repito a mí mismo al día siguiente, mientras el taxi me lleva al aeropuerto. La verdad es que eso del sexo, sea del tipo que sea, es de lo más complicado del mundo. De hecho, parece no tener solución ni freno. En la adolescencia no sabes dónde ubicarlo ni cómo quitártelo de encima. Todo lo que ves es –o te parece– sexo, y no acabas de entender cómo en el mundo puede haber pechos de mujer, por ejemplo, y que alguien piense todavía en otra cosa. Es lo único que de verdad ves, pero también lo único de lo que de verdad no se habla si no es por medio de eufemismos, chistes o groserías.

Que el sentimiento y el excremento, pongamos por caso, enfilen y pasen por los mismos orificios es y será siempre un misterio: la disparatada complementariedad, que diría Cioran, del romanticismo y del bidet. Tan incomprensible como aquel Primer Motor Inmóvil de Aristóteles lo es, para mí, este Primer Motor Silenciado. Silenciado, al menos, mientras no deviene objeto de culto o de represión: dos maneras de no encararlo ni hablar de ello con sencillez.

Y así es como la inmensa circunscripción que va desde la galantería hasta la cópula queda en un territorio virgen; virgen, en efecto, y nunca mejor dicho. Ahora bien, si en la adolescencia no sabías qué hacer con el sexo, en la vejez empiezas a no encontrar dónde colocarlo y aislarlo para que te deje en paz. A estas alturas de la vida, el sexo ya no es necesario ni funcional. Pero sigue siendo, para muchos ancianos, lo único trascendental que les queda, lo único que todavía les permite sentirse vehículos de una fuerza cósmica y no remanente vegetativo de una vida que se marchita. Y es entonces cuando, por primera vez, cualquier debilidad, cualquier infidelidad o cualquier barbaridad sexual deviene de nuevo digna, comprensible y yo diría que incluso enternecedora.

EL EMBAJADOR NO SE ENCUENTRA

Aquí acaban las notas tomadas en Nueva York en el año 1984. Antes me he referido a la llegada a la ciudad, veinte años atrás, y ahora he de relatar mi salida de ella. Tras una semana en Manhattan, enfilo deprisa y corriendo hacia Washington. Entonces creía que iba tan sólo a dar una conferencia en el Wilson Center; aún no sabía que la cosa acabaría en un encuentro entre presidentes para negociar la entrada de España en la OTAN. Decía también que en mi primer viaje de 1963 tenía sólo veintitrés años e iba muy asustado: quince días atrás había conseguido un pasaporte falso (del que hablaré) para salir de España, y en cinco días empezaba un curso sobre la Ilustración española en la Universidad de Cincinnati. ¿Y cómo explicar aquello de lo que no tenía ni idea? Por entonces, ya lo he dicho, aún no sabía que las cosas nunca se saben de verdad antes de haberlas enseñado sino después. Y en ese viaje de 1984 a Washington aprendí que tampoco en política se saben las cosas antes de haberlas hecho realidad, de manera que si me salió «el encuentro en Washington»[1] fue sin

1. Éste es el texto original, escrito en 1984, que en parte recogí en *El cortesà i el seu fantasma* (Destino, 1991, pp. 114 y 205-217).

duda por pura casualidad, por carambola, tal como refiero a continuación.

Acabada la conferencia en el Wilson Center, las preguntas de los asistentes se prolongan un par de horas hasta dejarme exhausto (y encima sin fumar). A la mañana siguiente, a las siete, me despiertan unas cuantas llamadas del Departamento de Estado y del Pentágono:

—«Querríamos "elaborar" con usted alguno de los temas tratados en la conferencia.

—Pero oiga, yo vengo como profesor, no como parlamentario, y menos como representante de mi gobierno, de manera...

—No importa, es una conversación informal. Además, ya sabemos que su postura es muy dura.

«¿Postura?» «¿Dura?» Yo siempre había creído que entraríamos en la Alianza Atlántica, una de las pocas cosas que podíamos ofrecer a Estados Unidos frente a tantas como teníamos que pedir, entre ellas la ayuda para ser admitidos en la Unión Europea. Más que especular sobre el *sí* o el *no*, había, pues, que calcular y negociar bien el *cómo*. Es de ese *cómo* de lo que les había hablado en la conferencia; de nuestros motivos y de nuestras condiciones. ¿Nuestras? Bien, quería decir españolas.

Pero ahora no tengo tiempo de pensar en eso. Me visto a toda prisa y voy primero al State Department, donde compruebo que su reacción es muy fuerte: una mezcla de promesas y amenazas, ruegos, intimidaciones y chantajes. No obstante, me entiendo con James Dobbins, secretario de Estado para Asuntos Europeos, que parece ver con buenos ojos la propuesta de una integración de España «a la carta», siempre, eso sí, que no rechacemos en bloque y a la francesa una eventual integración en la propia estructura militar de la OTAN. Y es aquí, en el propio Departamento de Estado, donde me sugieren que en el Departamento de Comercio están estudiando si el acero que importan de España cumple los requisitos... «Y puede estar seguro de que serán más "comprensivos" si les decimos que nos hemos entendido en lo de la NATO.» Eso es hablar claro, ¿no?

Después de comer me llevan al Pentágono. Allí el tono es todavía más contundente, y la desconfianza hacia el Departamento de Estado (y hacia su propio embajador en España, Tom Enders) es aquí manifiesta («los del Departamento son un hatajo de cosmopolitas blandos», dicen). Caminar por dentro del Pentágono da bastante susto: son kilómetros y kilómetros de pasillos, 29 exactamente, en tonos de verde degradados (más claro arriba, más oscuro hasta el metro y medio), justo como en los colegios de curas. La única diferencia es que aquí no te ponen en fila sino que te llevan en un carrito eléctrico. Un cartel en la entrada explica, traducido a un supuesto español, que «*el Pentágono es un edificio con tres veces de planta que encontremos en Naciones Unidas, emplazado en un lugar que consistía una vez en vertederos y ciénagas*». Otro precisa su función: «*El objetivo del Pentágono, es disuadir de conflictos*»... Pienso que, para empezar, parece que quieran disuadir del uso correcto del español. Puestos ya en harina, los funcionarios y militares tratarán de argumentar que la mejor transacción con lo de la OTAN sería retirar de las bases de España a los 1.500 soldados previstos en el Acuerdo Bilateral... pero que nunca llegaron a ir: «De ese modo ustedes cumplen la promesa de reducir presencia americana, nosotros evitamos el escándalo que produciría su referéndum y todos contentos. Todos contentos sin que ni unos ni otros tengamos que mover un dedo.»

144

Este digamos cinismo político ya no me conmueve, cabe decir que incluso empiezo a apreciar sus buenas interpretaciones. Yo, por supuesto, les hablo de la reticencia de la opinión pública española hacia los americanos. De la *falta* de «memoria histórica» en España de lo que para los europeos supuso el Plan Marshall y de la *sobra* de esta memoria por lo que respecta al *Maine,* la visita de Eisenhower a Franco o las declaraciones de Haig el 23-F. Para acabar de convencerlos, les doy toda clase de datos y encuestas (en parte inventadas) sobre la precaria imagen de Estados Unidos en España, la más negativa de toda Europa.

Pero ya puedo insistir hasta desgañitarme, que ellos me responden siempre con los mismos argumentos: «¿O acaso no entiende usted el valor "simbólico" que tendría un país europeo que ahora se permita definir las condiciones precisas de su entrada en la Alianza Atlántica y encima las someta a referéndum? Sería un escándalo, todos querrían hacer lo mismo. Todos los partidos de oposición en Europa lo incluirían en su programa. El desconcierto sería total. La OTAN se transformaría en un menú a la carta: "Yo, aviones sin tropas; a mí póngame un campamento pero ninguna bomba; yo tomaré sólo postre, el sistema de alerta..."»

Puestos a hablar en imágenes, les propongo pasar de la metáfora gastronómica a la biológica:

–La cosa es mucho más sencilla –les digo–; hasta ahora la Alianza Atlántica ha sido un organismo, digamos, de «fibra lisa», automática, y nosotros querríamos que fuera un poco más de «fibra estriada».

Un general, especialista en armas biológicas, parece apreciar el argumento, al que trata de dar la vuelta a su favor:

–¡Pero qué dice! ¿No ve que el corazón, los riñones o el hígado son todos de fibra lisa? Ningún órgano vital puede funcionar con fibra estriada. La solidaridad orgánica se resentiría...

Cuando más alejadas están las posiciones y la discusión va camino de eternizarse, los americanos parecen recordar de repente que no somos jefes de tribu obligados a hablar siempre con imágenes o metáforas, aunque sean biológicas.

–Mire, es usted muy duro *(tough)*, pero es claro. Debe de ser judío, y nosotros siempre nos entendemos con los judíos. Tanto en las negociaciones políticas como en las comerciales, ellos intentan forzar las condiciones hasta el límite, pero saben hasta dónde pueden apretar las clavijas y cumplen religiosamente lo estipulado... Por eso podemos hacer buenos tratos, ajustar precios, darles condiciones favorables.

–¿Y todo eso significa...?

–Significa que con los jóvenes nacionalistas españoles (se refieren al PSOE, por supuesto) nos sentimos más bien negociando con musulmanes (sic). Un día te dicen una cosa y al siguiente otra; el presidente dice nabos y el ministro de Exteriores dice coles, y al final no entiendes muy bien qué pretenden. De repente se muestran más blandos en las exigencias, pero tampoco sabes si piensan cumplirlas... Por eso, al igual que con los árabes, hemos de hacer unos tratos que nos den mucho margen y nos aseguren respecto de la eventualidad de tratar con gente así. Usted ya nos entiende.

Demasiado bien los entiendo. Los entiendo y creo adivinar que lo que me dicen es verdad y al mismo tiempo es mentira.

Es verdad que les desconcierta el punto de vendedor de

146

feria que tienen todavía muchos socialistas españoles, por más que se vistan de ejecutivos y conozcan tan bien las añadas de los vinos como los ciclos de Kondrátiev. Sin embargo, es mentira que no sepan lo que queremos. ¡Vaya si lo saben, y por eso precisamente se hacen los tontos! Pero a estas alturas ya he aprendido que, en política como en el comercio, hay que convencer al otro de que satisfacer *tus* deseos redundará en *su* propio interés. De manera que intento explicarles que a España le interesa que este «primer paso» en nuestra integración en la OTAN vaya pronto seguido de la «aclaración» que piden los americanos por boca de Lord Carrington. De todas formas, George Bader, director de Política Europea en el Departamento de Defensa, no parece acabar de verlo claro.

–Pero ¿no ve usted que, al someter a referéndum la forma precisa de su integración a Europa, impiden de hecho ese ensanchamiento?

–No es así –respondo–, y si no se lo creen, puedo presentarles a buen número de «judíos» de nuestro gobierno y Parlamento que sabrán explicarlo mejor que yo.

–¿Y por qué no lo hace?

* * *

Regresar a Madrid y correr a contárselo al ministro y al presidente fue todo uno. Ni uno ni otro me habían encargado que hablara con esa gente de Washington, de modo que yo tenía un miedo terrible de haber metido la pata, o al menos de haberme pasado. Cuando se lo cuento, el ministro se hace el despistado y me responde echando pelotas fuera (que qué pienso de las declaraciones del líder sindical en Segovia y cosas así). Lo interpreto como una elíptica expresión de su desacuerdo; como una manera amable de salirse por la tangente. Con el presidente, en cambio, todo es claro y rápido. De entrada se manifiesta sorprendido: «¿Cómo es que has podido ver a esa gente? ¿Quién te llevó al Pentágono y te presentó a George Bader?» A continuación hace cuatro preguntas extremadamente precisas. Una vez contestadas, y sin pausa alguna, seguido: «Móntalo tú mismo. Intenta que sea hacia septiembre u octubre. Si funciona, iré, a ver si se enteran de qué queremos.» Y concluye, irónico: «¿Crees que para convencerlos debería aprender *yiddish*?» El presidente es muy simpático y yo le río la gracia, pero no entiendo muy bien lo que me propone.

–Pero ¿qué quieres que monte exactamente? –le pregunto.

–¿Tú qué habías pensado? –replica él.

–Pues yo imaginaba un encuentro de americanos y españoles en torno a la *Spanish Transition,* y eso les sugerí. Serviría para convocar y al mismo tiempo camuflar un encuentro con Reagan en el que podrías explicarle con claridad meridiana lo que queremos. Había pensado en quince o veinte participantes.

–Que sean un centenar... o como mínimo unos cincuenta, y con más de dos o tres ministros por equipo.

–¿Y dónde lo monto?

–Allí, en Washington, en el mismo Wilson Center donde hablaste tú, si es posible.

–¿Y cómo lo hago? En el Congreso de los Diputados no tengo ni secretaria ni un mal despacho donde aislarme: todos esos servicios han sido socializados, nunca mejor dicho, desde que mandan los socialistas.

–Ya te las arreglarás. Chencho Arias y Luis Yáñez te ayudarán, hablaré con ellos. Y mientras estés en Washington para organizar el encuentro, nuestro embajador te solucionará los problemas de intendencia.

En efecto, Chencho y Luis me ayudaron hasta donde les fue posible, pero al volver a Washington para organizar el encuentro los problemas fueron de todas clases y colores. Del *côté* español había que seleccionar a los participantes y explicarles discretamente el guión y su papel dentro del mismo. La cosa no siempre resultó fácil, y no fue hasta el día de las Fuerzas Armadas cuando, convocado por Narcís Serra, explico su cometido al último: un capitán general que nos escucha *firmes* con la deferencia y la actitud del estamento cuando le encargan una *misión*. Tanto es así que el rey le dice medio en broma que con esa actitud tan marcial no podrá llevar a cabo ninguna misión «discreta». Concluida la tarea en Madrid, vuelvo a Washington, y allí es donde las cosas empiezan a complicarse algo más de la cuenta.

Llamo a la embajada: «El embajador no ha llegado.» Vuelvo a llamar: «Está en el tenis.» Tercera llamada: «Hoy ya no vendrá.» Intento explicar a la secretaria que ese mismo fin de semana me vuelvo a Madrid. La secretaria dice que ya saben de mí y que me llamarán «cuando el señor embajador tenga tiempo y se pueda, tal vez la semana entrante». Es decir, cuando yo ya no estaré. Queda claro que no quieren saber nada de mí. Menos claro, de momento, *por qué* no quieren. ¿Es porque me creen un fantasma o justo al contrario, porque temen que no lo sea? ¿He pecado de cortocircuito, de *«puenteo»*, como dicen ellos? Por el momento, mi desconcierto es total. Sólo transcurridos unos meses descubriré que el embajador es amigo íntimo de un ministro con una visión muy particular de Estados Unidos y de su propia tarea en Washington: «*Son unos imperialistas as-*

querosos», viene a decirme, «*y ya sólo me faltan cinco meses para jubilarme. En el pueblo, los amigos del Círculo ya me esperan para continuar el campeonato de dominó.*» Una tesis tal vez un tanto sumaria, es cierto, pero cuya claridad no es posible negar. Ni tampoco lo difícil que resulta asociarla a ninguna negociación plausible como la que trato ahora de hilvanar.

Cualquiera que sea la causa del vacío que me hace la embajada, su efecto es que tengo que arreglármelas solo para localizar y perseguir a los personajes norteamericanos a los que quiero hacer participar en el encuentro. Advertido por McFarlane, el Ejecutivo no me pone demasiados problemas y no tardamos en arreglar un primer debate España-EUA entre los dos ministros de Educación. (Un *match* que promete entre el laico J. M. Maravall y el bendito William Bennett, el ministro de Reagan que quiere imponer la plegaria en las escuelas.) Tampoco tengo demasiados problemas para fichar a diputados y senadores republicanos: Lugar, McClure, Regula, Pressler, etc. Pero la cosa se complica cuando les propongo invitar también al arzobispo monseñor Rivera y Damas de El Salvador: «¿No es él», les digo, «quien ha propuesto una eventual transición centroamericana que, como la española, no genere vencedores ni vencidos demasiado explícitos?» El Departamento de Estado dice que ni pensarlo, que de ninguna manera, que el arzobispo era muy amigo de monseñor Romero, que acabó como acabó. Visto que en el Departamento de Estado no se dejan convencer, trato entonces de atacar por los flancos. Y el flanco más a mano es el propio arzobispo de Washington.

Un día caótico de taxis, colas y autobuses (los coches de la embajada deben de estar muertos de risa) y otro de discusiones teológicas (a veces lo de ser filósofo puede resultar útil) dan por fin resultados plausibles. Le regalo al arzobispo

Hickey mi libro *Self-Defeated Man* (prologado, dije ya, por el teólogo Harvey Cox) y al día siguiente me llama aceptando recibir y presentar él mismo a monseñor Rivera en Washington. A partir de ahí todos callan y tragan. La Iglesia católica impone a los políticos americanos enorme respeto; no quieren enemistarse con ella de ninguna manera. Entonces llamo a Luis de Sebastián e Ignacio Ellacuria para concertar una cita con monseñor. Y al cabo de dos días, con un viaje y una entrevista en El Salvador, acabo de redondear el proyecto. Un final un tanto rocambolesco, todo hay que decirlo, entre una pelea con el presidente José Napoleón Duarte a propósito del (entonces jesuita) Luis de Sebastián y una *balacera* de Farabundo Martí que me pilla a quinientos metros de donde desayunaba con Ellacuria. El mismo Ellacuria nunca fue prudente, ni de palabra ni de obra, y así le fue. Que descanse en paz.

¿Y cómo respiran, qué dicen de nuestro proyecto[1] los del Partido Demócrata, ahora en la oposición? De entrada, parece que debería gustarles y que estarían dispuestos a ayudarme encantados. Pero la cosa no resulta tan sencilla, y no tardo en descubrir que hay muchas clases de demócratas: están los más, digamos, líricos, que proponen un gobierno *compassionate* (un término que da aquí mucho juego), y en el otro extremo, los más tecnócratas, enfrentados a su vez con los que quieren ser portavoces de los «intereses especiales» de ciudades, negros, sindicatos, etc. En medio basculan los del equipo de Edward Kennedy, que de buenas a primeras me invitan a un cóctel de aniversario en el Senado y que son un poco como los de Georgetown que ya vimos: jóvenes, simpáticos de verdad, *pijos* de pura cepa, y muy convencidos

---

1. El proyecto fue publicado en Washington y yo lo resumo en *El laberinto de la hispanidad* (Planeta, 1987, pp. 203-211).

de que el idealismo puede hacer el papel de las ideas de verdad. Y están por fin unos pocos veteranos liberales, como Arthur Schlesinger, con quien había comido junto a Tad Szulc en el Country Club de Nueva York y que fue la única personalidad relevante que se enfrentó a Kennedy por Bahía de Cochinos. (Ya veremos qué alioli hacen con todos estos grupos si ganan algún día.)

—¿No te parece que Arthur está acabado? –me dice Marietta Tree, que estos días anda por Washington. Yo no sé qué contestar y cambio de tema. De hecho, no es precisamente «acabados» lo que me parecen Schlesinger y muchos otros demócratas. Lo que me preocupa es más bien lo contrario: ¡es el candor y la santa alegría con que tantos de ellos parecen dispuestos a luchar como un solo hombre por el bien sin mácula! Como a Venus la espuma del mar, se diría que a ellos la oleada reaganiana les ha devuelto la virginidad. Y, mira por dónde, ahora la gente que inició Vietnam y continuó con Bahía de Cochinos se hace cruces por todo, incluida la actual política americana en relación con las bases en España.

—Pero si no es necesario –me dicen–, no es necesario en absoluto que entréis en la Alianza Atlántica como os exigen estos asnos de republicanos ¡De ninguna manera! Lo de que «la Alianza necesita un cojín peninsular para replegarse en caso de emergencia» es una pura camándula que se han inventado. Y, a propósito, ¿cómo es que habéis cedido también a sus presiones para no mandar observadores a las elecciones de Nicaragua?

¡Qué radicales son estos muchachos! ¡Ojalá se acuerden de eso cuando tengan que volver a la Casa Blanca! Pero de momento yo ya he aprendido una cosa: que es mejor negociar con el peor de los gobiernos que con la mejor de las oposiciones. Por razones prácticas, claro está, pero no sólo por eso. También por razones formales e incluso teóricas. Al fin y al cabo, sólo el poder efectivo da a los políticos la gravidez que, como decía Hegel, constituye su verdad.

REFLEXIÓN

(Reflexión.) Durante el camino de vuelta hago balance de estos meses de «estancia» en la política, y no acabo de sentirme satisfecho. ¿Qué han representado estos meses olvidado de mi obra para navegar entre el poder y la maniobra? Ha sido un magnífico «trabajo de campo», no cabe duda. He probado el sabor de la política dura; he experimentado la dosis de *Realpolitik* necesaria. He aprendido a sobrevivir en este territorio, donde, como dice Ramoneda, «no es que *falte* la verdad; es que muy a menudo la verdad sencillamente *no cuenta*». He aprendido también a afrontar situaciones conflictivas, a distinguir entre intereses y convicciones y a buscar un compromiso entre ambos. Eso es verdad y me siento ufano de ello. Pero una cosa es sentirse ufano y otra sentirse feliz dentro de ese alboroto de ideas romas y cuchillos afilados. Hay que ser todo un doctrinario converso para creer hoy en las «buenas prácticas» democráticas como antes se creía en la «buena praxis» revolucionaria. Yo, la verdad, no he llegado a sentirme bien en ninguna de ellas. No dejo de pensar que en estos pactos y negociaciones de la «política real» siempre acaba pagando alguno que no forma parte de ella: un joven, un parado, un sudamericano,

154

un palestino, un sahariano u otro que hace de añadidura, si no directamente de víctima o de rehén. Entiendo que mis «negocios» en la política no me habrán producido beneficios netos. Alguno relativo, no obstante, sí creo haber acumulado... Y sobre todo debo reconocer que me he divertido de lo lindo jugando a hombrecito hecho y derecho y practicando todos los ejercicios nada espirituales de la política: desde los estratégicos hasta los gimnásticos, pasando por los jesuíticos. Unos ejercicios que, como los del sexo, no sirve que te los expliquen desde fuera: hay que vivirlos y experimentarlos desde dentro. Es lo que ahora, sentencioso, trato de resumir en mi libreta: «Como puro espectáculo, tanto la política como el sexo resultan insoportablemente pesados y reiterativos, siempre procaces. Sólo cuando se practican como un juego especulativo y fantástico, sólo entonces llegan a adquirir la calidad estética de una bella *ars combinatoria*.»

Experiencia vital tal vez sí lo ha sido, aceptémoslo; pero ¿y experiencia intelectual? Además de divertirme y aprender a maniobrar, ¿he captado alguna idea, alguna nueva iluminación? Eso todavía no lo tengo claro. Puedo decir, eso sí, que he *desaprendido* un montón de cosas (lo que no es poco, si pensamos que eliminar un prejuicio a menudo importa tanto o más que acertar en un juicio nuevo). Puedo decir también que he aprendido como quien dice *de la vida*. Lo que no acabo de encontrar es una idea global que me permita entender o procesar el batiburrillo de saberes y poderes en que llevo haciendo chup-chup hace ya dos años: este embrollo de leyes y de trampas, de contactos personales y propuestas confidenciales... Toda esta información de primera mano es una forma de poder, no cabe la menor duda; como forma de saber, en cambio, las cosas se complican, y sólo ahora, camino del Capitolio, justo delante de la Natio-

155

nal Gallery, encuentro de repente una explicación satisfactoria —¿cómo es que no se me había ocurrido antes?— y corro a apuntarla en la libreta: «He estado viviendo, como si dijéramos, una *diástole* teórica: una aventura que me ha sacado del medio académico que tenía ya muy conocido, para lanzarme al hegeliano *peregrinaje por lo negativo,* donde he descubierto nuevos puertos y nuevos horizontes.» Y la obligada invocación de Ulises me viene ahora a la memoria: «ruega por que sean muchas las madrugadas en que entrarás en un puerto extraño, que tus ojos todavía ignoraban».

Con todo, es evidente que la razón no puede quedarse en la contemplación extática de los puertos, ni tampoco en su enumeración salmódica. Para hacer de esta experiencia itinerante un auténtico saber; para que todas estas «cosas» que he vivido entren en reacción con las ideas, las propias ideas y recuerdos, hasta devenir verdaderos conceptos; para todo eso tendré que bajar del barco político y retomar el curso solitario y severo de la vida intelectual. Y es que la política, como dice V. Amela de la televisión, «nos regala términos en que pensar y nos roba tiempo para hacerlo». Así pues, ¿qué hacer de momento? ¿Cómo moverse en estos barullos políticos? ¿Qué actitud adoptar? Por ahora, aspiro simplemente a dejarme impregnar hasta sentirme más objeto que protagonista; juguete, más que jugador, de lo que pasa en mi entorno. Pero ¿tendré tiempo, cuando lo deje, para recuperar el pulso y el ánimo filosóficos después de esta insensata carrera política?

«Los únicos pensamientos que valen algo son los que todavía no acaban de entenderse a sí mismos.» Esta frase de Adorno, leída mientras esperaba al senador Lugar y al presidente Carlos Andrés Pérez, me da los ánimos que empezaban a faltarme en medio del guirigay de sensaciones que me rodean y me sobrepasan. Tengo un excedente de experiencias que en ningún concepto consigo todavía encerrar. Me faltan palabras para describir o analizar la multitud de hechos y acontecimientos que descubro extrañamente asociados: Alianza Atlántica, tipos de interés en Alemania, cambio en el departamento de McFarlane, Gibraltar, ley de las 200 millas, inmigración, ronda Uruguay, negociaciones CECA, crónica pobreza africana, etc. Y encima Cataluña, Cataluña siempre... Me siento en el umbral de mi competencia, en el perímetro de lo que mi entendimiento todavía puede colonizar como un «saber». ¿Alguna vez tendré la fuerza para hacer la síntesis que me permita «bailar encadenado a la política», justo como decía Nietzsche que había que «bailar encadenado en el lenguaje»? Y, sobre todo, ¿vale la pena intentarlo? ¿No es mejor, no es más moral, seguir el consejo de León Felipe y «no acabar de aprender los oficios para poder hacerlos con respeto»?

Hasta los cuarenta años yo había tratado de entender un poco lo que hacía, y ahora me he encontrado con que he de hacer justo lo que no entiendo. Y no sé qué es mejor o peor. Pienso, eso sí, que son dos actividades incompatibles en una misma unidad de tiempo y espacio; que *creemos saber mientras no hacemos; que nos atrevemos a hacer mientras no sabemos...* Y en el intervalo, es decir, casi siempre, sólo nos salva el afán que hincha nuestras velas y la sensatez que nos impide capotar.

La costumbre ayuda, por supuesto. A todo se amolda uno. O a casi todo. Pero hay cosas que no han dejado de inquietarme mientras he vivido cociendo a fuego lento entre los parlamentarios de Madrid o los de Bruselas. ¿Y cómo es que no he aprendido a escuchar como quien oye llover, plácida y desinteresadamente, las filigranas del euroelecto comunitario? ¿Por qué no sé disfrutarlo como espectáculo

157

o al menos dejar que me entre por un oído y me salga por el otro? En parte, todo hay que decirlo, por responsabilidad hacia los que te han elegido, y así lo escribí en *El cortesano y su fantasma*. Pero eso no es todo, ni basta para explicarlo. Y más si tenemos en cuenta que yo soy un mirador, un convicto *voyeur* de casi todo: de ciudades nuevas o de mujeres hermosas. ¿Cómo es posible, pues, que no haya aprendido a convertirme también en un benigno *écouteur* de lo que Dickens llamaba *the circumlocution office?*

Para empezar, ¿qué significa, de hecho, ser un *voyeur?* ¿Significa que a uno le gusta ver a las señoritas por el agujero de la cerradura? No, no exactamente. Eso equivaldría a confundir género con especie, pues lo de mirar a las señoritas es tan sólo una rama o variante, una especialización del *voyeurismo,* aunque ciertamente la más conocida. Aquí significa más bien que en general te gusta estar presente sin participar. Que te complace verlo todo cuando no interfieres en ello, ya sea un metafórico agujero de cerradura o cualquier otro escondijo. Es el sueño de una inspección sin intromisión, de una atención que es sólo eso y nada más: asistir a la pura resonancia de las cosas.

La definición me ha salido un tanto enrevesada. Para precisarla, pues, volvamos a las mujeres, que constituyen el ejemplo canónico cuando nuestro *voyeur* les dice:

«No te acerques, quédate ahí, donde pueda verte –beberte– de un solo sorbo.» «No me mires, que se te pone cara de mirarme, como a la princesa Bolkonski, y entonces sólo veo en ti mi propio reflejo.» «Sólo de perfil puedo darte un beso en la mejilla, sin la reciprocidad y simetría que vendrían a alterar tu perfección áulica.» De ese modo habla nuestro benigno *voyeur,* dilatando los dulces momentos de libertad condicional: cautivado ya pero todavía no cautivo de ellas. Así pretende transformar el erotismo puntual en pasión pura

158

y prolongada: el sentimiento suspendido en la forma estricta, el deseo sublimado en la pura contemplación. Así ha tratado a menudo de negociar con ternura el deseo de ser violentada que clamaba a bramidos en los ojos claros de ella. Pero él prosigue todavía: «Alta, distante, descalza, callada estatua, *muslos desnudos, la túnica flotante,* como la Andrómaca de Eurípides, así te quiero.» «Permíteme aún apreciar la geometría de tu pecho antes de que llegue a hacerse maleable a mi contacto.» «O, mejor todavía, acércate, acércate para que pueda apenas tocarte "un poco de más" con las yemas de mis dedos ávidos pero aún sabios.» «Morir de deseo, paralizado entre la fascinación que me atrae y la adoración que me distancia de tu cuerpo...»

He ahí cómo les habla a veces nuestro *voyeur,* aferrándose al postrer misticismo que subsiste en un mundo infectamente secularizado; defendiendo todavía ese momento sublime cuando se mezclan la admiración formal, el vértigo carnal y la ternura. Así les habla, en efecto, hasta que están en ello. Una vez puestos, en cambio, nunca ha sabido poner una palabra detrás de otra con mínima gracia. La felicidad que encontraba antes de la palabra −en la pura mirada− la recupera ahora más acá de ella −en el abrazo. Por donde se ve que, además de un *voyeur,* nuestro hombre es también un *taiseur,* un «callador» convencido de que lo menos natural del mundo es hablar con contundencia y naturalidad del sexo, y menos cuando estás en ello. O quizá sencillamente persuadido de que el deseo, que nace en los ojos y crece en el corazón, puede morir en la boca cuando la palabra no sabe ceder el paso a aquello que ya sólo hace falta, precisamente, llevar a cabo. Se trata de un erotismo pudoroso, hasta tal punto que se avergüenza de su pudor. Es religioso, silencioso, casi como la plegaria de Duns Escoto. Ninguna palabra debe interferir en el ritmo puro de los gestos o en la

159

pura musicalidad de los suspiros, en el sensual, pulcro y libre roce de los cuerpos, *corsi* y *ricorsi* de mucosas ameradas, mutación de las caricias en arañazos. Tan sólo el tenue gemido de una prodigiosa quimera con dos espaldas. Ni una palabra. Ni siquiera las palabras sublimes, que siempre suenan ridículas y como hechas de encargo. Tampoco las frases demasiado explícitas y burdas («te excito, ¿a que sí?», «cuéntame cuánto me deseas», «repite que te gusta», «di que soy una...») que reclaman algunas adictas a la semiología gruesa que se despojan tan rápidamente del pudor como de la ropa y que querrían teneros siempre con el sexo en la boca..., metafóricamente hablando.

Pero son esas mujeres, precisamente ésas, las que nos ofrecen las primeras claves para responder a la pregunta que me había hecho. Ellas son las que me producen una desazón parecida a la de esa promiscua verbosidad de los parlamentarios o a la retórica de los políticos. Y por el mismo motivo: porque ni unas ni otros saben reservar su parloteo allí donde resulta necesario y apropiado hacerlo (es decir, mientras se hace la corte negociando intereses o caricias) y lo introducen estrepitosamente, sin piedad alguna, en la celda sagrada de los sentimientos y los pensamientos, del puro deseo y del amor.

Más claro, agua: el «háblame de sexo» de algunas mujeres equivale al «dame ideas» de los políticos: dos formas horribles de cunnilingus simbólico.

Lo cierto es que sólo con contadas mujeres he llegado a sentirme transportado por una inmediatez callada, casta y clara. Pero también la he sentido en los primeros días de estancia en lugares como Kioto o el Greenwich Village, donde me he encontrado naturalmente y sin esfuerzo alguno en esa precisa disposición –distante todavía, y sin embargo ya confiada– que permite al *voyeur* la tranquila apre-

160

ciación estética de su entorno. Es ese momento delicioso en que empezamos a instalarnos en un barrio o una ciudad nuevos; cuando nos hemos ya familiarizado (sin acostumbrarnos todavía) con las casas y los ruidos de la calle, con la expresión y la actitud de la gente. Es entonces cuando nos constituimos en un puro *voyeur* que degusta la ciudad como una exótica colección de bípedos. Todo podemos aquí observarlo –observarlo sin descifrarlo. Nada sabemos de lo que nos rodea, no reconocemos nada, y por eso miramos con unos ojos que van adquiriendo la precisión del ave de rapiña...

Pero dejémonos de lirismos y volvamos al asunto. ¿No es precisamente ésa la distancia y extranjería con que me topé y con que me he mantenido suficiente tiempo en el Parlamento? ¿Cómo es, pues, que no he encontrado aquí una disposición similar a la feliz, benévola observación? ¿Por qué no he sabido ser un *voyeur* del Parlamento como lo he sido de esas mujeres o esas ciudades?

Desde la tribuna oigo todavía desgranar «las alternativas a las problemáticas sectoriales» del caso, y la respuesta se me ocurre a renglón seguido: «Es que en el Parlamento no se puede ser sólo un *voyeur,* hay que ser también, y sobre todo, un *écouteur* inveterado y eso es algo que rebasa ya mi competencia.»

3. La aventura: entre el riesgo y el erotismo

EN ESTRASBURGO CON SOTANA

Asistíamos (es un decir) al Curso de Derecho Internacional-1961 que organizaba Solà Cañizares y que llevaba la gentil y eficaz Regina Tayà. Con la coartada de una beca nos habíamos escapado a Estrasburgo Jaume Soler, Pepi García-Durán, Pasqual Maragall y yo. Era justo al día siguiente de que un estudiante sénior llamado Gregorio Peces-Barba nos propusiera afiliarnos a la Democracia Cristiana. Pero si de momento no nos unimos a su grey (por entonces yo estaba leyendo *La ideología alemana* de Marx, que todavía conservo con las notas al margen de aquella época), tampoco puede decirse que fuéramos anticlericales. Ni siquiera conocíamos la tradición de nuestros modernistas (Rusiñol, Roviralta, etc.), que asustaban a los usuarios del tranvía vistiéndose de obispos y abrazando a una señorita exuberante mientras decían tacos o se atizaban un enorme bocadillo de chorizo. No, nosotros éramos mucho más *assenyats* y respetuosos. Ni yo ni Pasqual Maragall, a quien se lo presté un día, utilizaríamos el traje talar para sorprender o escandalizar a nadie; a no ser..., a no ser quizá a una holandesa bellísima a la que ni con la sotana conseguimos seducir y que, desesperada por nuestra timidez y falta de resolución,

165

acabó dejándose ligar por un funcionario peludo, bajito y siciliano... ¡Qué fracaso, qué enorme fracaso! No sería el primero ni el último, pero sí fue el más sonado. Para lo que sí nos sirvió el hábito, en cambio, fue para descubrir cómo se ve el mundo (y cómo el mundo te mira) «desde dentro» de una sotana. Y la experiencia sobrepasó todas nuestras expectativas: el trato deferente de profesores y bibliotecarios, la mirada irónica o provocadora de los grupitos de chicas, el saludo entre tierno y cómplice de las señoras mayores, el respeto de bedeles y funcionarios... ¡Poco podía imaginar entonces que al cabo de los años volvería a la misma ciudad disfrazado esta vez de parlamentario europeo!

He dicho que no éramos anticlericales, pero quizá sería más justo reconocer sin ambages que éramos filoclericales. Nuestros puntos de reunión o subversión habían sido los santuarios de Queralt, Gallifa o Montserrat. Vivíamos entre mosenes: Ballarín y Vila-Abadal, Canals y Negre, Dalmau y Jaume Lorés, que en aquel momento ejercía de seminarista itinerante.

Y de ahí precisamente la sotana.

Yo le conté un día a mosén Canals que pensaba volver de Estrasburgo haciendo autostop, y me dijo que a él siempre lo cogían inmediatamente: que la sotana era un recurso infalible. Medio en serio, medio en broma, le pedí que me prestara una para acelerar mi viaje de vuelta desde Estrasburgo (para el de ida ya teníamos billete).

Al día siguiente, sorprendido, me encontré la sotana dentro de una bolsa en la portería de casa. El hecho mismo de que un cura me la dejara atenuó mis escrúpulos, mi miedo a cometer una enorme «irreverencia». Tal vez por eso, y para evitar situaciones que podían resultar enojosas (que alguien me pidiera confesarse, o algo así...), opté por no hacerme pasar por cura sino sólo por seminarista. Y eso fue lo que acabó de complicarlo todo.

166

La cosa empezó a embrollarse nada más iniciar yo solo el regreso en autostop desde Estrasburgo vía Suiza. No tardó en parar un «dos caballos» conducido por un hombre jovial y locuaz, vestido informalmente con un jersey de colores vivos, que enseguida empezó a interrogarme: que de qué país era, que de dónde venía, que a qué parroquia pertenecía. «No, no, si sólo soy seminarista», dije yo. Pero eso no hizo más que empeorarlo todo: que qué seminarios había conocido en Francia, que en qué curso o grado estaba...

Para ser sinceros, yo sabía que en los seminarios primero se era «filósofo», después «teólogo», e incluso recordaba vagamente los nombres de los grados que se iban sucediendo: «tonsurado», «exorcista», etc. Pero estos nombres eran tan pintorescos que temía que parecieran una burla, y en todo caso no quería meter la pata o delatarme ante un conductor que parecía más entendido de lo normal en asuntos de diaconado. Intenté cambiar de tema (que cuánto faltaba para Basilea, que si estábamos cerca del refugio heideggeriano en el Schwarzwald...), pero él insistía en preguntarme sobre cuestiones religiosas. Cada vez más inquieto, traté de ir desviando la conversación de la carrera eclesiástica hacia la teología, terreno en el que me sentía menos inseguro.

Era la época de la «espiritualidad» de Congar y el *père* Foucault, de la «secularización» de Harvey Cox, de la «desmitificación» de Bultmann y la «muerte de Dios» del teólogo Altizer. Sobre todos ellos reinaban todavía Rahner, Von Balthasar y Barth... Pero sólo con iniciar el tema se me hizo patente lo que había empezado a temerme: que en el coche viajábamos *un seglar vestido de cura* (yo)... y *un cura disfrazado de seglar* (él). Como averigüé más tarde, se trataba del padre consiliario de los *boy-scouts* suizos. La discusión se fue animando: él defendía a Rahner y yo —era mi época gótica— a R. Bultmann. Y no me duelen prendas al afirmar que dejé

167

bien alto el listón de la Iglesia catalana. El consiliario suizo se hacía cruces (nunca mejor dicho) de que en los seminarios de un país católico, franquista y reaccionario como el nuestro se enseñara tanta teología de vanguardia, incluso protestante. Pero yo había empezado ya a sudar tinta y echaba de menos la dulce monotonía –*cette moitié du néant,* que decía Baudelaire– de un viaje sin consiliario ni cuestionario incorporados.

Estábamos llegando ya a Basilea cuando la cosa volvió a ponerse complicada: que fuera a su casa, que su madre me haría la cena y la cama, que al día siguiente me presentaría a un grupo de sacerdotes muy majos y después nos reuniríamos con la «comisión permanente» de los estudiantes católicos. Una combinación de pudor, respeto y prudencia me aconsejaba rehusar tan amables invitaciones, de manera que apelé a unos falsos «amigos» a los que debía llamar «apenas llegado a Basilea». Tras arrancarme la promesa de que le telefonearía al día siguiente, conseguí por fin que me dejara en una cabina de la Hauptstrasse.

Librado de mi afable sacerdote, una pequeña pensión a orillas del Rin me acogió aquella noche. Al día siguiente cambié la clave teológica por la estética y me sentí inmensamente libre, anónimo y aliviado ante los terribles Böcklins o los tristes Holbeins del Kunstmuseum, y más aún entre las amables estatuillas cicládicas del Antikenmuseum. Redescubría lo estupendo que era ir y ejercer de seglar, a pesar de que, eso sí, en adelante tendría que volver a hacer todas las colas, pagar la entrada de todos los museos y perder todo el equívoco atractivo de cuando llevaba el traje de cura y las chicas me miraban de una manera entre tierna y compasiva.

OCTAVIO

Lo que describo en este capítulo y en los tres o cuatro siguientes son experiencias eróticas tan puntuales como excepcionales y que por eso mismo se dejan encapsular en unas pocas páginas. De mis experiencias eróticas felices y logradas no hablo aquí.

Estábamos en que, liberado ya de hábitos y de curas *boy-scouts,* visité un par de museos y al día siguiente fui (en tren) de Basilea a París, donde los dos años anteriores había tenido mis experiencias más «fuertes». Algunas de esas experiencias habían sido de cariz artístico o político, pero no son las que vienen ahora al caso. Las que ahora evoco son las otras, las que tan a menudo tuvieron como «centro de operaciones» el Odeón, justo el banco que rodea el busto de Danton, donde ahora me he sentado a comer un bocadillo y a tomar las notas de lo que me dispongo a relatar. Lo primero que veo desde aquí es la casa de Gilbert Cesbron, que enseguida me provoca el primer *flashback.* Gilbert Cesbron es (o era) el autor de *Les saints vont en enfer,* su libro tan majo, tan católico y abierto, tan en la onda del *père* Duval y su guitarra *(le Seigneur reviendra...).* Cesbron es un hombre de unos cincuenta años, guapo, educado, todo un caballero. Tiene una hija de diecinueve, Catherine, y en este momento de mi recuerdo nos estamos despidiendo de su padre.

Vamos al cine a ver una película no sé si de Resnais o de Godard. Su padre nos despide muy educadamente y nos acompaña a la puerta. Al salir del cine iremos a una cava de Montparnasse, la cava que su padre nos ha recomendado. En el cine le cojo la mano por primera vez (a ella, no a su padre) y en la cava intento sin éxito avanzar sólo un poco más hacia el sector glúteo. Es el verano del *Qué será, será, whatever will be, will be...*, y al salir del cabaret intentamos bailarla en la calle (un poco al estilo de *Singing in the Rain*, pero a veinticinco grados y sin paraguas). A estas alturas está claro que mis avances han tocado techo. A mí me atrae especialmente su cara: grande, más bien chata, con una pequeña, hechicera asimetría en la boca, *ce petit rien qui fait tout*. Pero ella se muestra aún más «recatada» con los labios que con el cuerpo, y no me deja llegar a besarla. Pudorosa hasta el delirio, es también una malabarista que sabe driblar el amor con el humor. Ríe, ríe, y me provoca mientras esquiva mis labios... No experimentaré nada semejante hasta mucho tiempo después, cuando me siente en el Congreso de los Diputados y una castellana de Salamanca me enseñe cómo se puede montar una bacanal de pudicia y castidad, una auténtica orgía lúbrica, sin desabrocharse un botón (algo al estilo de las americanas, que tienen mil formas de *no* llegar a hacerlo). Pero con Catherine Cesbron yo todavía soy inexperto. Sólo había abrazado a una novia a la que quería mucho, pero mucho, y a una belga bajita de labios gruesos y carnosos que me enseñó a dar besos en la boca y a la que cautivé (a la francofonía le impresiona mucho lo de la cultura) cuando le recité el poema de Oscar Wilde: *your tongue is like a scarlet snake that dances fantastic tunes.* Y así era en efecto.

* * *

Todos recordamos dónde y con quién estábamos el día en que mataron a Kennedy o el de la muerte de Franco. A mí los dos me sorprendieron aquí en París y en la cama. Y ahora me avergüenza comprobar que recuerdo mejor aquellas noticias que a mis eventuales acompañantes. Más de una vez me he sentido culpable por ello y les he pedido mentalmente perdón. Pero más vergüenza, mucha más vergüenza, pasé luego en este mismo banco Danton, al que acudía para leer a Merleau-Ponty, Wahl e Hippolyte. Son las siete de la tarde cuando los alrededores y el propio banco empiezan a poblarse de homosexuales que se me acercan y más o menos veladamente vienen a cortejarme... Uno de ellos se sienta a mi lado. Es un chico guapísimo, de una belleza potente y serena. Pero apenas se tropieza con un amigo, empieza a gesticular, a reír, a enarcar las cejas o a hacer muecas —y todo el embrujo desaparece en un segundo... «La belleza», pienso, «al menos la clásica, exige cierta gravedad: la gente debería aprender el grado de movimiento o de expresividad compatible con su fisonomía» (no obstante, hay otro tipo de belleza que sólo se manifiesta al moverse o al mirar de reojo, al reír o al sorprenderse...). Y ahora compruebo que esos matices de la belleza se me aparecen más fuertes y claros mirando a los hombres que mirando a las mujeres. Supongo que se debe a que los miro más desinteresadamente, más «estéticamente», como diría Nora. Y desde ese punto de vista, no cabe duda, me gustan mucho más los hombres que las mujeres.

Son ya cerca de las ocho de la tarde y a esta hora el

171

ambiente en torno al banco empieza a caldearse. Me asusta la cantidad de homosexuales que me rondan, y sólo me tranquilizo cuando un chico alto, de buena presencia y muy normal –Octavio– se sienta en el lado que quedaba libre y ahuyenta a la cola de mis pretendientes. «No les hagas caso», me dice, «es que se vuelven locos por jovencitos como tú. Son muchos, pero ya lo ves, no son agresivos, y cuando les pones cara de mala leche, enseguida se asustan y se van. Los de la droga son mucho peores, mucho más insistentes y agresivos.»

Octavio es chileno, bien plantado, educado y bastante mayor que yo (debe de tener unos treinta años). Y, encima, encima es un doctorando de Filosofía en la Sorbonne. ¡Qué suerte! Aunque es heideggeriano de estricta observancia y yo no, nos enzarzamos en una magnífica (para mí) discusión filosófica hasta que se le hace tarde y me dice que tiene que irse.

–Pero ¿adónde vas, qué trabajo tienes a estas horas? –Son ya las nueve de la noche y me había hecho la ilusión de que me llevaría a cenar para seguir charlando.

–Mañana te cuento; ¿quedamos aquí mismo a las cinco?

–De acuerdo, de acuerdo. –Mañana me lo contará, espero.

Feliz de haber encontrado a ese «hermano mayor» que me ha protegido y encima se digna discutir sobre filosofía conmigo, me vuelvo al Institut Catholique de París, donde duermo a escondidas. Hace seis días que acabó el cursillo de verano que allí he seguido y que me permitía alojarme en los dormitorios de sus estudiantes. Acabado el cursillo, todos los visitantes debíamos marcharnos y el edificio quedaba vacío... Pero yo me he escondido en un lavabo y ahora mismo bordeo la tapia del Institut y me subo a la reja de una puerta lateral, lejos de la vista del portero. Y así todos los días; cuando ha oscurecido, salto la reja y me deslizo hasta el dormitorio, donde duermo gratis, solo en una inmensa habitación de cuarenta camas vacías, donde vuelvo a pasar los miedos de los octubres en Ventós. Así he podido quedarme en París una semana más para acabar de ver los pequeños o lejanos museos –Rodin, Chaillot– que el horario de clases no me había permitido visitar. Pero ese día, ese mismo día, el portero me ha pescado al salir cuando saltaba de la ventana al patio y del jardín a la reja. Es amable y me permite volver al dormitorio para recoger la ropa que tengo allí escondida, pero me amenaza con denunciarme si vuelve a verme.

Me quedo así sin cobijo y sin dinero, y en esas condiciones me da vergüenza llamar a Catherine y a su distinguido padre. De manera que decido irme a dormir debajo de un puente (en aquel tiempo, y en París, eso tenía un gran romanticismo: la bohemia, los *bouquinistes*...), donde me muero de frío y otra vez de miedo, y sin poder pegar ojo.

Al día siguiente, a las cuatro, y tras ahuyentar a un Charlus bien vestido y emperifollado que me había seguido desde el Pont de Sully hasta el Odeón, vuelvo a sentarme en el banco Danton. Octavio llega puntual... una hora más tarde; bueno, no, era yo quien, por los nervios, me había equivocado y había adelantado una hora el reloj.

–Ayer no dijiste cuál era tu trabajo –le pregunto en cuanto llega.
–Bien, son dos trabajos: uno permanente y otro eventual.
–¿Y?
–El permanente es en la recepción del Folies Bergère, con uniforme y todo. El día que quieras te llevo, aunque no

173

sé si el administrador me dejará colarte. Y es que allí –añade con cara de pícaro–, allí tu pinta juvenil no gusta tanto como en este barrio.

–¿Y el otro trabajo? ¿El eventual?

–Ése es más aleatorio... y discreto. Se trata de un director de cine español que de vez en cuando me llama para que le lleve a dos chicas altas y jóvenes, «altas y jóvenes» son sus estrictas y únicas condiciones, para que lo paseen con tacones de aguja.

–¿Para que lo saquen a pasear?

–¡No, hombre, no, qué ingenuo eres! Él se tiende en el suelo y las chicas han de caminar por encima de él clavándole sus tacones de aguja. No puedes imaginar el aguante que tiene. Eso sí, ahí no puedo llevarte. –Y acto seguido, sin transición alguna, Octavio retoma el argumento que habíamos dejado en suspenso la tarde anterior: que si los existencialistas franceses Hippolyte, Kojève, Jankélévitch... habían querido empalmar con Hegel saltándose el segundo a Heidegger y que así nunca lo conseguirían, etcétera, etcétera.

–Si quieres quedamos mañana aquí mismo –me dice– y te contaré el último libro de Kojève...

–Es que ya no tengo dónde dormir y me voy pasado mañana a Barcelona.

–¿Y eso?

–Dormía a escondidas en el Institut Catholique pero ayer me pescaron. Hoy me ha tocado puente del Sena y he descubierto que no tengo vocación para ello.

–¡Pero qué dices! Eso lo arreglamos, lo arreglamos. –Y se queda pensando. Sabe que me ha dejado admirado con sus recursos y ahora no quiere desengañarme–. Mira, de momento vente a mi hotel y mañana ya encontraremos un sitio u otro donde meterte.

Nos dirigimos juntos a recoger mis bolsas a un bar donde me las guardaban y, hoy sí, me invita a cenar en un *bistrot* cerca del Panteón, donde me explica la teoría de la incompletitud de Gödel (que para él constituye una «prueba científica» de la tesis de *El ser y el tiempo)*. Después de cenar caminamos por el Boul-Mich hasta su hotel (otro «lugar de memoria», de mala memoria en este caso). El hotelito de Octavio –6 rue Cujas– es más bien una modesta pensión de cuatro pisos, toda pintada de verde (ahora no, ahora es marrón). Cuando estamos llegando, Octavio se detiene y me coge del hombro...

–Mira, Xavier –me dice, algo avergonzado–, tendrías que poner a prueba una vez más tus habilidades para la infiltración. Yo aquí pago por meses, y una de las condiciones de la patrona es que no traiga a nadie a la habitación. Claro que ella lo dice pensando en putas y tú eres un chico... Pero aunque nos dejara, seguro que nos haría pagar Dios sabe cuánto. Es una víbora que se aprovecha para estrujarte con los extras.

–¿Y entonces? –lo interrumpo frunciendo el ceño.

–De manera –continúa– que tendrías que colarte como has hecho estos días en el Institut Catholique. Pero no te preocupes, yo entraré y me enrollaré con la *concierge,* a la que le gusta hablar por los codos. Llevaré tus bultos como si fueran míos. Cuando la vea bien distraída te haré una señal y tú atraviesas el *hall* sin hacer ruido y pasas a gatas por delante del *comptoir*. Es muy alto y te cubrirá de sobra. La escalera está a la izquierda y fuera de su campo de visión, así que cuando llegues, ya estás.

Dicho y hecho. Al cabo de diez minutos estamos los dos en su habitación, un cuarto lóbrego pero con una cama de matrimonio de anchura más que suficiente. Yo estoy molido y dejo las bolsas en el suelo, sin abrir. Me cuesta quitarme una ropa todavía húmeda tras la noche bajo el puente, y en calzoncillos y camiseta me dejo caer en la cama, donde poco después percibo vagamente que se mete Octavio. «Buenas noches.»

«Buenas noches», sí, hasta que me despierta una pesadilla que poco a poco se va haciendo realidad. Una boca llena de saliva me está lamiendo y mordiendo la oreja mientras una mano me baja los calzoncillos. Recuerdo la sensación como si fuera ahora. Al horror se suma la vergüenza de darme por enterado y la eventual turbación de Octavio al darse cuenta de que me doy cuenta. Trato así de abrir las piernas para que no pueda acabar de bajarme y quitarme los calzoncillos. Hago como que despierto a medias y me deslizo lo más lejos posible, al extremo del colchón, donde sigo haciéndome el dormido confiando en que renuncie. Y renuncia, sí, pero por poco tiempo. Al cabo de unos diez minutos noto una mano sobre el ombligo y otra que vuelve a bregar con los calzoncillos. ¿Qué debo hacer, qué puedo hacer? Admiro a Octavio, ya lo he dicho, y en un par de días parece que nos hemos hecho amigos de verdad, de manera que me da pena y me da «corte» ponerlo en evidencia. *(«¿Así que sólo eres uno más de los plastas que me rondaban en el banco del Odeón?»)* No, no es verdad que sea un plasta cualquiera; me ha explicado cosas muy profundas, me ha escuchado y me ha dejado discutir con él como si estuviera a su altura, me he sentido genuinamente protegido y convoyado por él. Y ahora no puedo, no quiero quitarle la mano de encima de mí con un *«maricón, más que maricón».*

De modo que me levanto de golpe, sin decir nada, y él tampoco chista. Pretendo escabullirme sin ofender, como quería Vila-Matas en una situación similar. No enciendo la

176

luz, me da vergüenza. Busco a tientas –él sigue silencioso– la ropa y los zapatos desperdigados por el suelo. Busco también a oscuras mis bolsas, pero sólo encuentro una. Continúo buscando –los dos seguimos callados– hasta que la «sesión» se me hace demasiado larga, así que me olvido de la segunda bolsa, encuentro la puerta y salgo al pasillo. Abajo, la señora del *comptoir* me mira suspicaz, sin reconocerme, pero está demasiado adormilada para reaccionar. Y yo... yo estoy demasiado angustiado para buscar alojamiento, pero también decidido a no volver al puente. Deambulo entre la rue Soufflot y la rue Saint-Jacques. Pienso que nunca volveré a ver a Octavio pero que tampoco lo olvidaré jamás. Entonces no sabía que diez o doce años más tarde aparecería entre los asistentes a una conferencia que yo daba en la Académie Française. Lo saludé desde la tribuna mientras me presentaban al público. Me contestó con una sonrisa seria, contenida. Imaginé que después de la conferencia nos encontraríamos y que yo, para romper el hielo, le preguntaría qué había hecho con mi otra bolsa. Pero cuando al acabar la conferencia me dirigí a su sitio, el asiento estaba vacío. Y Octavio había desaparecido.

«ET MAINTENANT LE GÂTEAU»

Esa noche sigo deambulando maquinalmente: bulevar Saint-Michel y a la izquierda rue Vaugirard y a la derecha rue Mazarine, y en la esquina de la rue Racine voy a parar bajo el toldo de un *bistrot,* donde un perro no deja de ladrarme (entonces los perros de París todavía ladraban). La cosa no me hace gracia, de manera que continúo calle abajo sin saber adónde voy. ¿O tal vez sí lo sabía pero no quería confesármelo? Justo en la acera de enfrente me aparece otro *lieu de mémoire,* uno de esos hitos que, como dice Borges, se convierten en mitos. Es el hotelito donde empieza la segunda de mis «experiencias fuertes», aunque fuerte en un sentido muy distinto. Es el hotelito donde en otra ocasión me había citado la «física nuclear» que quería llevarme a Suiza (justo donde había huido yo de los *boy-scouts)* y encerrarme una semana en su casa a «tomar postres» casi hasta morir. Entro en la sala donde nos encontramos aquel día, el mismo damasco enorme, brillante, el mismo pianista negro tocando a Sidney Bechet, el mismo perfume, el mismo olor a magnolia que, *telle la madeleine, elle me fait tout de suite bander.*

Pero la historia con esta amiga empieza un poco antes. La «física nuclear» había veraneado aquel año en Empúries junto con su marido, un físico nuclear del CERN, el acelerador de partículas. Ella no era física, y menos nuclear, pero sí tenía el-físico-más-bonito-que-haya-visto-nunca-antes-o-después-de-ella. La había descubierto mi padre, que tenía mucho olfato para estas cosas. Antes de conocerla yo, ya me había advertido que por Muscleres corría una *diosa* griega pero diosa de verdad. Tenía veintidós años, era medio danesa, medio holandesa (como la chica que en Estrasburgo nos puso cuernos a Pasqual y a mí), y fue mi propio padre quien la bautizó como «la física nuclear».

Al verla a la mañana siguiente, en la Miranda, creí desmayarme:[1] «Los muslos desnudos, la túnica revoleando» como las espartanas de Eurípides, así se me apareció aquella estatua helenística pero viva; viva y risueña, con un brazo entre las piernas para sujetarse la falda y el otro aguantándose la pamela que la leve tramontana quería arrebatarle. Renuncio a esbozar su figura: lo más excelso, dicen los teólogos, no se puede describir y a menudo ni siquiera permite la aproximación (como la Psique de Apuleyo, cuya misma belleza detenía a los hombres, que, embelesados, no osaban acercarse). No entiendo pues cómo me atreví a dirigirme a ella y acabar tomando una copa juntos en la plaza (de lo que estoy seguro es de que sin la inconsciente «cobertura» de mi padre jamás en la vida lo habría conseguido). Y lo que todavía entiendo menos es cómo pudo ser que el día antes de irse me dijera: «Mañana, Xavier, quedamos en los matorrales a las doce, en los barrones que hay en la montañita de

1. H. Heine y X. Montsalvatge decían que les había ocurrido algo similar: al uno en su escuela de Hamburgo y al otro en misa de doce en Olot.

arena entre la Miranda y el Moll Grec, allí donde forma un claro muy escondido.»

Al día siguiente, y sin ningún estorbo, «hicimos matorrales» durante más de una hora hasta acabar hechos una croqueta de arena, sudor y toda clase de fluidos ciertamente divinos. Yo no me lo creía, no podía acabar de creérmelo. Aparte de ser, efectivamente, la-mujer-más-guapa-del-mundo, mi cuerpo entero parecía concentrarse en cada momento en el lugar preciso donde su mano me acariciaba.

—Mi marido tiene un congreso de nucleares este otoño en Seattle donde hablará de una especie de partículas más pequeñas que los neutrones. Yo iré entonces a París un par de días, a ver a una hermana mía, y puedo recogerte allí para llevarte a casa, en Ginebra, donde tendríamos una semana para estar juntos, solos.

Es lo que me decía, a toda prisa, intentando quitarse de encima el engrudo de arena que le cubría el cuerpo mientras yo le sacudía el cabello y me resistía a descolgarme de aquellos labios, de aquella divina ranura. Fatigados, nos quedamos tendidos mirando al cielo: silenciosas, las gaviotas planeaban contra la marinada.

* * *

Ahora ya estamos en otoño y vuelvo a París, y ya he huido de la habitación de Octavio, y me encuentro en el hotelito donde había quedado con la *diosa*, el hotelito del damasco enorme y del agua de magnolia *qui me fait bander,* sentado en la misma butaca desde donde la veo ahora llegar por la rue Mazarine, puntual y completamente empapada bajo un chaparrón descomunal, sin paraguas. Y es también sin un abrazo, casi sin mirarme, como me interpela digna, casi severa: nos quedaremos un día en el hotel y pasado mañana nos dirigiremos a Ginebra, pero de momento tiene que secarse y cambiarse. Después quiere llevarme a un restaurante muy, muy *vieille cuisine*. No está demasiado lejos pero necesitaremos un paraguas. El *concierge* nos puede dejar uno. De momento que la espere allí, que ahora baja. Querría llevarla al Odeón, «al lugar donde empiezan todas las cosas», pero callo y vuelvo a sentarme. Me he quedado de piedra por su tono más bien seco y expeditivo. Pero la piedra se ha convertido en pura gelatina al bajar ella en una nueva versión, urbana y elegante, de mi física nuclear. Me tiemblan los brazos, y las piernas me flaquean «como si mis extremidades formaran parte de la ropa y no de mi cuerpo». Es tan, tan guapa –pienso– que quizá aún me gusta más así –vestida, distante y toda entera– que cuando la proximidad y el contacto no me dejan admirarla más que a pedazos: ahora un brazo, ahora un pecho, ahora el pelo o una mejilla, ¡a trozos!

Esta noche, después de cenar en su restaurante preferido (y muy malo, todo hay que decirlo), sí he podido mirarla de todas las formas y maneras: entera y a retazos, excitada y amorosa, tensa y laxa, hasta que me he abismado en el pozo del sueño. Cuando la luz me despierta ella ya no está en la cama; anda en bata, con tres rulos en la frente y el resto del cabello alborotado, planchando meticulosamente una falda plisada. Una escena corriente, incluso doméstica, que me ofrece una nueva *versión* de mi diosa (de momento tenía la de Empúries, la de los matorrales, y la de ayer, empapada en el hotel o luchando con un pato *à l'orange* en el restaurante). Y siento que esa escena cotidiana es la más intensa de todas. Meses más tarde encontraré una frase de Rousseau que sin duda aclara esta preferencia: «Nada temo tanto», dice, «ni me atrae tanto como una mujer hermosa de buena mañana con ropa de andar por casa: la temería menos bien peinada y emperifollada.»

Pues eso.

Al día siguiente nos dirigimos en su coche hasta la casa de Ginebra, una villa preciosa a orillas del lago Léman, donde... me encarcela toda una semana y de donde (como del hotel de Octavio) acabaré huyendo por piernas.

Así, literalmente.

La experiencia empieza –o continúa– exquisitamente. No nos instalamos en el dormitorio sino en la sala, donde hay alfombras, pufs, sillones, sofás y toda clase de niveles para ensayar las posturas más fantasiosas y las líneas de ataque más diversas. El primer asalto, apenas llegados, es sencillamente magnífico. La casa está ya caldeada y todavía medio vestidos ensayamos los primeros ejercicios sobre una mesa –¿o era una estantería?– entregada a la ventana, donde se reflejan las aguas del lago Léman y también la camisa blanca con bordados tiroleses que ahora ella se quita con agilidad felina. Más cómoda que entre los cañizos y matorrales de la playa, siente la necesidad de reanudar inmediatamente la danza y yo me empleo a fondo. Ya algo aliviada, se levanta y la oigo trajinar primero en el baño, donde remueve tarros y frascos, y luego en la nevera. Un golpe de viento riza la superficie del lago y hace batir la puerta del garaje, que corro a cerrar. Vuelve con una bandeja donde lleva dos vasos de zumo y un platito con píldoras de diversos colores. Yo me he distraído hojeando libros en los que parecen mezclarse figuras cabalísticas y fórmulas matemáticas. «¿Estos garabatos», le pregunto, «son cosas de física nuclear?» «Deja, deja», dice ella bandeja en mano, «que podrías acabar cuadriculado y tan precoz como Walter; en el CERN él estudia el Big Bang, pero en la cama ni big ni bang ni nada de nada.» Por lo que me ha dicho, Walter no vuelve hasta el martes o miércoles próximos, de manera que aún tenemos cinco días de margen para practicar nuestra gimnasia recreativa.

Y es gimnasia, efectivamente, lo que haremos todo el santo día. Una, dos, tres, cuatro sesiones que duran hasta primera hora de la tarde, cuando se dirige a la cocina, trastea veinte minutos y me sirve una comida impresionante que no desmerece del resto de la casa: mejillones, ciervo, unos crustáceos nuevos para mí, una perdiz, seis o siete quesos, *riesling* y burdeos... Y al final un nuevo platito con las píldoras de colores. ¡Y ahora el *postre!*, me dice satisfecha, aunque ella sólo ha probado un muslo de perdiz. El sol empieza a ponerse sobre el lago. *Et maintenant le gâteau,* repite al tiempo que se agarra a mí y me abraza con fuerza, cada vez más exigente... Y ahí empieza la lenta pero segura transformación del cielo en el limbo, del limbo en el purgatorio y del purgatorio en un infierno donde lo más sublime se vuelve cada vez más laborioso y esforzado. Y si por la mañana eran cuatro, después de comer han de ser cinco, seis, siete las píldoras, que van llegando regularmente como anticipo de una nueva sesión... Cuando flaqueo: más píldoras. «Sólo para animarte», me dice, «son de glucosa y estrógenos y sustancias dinamizantes.» Cuando concluye otro banquete esplendoroso: *et maintenant le gâteau.* Y vuelta a empezar: ahora así, ahora asá, ahora por aquí, ahora de pie, ahora sentados, ahora empieza tú, ahora déjame a mí... «Cuerpo a tierra, que vienen los nuestros» es lo que me digo cuando la veo acercarse armada con una nueva carga de medicamentos.

Con tanta gimnasia se diría que ha hecho músculo y parece dispuesta a ordeñar lo que tengo y lo que no tengo. Yo llevo unos días leyendo una antología de poesía griega, que ahora me saco de la cartera para leerle los versos de Teognis de Megara:

No puedo, oh corazón mío, oh cuerpo en chispas,
ofrecerte los bienes por los que suspiras.

O los de Safo:

Y tiemblo y sudo, y mi faz se degrada.
El frío y el calor por turnos me invaden,
no resisto ya un delirio demasiado intenso,
mi garganta se cierra, y las rodillas me flaquean.

Pero ni con la poesía sus urgencias parecen tener freno. En dos, tres días, la cosa se va haciendo más difícil, por no decir alarmante. Cada vez que pido «un receso» –salir a cenar, llegarnos al lago, ir de compras a Ginebra–, ella saca un nuevo menú: más «sustancias dinamizantes», zumos coloreados de misteriosas plantas trepadoras. Y al acabar, postres y más postres. Oigo *et maintenant le gâteau* y me pongo a temblar. Estoy exhausto, pero ella conoce todas las artes para sacar de donde ya no hay.

La *diosa* está cada día más animada, feliz y lozana: un punto de rosa en las mejillas la pone todavía más bonita. Yo, a seis o siete asaltos diarios, cada día más grogui. Grogui y maldiciéndome a mí mismo. «¿Cómo es que ya no deseo a la *diosa*? Sólo con que todo pudiera ser algo más espaciadito...» Seguro que dentro de dos semanas, en Barcelona, maldeciré mis huesos por haber desaprovechado estos abrazos de Circe. ¿O es que se trata de la misma Circe, la semidiosa griega que sólo perdona la vida y deja que se vayan medio muertos y transformados en cerdos los hombres que ya no la desean? ¿Así que tal vez ahora me dejará escapar, cuando haya acabado de chuparme la médula del hueso? ¿O es acaso como la Bastienne de Mozart...?

Circe, Bastienne o lo que sea, lo cierto es que al quinto día me deja ir, y con algún kilo menos me deposita en la estación de Ginebra, donde cojo el tren a París, que he de enlazar con el de Barcelona.

... Pero no sin detenerme en el banco que rodea el busto de Danton: allí donde empiezan (y confío en que acaben) mis experiencias más fuertes.

En esa época y en los años siguientes, mis aventuras, francesas o no, son mucho más banales y también más veniales. A menudo guardo de ellas tan sólo un tenue recuerdo, una imagen vaga. Son sensaciones que no puedo (y a veces no quiero) asociar con una mujer concreta. Me limito, pues, a transcribir las que apunté en la libreta, y no sin pesadumbre. Ahora me doy cuenta de que sólo apuntaba las cosas más bien tristes o crueles, no las más frecuentadas y felices. ¿No será, me pregunto ahora, que me pasa como a Renard: que *ce qui me déplaît me déplaît plus que ce qui me plaît me plaît?* Mucho me temo que sí, y que me ocurra eso me *déplaît* todavía más. He aquí alguna de esas anotaciones recogidas al azar.

—Imaginativa, versátil y caprichosa: capaz de montarte una orgía tú sola, ¿cuándo me dejarás ser algo más que un figurante o un comparsa de tu fantasía?

—Prudente, cauta y juiciosa: hábil pero fría, ¿por qué has tenido que enseñarme qué es eso de *l'ennui dans le ménage infame de nos vices?*

—¿Y cómo es que nunca he sabido enamorarme de las chicas como tú, que «me convenías»?; chicas encantadas con mi incompetencia para la vida práctica, dispuestas a «proteger del mundo», de bancos, de tropiezos o de fontaneros, a un intelectual que, ya se sabe, pobre..., en la vida práctica nunca sabrá apañárselas.

–Pero ¿qué tenían tu boca, tu silueta, que enseguida capturaron mi atención pero nunca acabaron de cautivarme?

–Nuestra relación, ¿recuerdas?, fue limpia e inmaculada, *de pura devoción al riesgo,* sin efectos colaterales ni en mi alma ni en tu marido.

–Un cuerpo homogéneo, sin contrapuntos, ni grueso ni delgado, todo él cóncavo. ¿No conocéis un cuerpo de ese tipo con el que ni la concentración ni el sentido del deber os aseguran la erección?

(Y he aquí, ¡ya era hora!, una anotación tierna y sin acritud.)

–Solange, Solange: deja que recorran tu cuerpo unos ojos cándidos y al mismo tiempo anhelantes. Tu perfil es clásico, como tu espíritu, pero no tu gesto ni tu voz ronca. A menudo me cubres de risas, de palabras sabias que nunca traes ya repertoriadas, que son siempre imprevisibles y siempre iguales, siempre igual de imprevisibles. Tu gesto es una filigrana que sabe jugar todos los registros: desde el signo más alegórico a la contorsión más libidinosa o el doble perfil cubista. No tienes golpes ocultos ni cofrecillos secretos: llevas toda el alma en la piel. No te fijas en las cosas, ni tampoco desconfías de ellas: simplemente dejas que se reflejen en ti. Déjame, pues, déjame ya sólo divagar a la sombra de tu mirada.

EN LONDRES, DE CRIADO A CLANDESTINO

La peor vez que aterricé en Londres fue la tercera. La primera, a los diecisiete años, trabajaba de camarero en una pizzería y enceraba el parquet de múltiples amas de casa en Hampstead Head. La segunda, al verano siguiente, me llevé a mis dos hermanos menores, y el trabajo fue más duro: lavar platos en una máquina infecta, candente y humeante, en el sótano del restaurante Simpsons. En la máquina estábamos cuatro: dos discapacitados intelectuales, un cojo y yo. Nadie que no fuera tullido, chiflado o extranjero sin papeles habría querido trabajar a una temperatura de cuarenta grados, enterrado ocho metros bajo tierra. La única ventaja de aquella sórdida sauna era que podía atiborrarme de los pasteles limpios que bajaban en los platos sucios, y también que al salir me venía de paso el British Museum. Allí, día sí y día también, me detenía a leer con adolescente circunspección a Marx in situ, o tan sólo a deambular entre «los mármoles» de Lord Eguin, el botín más bonito del mundo.

Pero la más dura y complicada, como decía, fue la tercera visita a Londres en el crudo invierno de 1973. Esta vez no iba a estudiar inglés ni a fregar platos, sino a conseguir un pasaporte falso. En un libro anterior *(Filosofía y/o política)* hice un breve resumen de la historia, pero he aquí cómo fue de principio a fin.

Aquel año había sido invitado como *scholar* por la Universidad de Berkeley, y también me habían invitado en Harvard, de donde era ya *Santayana Fellow*. No obstante, hacía tiempo que la policía española me había requisado tanto el pasaporte como el carné de conducir. Lo de conducir lo solucioné muy sencillamente: seguí llevando el coche sin permiso seis años (y en el juicio que me cayó, Cesáreo Rodríguez Aguilera supo hacerme salir bastante bien parado). Pero lo del pasaporte era mucho más complicado y corría prisa: los americanos no podían entregarme un visado de profesor si no les daba un documento oficial donde estamparlo. La única solución, me dijo alguien, era ir al consulado español en Londres, donde un diplomático «amigo» al que no veía (después supe que era Fernando Schwartz) estaba dispuesto a hacer la trampa y darme un pasaporte español con número falso, es decir, sin informar a la Dirección General de Seguridad, donde ya me lo habían denegado un montón de veces.

Años más tarde, la misma víspera de la muerte de Franco, yo estaba «exiliado» en París y cenaba en casa de Pere Fages a la espera de noticias. O mejor dicho: a la espera de *la* noticia. Pero la noticia tardaba, y en el ínterin me contó que había conseguido un pasaporte falso en Londres gracias a un tal Schwartz.

–Yo también –le dije, admirado por la coincidencia.

–Sí, pero a mí enseguida me descubrieron que era falso –respondió.

–¿Quién?, ¿y cómo? ¿La policía española?

–No, no; la KGB.

Y acto seguido me refirió su peripecia.

Como secretario de Santiago Carrillo, Pere formaba parte de la delegación del PSUC que visitaba Moscú en 1971. Tras la recepción de honor en el aeropuerto, y sin pasar por ninguna aduana, los «camaradas» de Moscú les pidieron los pasaportes para evitar la cola y devolvérselos luego en el hotel. Pero sólo con mirar el pasaporte de Pere, lo separaron del grupo y se lo llevaron a un «hotel» un tanto especial, un hotel con rejas. «Se trata de una pequeña verificación, un simple trámite», le dijeron. Al cabo de un buen rato y, tras insistir mucho, lo dejaron llamar a la Delegación y a un amigo que vivía en Moscú. Pero nadie contestaba... Cuando al día siguiente se lo contó a Dolores Ibárruri, ésta dijo: «Pero qué ingenuo llegas a ser; ¿no ves que te dejaban llamar sólo para controlar los números que marcabas?» De todos modos, a la mañana siguiente apareció un funcionario ojeroso que le devolvió el pasaporte y le dijo: «Camarada, pase por esta vez, pero cuando vuelvas a traer un pasaporte falso, haz el favor de avisar: nos has tenido toda la noche en danza.»

Dos pasaportes igualmente falsos –el de Pere y el mío–, pero a él lo descubrieron enseguida y yo entré y salí de América cuando y como quise sin ningún problema. Lo que significa que, al menos en aquel tiempo, la KGB era mucho más eficaz que la CIA. Y muy distinta también de la policía inglesa.

Retournons à nos moutons. He dicho que iba a Londres para conseguir mi pasaporte falso. Ahora bien, para hacerme con ese pasaporte falso necesitaba otro pasaporte, éste auténtico, con el que poder entrar en Inglaterra. Así que cogí el de un hermano mío, y todo fue como la seda hasta la llegada al aeropuerto de Heathrow, donde empezó una historia inverosímil.

El azaroso paso por los Pirineos, la noche en blanco en el tren Perpiñán-París y el vuelo a Londres que cogí a continuación no me habían dejado tiempo ni ganas para afeitarme y adecentarme un poco. Era la época de la gran emigración española a Europa, y yo debía de encajar con el retrato robot del emigrante ilegal, de manera que el policía del aeropuerto no sospechó de mi identidad ni de mi pasaporte, pero sí me pidió, en cambio, papeles para certificar que tenía trabajo en mi país o que había sido contratado en Inglaterra. Papeles y documentos llevaba yo un montón (carné de universitario, libro de familia, etc.), pero, por supuesto, en todos ellos constaba mi nombre (Xavier), no el de mi hermano (Guillem), cuyo pasaporte tenía abierto el policía sobre el mostrador.

–No, sólo llevo el pasaporte, no tengo documentos –mentí.

–Pues le haremos una reserva para el próximo viaje de Iberia que regrese a España –fue la respuesta tan amable como expeditiva–. Acompáñeme, por favor.

Y me depositaron en una sala de espera vigilada. Allí escarbé entre todos los carnés y documentos de mi cartera en busca del que tuviera menos especificaciones y donde mi foto se pareciera más a la del pasaporte de mi hermano Guillem. Por fin me decidí por uno de ellos y solicité volver al mostrador de mi policía.

–Mire –le dije–, he encontrado el documento de la universidad a la que pertenezco, donde consta mi número de la Seguridad Social, etc., etc. –Y le puse el carné sobre la repisa donde él tenía aún el pasaporte de mi hermano.

–Sí –replicó inmediatamente, con sólo comparar carné y pasaporte–, pero no son de la misma persona...

La paradoja resulta notable, ¿verdad? Mientras el policía había contrastado mi cara con la foto de mi hermano, no había dudado que él y yo éramos la misma persona... Pero, comparando dos fotos nuestras, vio enseguida que eran de personas distintas: una comprobación más de la vieja tesis de McLuhan «el medio es el mensaje». O dicho lisa y llanamente y por lo que viene al caso: que, a todos los efectos oficiales, no estamos obligados a parecernos demasiado a una foto nuestra, pero dos fotos nuestras sí que tienen que parecerse (aviso de navegantes para los muchachos de quince años que quieren entrar en las discotecas con el DNI de un amigo).

El policía siguió mirando y comparando los dos documentos un buen rato hasta que concluyó, entre irónico y sentencioso: «*Mire usted, aquí en Inglaterra, cuando una persona tiene dos rostros, dos nombres, dos profesiones y dos firmas suele tratarse de dos personas distintas. O sea que acompáñeme, por favor.*»

Y así fue como me llevó a la pequeña (entonces) celda del propio aeropuerto de Heathrow, donde me dejó encerrado y vigilado por una mujer policía muy, muy guapa. Cabe decir que en aquella época yo no había visto nunca a una mujer vestida de guardia, y la cosa me causó cierta impresión. Impresión que no tardó en disiparse cuando pocos minutos después llegó el jefe de policía del aeropuerto.

«Está usted detenido», me dijo. Me hizo firmar el comprobante de mis pertenencias, reunidas en una caja metálica, y acto seguido empezó a interrogarme. Por un momento me pasó por la cabeza hacerme el mártir con todo eso del franquismo: «que si me habían quitado el pasaporte por razones políticas y yo tenía que ir a Harvard, etc., etc.». Pero ¿qué les importaba a ellos todo eso? Además, me daba vergüenza ir con el cuento de la lágrima antifascista, de modo que insistí una y otra vez en que me llamaba Xavier Guillem, que era profesor de Estética e ingeniero agrónomo, que unas veces firmaba así y otras asá, que en verano era más rubio, como en una de las fotos, y en invierno más moreno, como en la otra, etcétera.

El policía no se lo tragó, por supuesto, y me comunicó formalmente que esa misma noche sería trasladado a un calabozo de Londres. Yo me quedé pensando por qué me habrían tomado: ¿por camello, por apátrida, por terrorista o simplemente por inmigrante indocumentado? Pero no habían acabado mis reflexiones cuando el jefe de policía del aeropuerto –Lt. Hebreu, se llamaba– volvió a la celda y pidió a la policía guapa que se fuera y lo dejara conmigo. El sol se ponía ya por la ventana enrejada y todavía recuerdo, como si fuera ahora, el perfil y el rítmico balanceo a contraluz de la policía guapa que se alejaba pasillo adelante.

Entonces me quedé esperando a que comenzara un interrogatorio en toda regla, pero el jefe de policía inició lo que más bien parecía una conversación de salón o una charla de café. Empezó por ofrecerme una taza de té, y me preguntó dónde había aprendido inglés, qué deportes practicaba, cómo era Barcelona, qué pensaba de los turistas ingleses en España, etc. (¡Qué distinto todo ello del estilo de los hermanos Creix en Via Laietana!) Le contesté que por desgracia no todas las turistas eran como su policía uniformada (era por lo de hacerme el simpático, que con la policía siempre conviene). El Lt. Hebreu no sonrió, y pensé que me había pasado. Pero al cabo de unos tres cuartos de hora de charla, y sin haberme hecho una sola pregunta sobre por qué viajaba con un pasaporte que no era el mío, me dijo:

–Mire, no sé por qué hace usted lo que hace; ni siquiera si es una, o ninguna, de las personas que constan en estos documentos... No tengo por qué creerle, pero le creo y confío en usted. Pase, pues, al Reino Unido, está en libertad, y salga del país tan pronto como acabe lo que haya venido a hacer, que tampoco sé qué es (en el interrogatorio yo había tratado de dar a entender que era ver a una «amiga», y eso debía de parecerle verosímil).

... Contra todos los principios de su profesión (el primer axioma de la cual es identificar *who is who*), el policía inglés había decidido fiarse más de su olfato que de su código, más de su sensación personal que del imperativo de la identificación. Y eso, supongo, sólo puede pasar en Inglaterra, ¡en un país donde ni el legalismo del Derecho Romano ni la casuística de la Iglesia católica han acabado nunca por cuajar del todo!

Aquel día me volví anglófilo. Y es mucho, pienso desde entonces, lo que todavía podemos aprender del pluralismo y el liberalismo británicos. Dos anécdotas de signo muy diferente me servirán aquí como ejemplo de lo que entreví aquel día en la celda de Heathrow, anécdotas que por desgracia hoy, después de la guerra del Golfo, ya no parecen tan emblemáticas.

Durante el asalto inglés a las islas Malvinas, la BBC se negó a transmitir los comunicados de guerra hablando de *«nosotros»* y del *«enemigo»*. Pese a la denuncia que se hizo en los Comunes, la televisión siguió refiriéndose impersonalmente a los éxitos o a las bajas de los «ingleses» o de los «argentinos». Y el reportaje más extenso sobre la guerra fue el de una mujer argentina con cinco hijos pequeños enterrando a su marido. Con eso la televisión inglesa parecía apoyar el argumento (formulado por Popper y Koestler, experimentado por Milgram y Tajfel) de que es mucho más peligroso para la humanidad el *espíritu de pertenencia* que el mismo *instinto de agresión*. Nada, pues, de «buenos» y «malos», de «patriotas» y «asesinos», de «terroristas» y de «liberadores»: la BBC nos enseñó a hablar de los unos y de los otros y ya está. Lástima que luego Blair lo olvidara.

La segunda anécdota es la relatada por Mario Vargas Llosa durante el Campeonato Mundial de Fútbol que se jugó en España. Vargas Llosa describió como *una mojiganga* el partido entre Alemania y Austria, donde «la rivalidad futbolística» entre dos equipos cedió el paso a un idilio, hasta el punto de que los asistentes de las tribunas, con un sentido del humor que no se les conocía, después de silbar un rato, empezaron a corear: «¡Que se besen, que se besen!» Pues bien, en contraste con esos países distintos que actuaban como si fueran uno, los británicos participaban en el mundial como si fuesen muchos: Escocia, Inglaterra, Gales, Irlanda del Norte...

Ahora bien, la cuestión de fondo que separa estas dos actitudes parece ser la siguiente: ¿suponen la diversidad y el pluralismo un freno para el progreso humano o son más bien su condición? La respuesta definitiva nos la dieron precisamente un filósofo alemán y otro inglés: la justicia (según el alemán) o la eficacia (según el británico) no *se oponen,* sino que más bien *suponen* la diversidad y el pluralismo. «Es deseo de todo Estado alcanzar la paz perpetua conquistando el mundo entero», decía Kant, «pero entonces las diferencias o injusticias que ese gran Estado homogéneo llegara a eliminar en el exterior tenderían a reaparecer, e infinitamente reforzadas, en un interior jerárquico y burocratizado» (no creo necesario insistir en que tanto la experiencia histórica como la investigación antropológica del siglo XX no han hecho sino confirmar la hipótesis kantiana).

Sin embargo, lo que Kant defendía por razones *morales,* Stuart Mill lo sostenía por razones *prácticas.* En otra época,

194

argumenta Mill, podían interesar sólo las peculiaridades o diferencias «buenas», es decir, aquellas que tenían un valor ejemplar y resultaban, como dirían los darwinianos, adaptativas. Pero en una época como la nuestra (y la suya), «donde todo, empezando por la generalización del comercio y la información, tiende a favorecer la homogeneidad y el dominio de la medianía, en esta época es deseable y fructífero *en sí mismo* que los hombres y los grupos sean distintos, peculiares, incluso excéntricos». Es lo mismo que, por razones *estéticas,* han explicado y defendido en nuestro país desde Pla hasta el mismo J. Wagensberg. «En este mundo», escribe Pla, «no hay dos cosas iguales. No hay dos hojas iguales en el mismo árbol, ni dos alcachofas iguales en la misma alcachofera, ni dos rosas iguales en el mismo rosal. Esta falta de unidad es la esencia de la vida, la fascinación de la existencia.»

Y ésta, ni más ni menos, es la cuestión que aquí se nos plantea: cuándo aprenderá España a reconocer esa excentricidad o diversidad como un auténtico *recurso natural,* como un activo, en lugar de entenderlo como un mal: un *mal mayor* para algunos, que pretenden eliminarla, o un *mal menor* para otros, que quieren armonizarla. Ya he dicho que aquel día en Heathrow me volví anglófilo. Y debo añadir ahora que también allí, y por la misma razón, empecé a entrever que no tendríamos más remedio que luchar por la independencia de Cataluña. Y hasta hoy.

195

EN PARÍS CON MIRANDA ROTHSCHILD
Y EL SHA DE PERSIA

Mi breve exilio de 1974 coincide con la lectura de la novela vienesa de J. Roth *La noche mil dos.* Y coincide doblemente: en el tiempo y en el tema. La policía ha entrado en Jacinto Benavente, 18, a punta de ametralladora. Ha despertado a los niños, lo ha revuelto todo, ha encontrado una maleta con propaganda clandestina y se han llevado a mi mujer a Via Laietana para encararla con dos miembros de ETA detenidos y bien apaleados con los que se suponía que yo había colaborado. Por suerte, ella no conocía a ninguno de ellos.

Advertido por Pasqual Maragall el día anterior, yo no dormía ya en casa, y huyo inmediatamente a París, donde me acoge primero Ricardo Bofill y después Miranda Rothschild. Miranda es hija del barón Lord Rothschild y joven viuda de un «terrorista» argelino –B. Boumaza– al que los propios guerrilleros del FLN ejecutaron por desviación de fondos en la compra de armas. En éstas, me ayuda también Tristán La Rosa, corresponsal en París de *La Vanguardia,* quien, para que no parezca que soy un fugitivo, escribirá en primera plana que «estos días Xavier Rubert está dando conferencias en París». Al volver, poco después de la muerte de Franco, también me ayudarían a evitar la cárcel Miquel Roca, J. I. Urenda y el rector de la Politécnica, Gabriel Ferrater. Todo eso después de que el rectorado de la Central (donde yo era también profesor y pedía protección) me pusiera de patitas en la calle; en una calle donde yo estaba en *busca y captura* por orden del gobernador Martín Villa.

Los primeros días en París veo al padre Plàcid de Montserrat (Jordi Vila-Abadal), que ha tenido que huir como yo, y por motivos similares. Después asisto un par de días a la tertulia «ácrata» que García Calvo preside en La Boule d'Or, pero no tarda en asustarme el entusiasmo con que hablan de cómo linchar a los polis en apuros (recuerdo que Simone Weil expresa un desasosiego similar después de una reunión con la gente de la CNT en 1936). Paso algunos días en el taller de Ricardo Bofill, donde estudio un poco, recibo la visita de Narcís Serra e incluso simulo colaborar con el proyecto de Les Halles. Tan distintos como somos, y sin embargo Ricardo es uno de los amigos a los que más quiero y con quien más profundamente he llegado a entenderme desde que nos encarcelaron en la misma celda en 1959. Es sin duda una de las personas que más cosas me ha hecho entender de mí mismo. Todos reconocen su inteligencia creativa, pero no esa otra, la inteligencia receptiva, la que Freud asociaba con la genialidad y que poca gente le conoce. Con Ricardo mi relación es lo bastante antigua y cómplice como para que sea amable y relajada. Pero también somos lo bastante distintos como para que nos resulte «rentable»; para que cada uno aproveche el horizonte, tan diferente del propio, que las ideas y sensaciones, las palabras y gestos del otro le revelan: como se diría de dos boxeadores, estamos a la «distancia justa» y sabemos mantenerla.

En París acabo viviendo en casa de Miranda Rothschild, a quien el mismo Ricardo me presentó una noche en que salíamos con Loulou de la Falaise y Marisa Berenson. Día sí y día también, después de cenar, paseamos hasta La Coupole, donde solemos encontrar a más amigos. Hoy, no obstante, el local está prácticamente ocupado por un *tour* de americanos tan cordiales como borrachos y Miranda insiste en que volvamos a casa enseguida, como hace casi cada noche. Allí es la más activa y resolutiva de las chicas que he conocido. Como al parecer hacen muchos hombres, ella va directa al grano y consigue de inmediato ese espasmo que, al ser demasiado rápido, con frecuencia transforma lo sublime en mecánico y esforzado. Tal vez por eso yo insisto en quedarme un rato más en el local y le señalo un rincón vacío y alejado del barullo, donde pedimos dos gintónics. De ese modo intento prolongar la conversación.

–¿Cómo es que te casaste con un árabe e incluso adoptaste su ritual? –es lo primero que se me ocurre para ir haciendo tiempo.

Su respuesta no puede ser más esnob.

–¡Era tan, tan exótico, y todos se hacían cruces de que me casara con él! ¡Si hubieses visto a mi padre, tan barón él, echando fuego por las muelas! Sólo con nombrarle la kasba de Argel, donde vivíamos, le entraban temblores.

–¿Y cómo se vivía en la kasba?

–Pues haciendo lo que las demás mujeres: cocinar, chismorrear, ir al pozo a buscar agua... No, la realidad no fue tan exótica como en mis sueños.

–¿Y tu marido?

–Él estaba muy poco en la ciudad de Argel. Cuando por casualidad se encontraba allí, no venía a casa hasta la noche. Y entonces me zurraba –dice sin cambiar de tono, con absoluta naturalidad, y prosigue–: Pero sólo una vez me dejó una señal importante. Mira. –Y me enseña una marca entre la cintura y el muslo: una cicatriz que no me había atrevido a preguntar qué era. Me quedo de piedra y tardo en reaccionar.

—Pero *¿por qué* te pegaba? —digo cuando el camarero, que la conoce bien, le trae el tercer gintónic sin que lo haya pedido.

—¿No conoces el dicho: «Cuando llegues a casa, pega a tu mujer: ella sabrá por qué»? Pues eso.

—¿Pues qué?

—Pues que un día era porque le decían que me habían visto salir sola fuera del barrio, otro que si había charlado con la mujer de un vecino con el que él estaba peleado, otro porque me había pintado un poco los labios y no los ojos, que eso sí podía. Siempre, siempre encontraba una razón u otra. Y no creas que es una cuestión de árabes o musulmanes. Mira, si no, ese poema anónimo griego del siglo cuarto antes de Cristo recogido en un florilegio. —Como puede verse, Miranda es una mujer culta—: «Permanece fiel, mujer, en tu posición, / esposa, en el interior, en tu rincón. / Sólo la infame llega a pie de calle, / que la calle es para los perros, / no para la mujer de bien.»

—Pero ¿cómo pudiste soportarlo tres años —insisto— y sólo te fuiste una vez que hubieron asesinado a tu marido?

—*Es que yo había aceptado su Ley, la sharia* —dice, y aún añade—: Mira, el matrimonio es un montaje que funciona en la estricta medida en que quieres e insistes en que ha de funcionar. Tampoco la lealtad es nunca al otro, a tu pareja; la lealtad es a la relación misma, ésa era y sigue siendo mi ley.

Todavía oigo aquellas palabras: *yo había aceptado su Ley*. Definitivamente, lo de «la Ley» significa algo muy distinto para una judía como ella y para un más o menos gentil como yo. Un gentil intenta ante todo pasar por debajo de la ley (si es pobre) o por encima (si es rico). Para un judío, en cambio, por ateo que pueda llegar a ser, la cosa es muy diferente. Fue con la Ley y el Libro como los judíos tuvieron que fabricarse la patria: una Patria transportable, su Única patria de verdad. De ahí que para ellos la Ley, cualquier ley (para casarse, Miranda se había convertido al islamismo), no procede únicamente de fuera sino también de arriba, de antes, de siempre. «Israel sólo existe en la Torá», dice Abraham B. Yehoshúa; «el judío es un ser religioso, está sometido tan sólo a la ley de la Torá.»

Ahora Miranda vive en el Marais, y se dedica enérgicamente a comprar y vender antiguallas. Estos primeros días la he acompañado a comprar antigüedades más o menos falsas a las almonedas y anticuarios judíos con los que suele tratar. Verdaderos o falsos, ella mira y remira trastos y cachivaches con mal disimulada voracidad. El almacén donde ahora nos encontramos parece sacado de *La peau de chagrin* de Balzac:

Puñales y pistolas mezclados con soperas de porcelana, platos de Sajonia, viejos saleros, tazas orientales y cajitas feudales. Una parrilla descansa sobre una custodia, un sable republicano sobre un arcabuz de la Edad Media: una especie de estercolero filosófico donde no falta nada, ni el calumet del salvaje, ni la chinela oro y verde del serrallo, ni el yatagán del moro, ni el retrato de familia kurdo o el ídolo tártaro.

En medio de ese batiburrillo, Miranda está reprendiendo al dueño, que le enseña un tapiz medio indio, copia de un Ming.

200

—Pero ¿cuántas veces tendré que repetírtelo? Te he dicho que las obras y objetos han de ser persas. *Persas o que lo parezcan mucho.*

—¿Por qué sólo las quieres iraníes? Tengo un jarrón ceilandés precioso... ¿O es que haces colección de *persianneries?* —le pregunta Daniel, el anticuario de la rue Cherche-Midi.

—¡Sí, hombre! ¿Qué te has creído? Es que preparo un texto para una revista americana sobre el arte persa, y ahora me interesan sobre todo los períodos de transición de mediados del diecinueve en adelante.

Al salir de la tienda le pregunto cuál es la revista americana a la que tiene que enviar el artículo. ¿No será la *New York Books Review,* donde su hermana Emma suele escribir sobre el equilibrio termonuclear?

—¡Pero qué dices! —replica, y añade—: La cuestión es que el sha de Persia viene a París el próximo mayo y quiero organizar con mi hermano una exposición-venta de arte y artesanía persa del diecinueve y principios del veinte justo para cuando él esté aquí. Cualquier cosa me sirve para la exposición: sillas, taburetes, espejos, brocados, cuadros o retratos de antepasados (sobre todo retratos de antepasados), con tal que parezcan un poco persas.

—Ya veo, eres una aficionada coleccionista de sucedáneos. —Y añado—: ¿Sabes que Quim Monzó, un escritor catalán, jugó también a vender un piso de hace cuatro días haciéndolo pasar por una antigüedad incluida en la revista *Jewish Heritage?* ¿Y que en el gueto de Varsovia tenían fama de saber falsificarlo todo, desde el whisky hasta las obras de arte?

—No, hombre, no, eso no era fabricación, era el verdadero arte del sucedáneo, de la *encarta,* que ellos inventaron.

—¿Y tú crees que el sha se fijará cuando visite la exposición?

—¡Pero qué tonto eres! No sólo quiero que *visite* la exposición. Todo un sha no puede permitirse que su «patrimonio nacional» sea vendido y dispersado por Europa. —Y añade—: De manera que le estoy fabricando ese patrimonio para que tenga ocasión de *recuperarlo.* Como diría Lord Brummel, creo que el sha tiene suficiente dinero para comprarse también un pasado; quiero decir un pasado más reciente y puesto al día que el mesopotámico.

Oírla me recuerda las palabras de Óscar Caballero cuando decía que «bajo sus aires de dandis y diletantes, los Rothschild tienen un famoso toque, mezcla de sentido de los negocios, encanto y suerte. La *chutzpa* en *yiddish».* Pero ahora soy yo quien la interrumpe diciendo:

—¿Y si encima el sha quiere comprarte *a ti* como en la novela de Joseph Roth...?

Según parece, Roth se inspiró en una historia real; en 1889, en un viaje a Londres, el sha quiso comprar a la marquesa de Londonderry, esposa de Sir Charles Stewart Henry Vane-Tempest-Stewart:

Durante la misma visita, cuando el salón estaba lleno de gente, el sha preguntó al Príncipe de Gales si las mujeres presentes estaban casadas y le sugirió que las hiciera decapitar para comprar otras más hermosas.

Miranda no había leído *La noche mil dos,* de Joseph Roth, pero con excepción de ese final rocambolesco, su proyecto parecía seguir al pie de la letra ese argumento. La única diferencia era que en el libro de Roth son los vieneses los que quieren vender al sha su pasado, su propia historia. De manera que al día siguiente voy a la librería de Maspero y le compro a Miranda el libro de Roth. Por la noche leo a Miranda algunos pasajes:

El primero en cabalgar sobre la arena –escribe Roth– fue un jinete con el traje típico persa, que el sha sólo había visto en los retratos de sus antepasados pero nunca en Persia. Poco después el sonido de una melodía persa le resultaba conocido y desconocido al mismo tiempo (lo había compuesto el director de la banda de Neuchâtel)... Y hete aquí que él quería comprarlo todo: el caballo, el jinete con su traje, la orquesta. La cosa sólo se complicó cuando se puso a mirar a las mujeres con esos ojos ardientes e infantiles que contienen todo lo que un alma sencilla puede ofrecer: codicia, curiosidad, vanidad y lujuria, afabilidad y crueldad, mezquindad y, pese a todo, también cierta majestad.

Nunca podré saber qué ojos puso el sha al ver a Miranda cuando visitó la exposición (para entonces yo había vuelto ya a Barcelona). Pero sí llegué a ver los ojos de Miranda, no menos ávidos y golosos que los del sha de Roth, mientras calibraba los objetos que iba acumulando en la tienda del anticuario de Cherche-Midi. Un montón de cachivaches medio renacentistas, medio *art nouveau,* medio orientales, en buena parte de origen turco o serbio. Pero, en todo caso, su propósito parecía calcado, *mutatis mutandis,* del de los vieneses de Roth: «vender al rico oriental su propio pasado», un pasado de encargo, se entiende. Y ahora me divierte imaginar que el proyecto de Miranda acabó, efectivamente, como el proyecto del joyero Gwendl en la novela de Joseph Roth.

El general y el Gran Eunuco del Sha –continúa Roth– entraron en la tienda y preguntaron por el dueño. El general mencionó su nombre y rango. El antiguo joyero Gwendl bajó dignamente la estrecha escalera.

–Somos el séquito de Su Majestad el Sha –dijo el Eunuco–; dígame, ¿de dónde provienen las perlas de su escaparate?

Gwendl respondió que le habían llegado a través del Banco Effrusi y que después las había vendido en Ámsterdam. Ahora se las habían vuelto a entregar en comisión para venderlas.

–¿Cuánto valen? –preguntó el Gran Eunuco.

–Doscientos mil florines –repuso Gwendl.

–Las recuperaremos –dijo el Gran Eunuco.

Tampoco sabré nunca quién hizo el papel de Gran Eunuco en la nueva visita del sha aquella primavera de 1976. Sólo espero que, al igual que Gwendl, se dejara engañar por mi amiga apaleada, justo como lo había descrito treinta años antes Joseph Roth. Tampoco sé si es una verdad general lo de que la realidad imita al arte, pero de este caso yo fui testigo directo, al menos hasta que la muerte de Franco me impidió asistir al último acto de la comedia.

DE EMPÚRIES A HAITÍ: ENTRE LA PLAYA Y EL «DÉCHOUKAGE»

Aquí todo se disuelve en chillidos y susurros. Todo se deshace en un torrente de luz y de colores que se van volviendo suaves y difuminados al crepúsculo, cuando el azul del mar es más profundo y en la atmósfera se combina el hedor de los frutos demasiado maduros con el intenso olor de la piel humana. Pues bien, esta vez yo he empezado ya por ahí, por la piel humana..., y he acabado empapado y pegajoso, como una rana. En el intervalo, una playa de postal y una mujer que también. Un poco mulata y todo, justo en la medida necesaria.

Su labio superior, a la vez perfilado y torneado, deja entrever una encía rosada. Todo parece salir de ella, incluso mi deseo, que ella pulsa sabiamente, mirándome con unos ojos entrecerrados, mientras escurre su mano en una caricia que se contiene lo justo para no arañarme. Me fascina la *continuidad* de su cuerpo: nada que ver con una serie de partes enlazadas –vientre, muslos, piernas– de vocación metafórica, o fetichista. Cada fragmento o trozo de su cuerpo tiene una calidad metonímica que lo remite al otro y al contiguo, y al siguiente. Siento esa mezcla de admiración formal, ternura y vértigo carnal que uno diría que van a ser

205

interminables. Pero no es así. Ella no sabe reprimirse y en el dedo con que le acaricio los labios –¡*ñam!*– me deja una marca que pronto será un morado. Mi grito la asusta en un primer momento, pero enseguida me entrega una boca abierta, que no sé muy bien cómo negociar. Risueña y lanzada, siento pese a todo que tiene miedo; que quiere darse pero conserva cierto pudor o cierto temor que todavía la contienen... «¡Justo el aroma de castidad que faltaba para acabar de cautivarme!» Rodeado de una vegetación tropical donde todo es abierto y palpitante, donde sólo falta un poco de continencia para cultivar el hechizo, ella aporta todavía la última fascinación: «la fascinación del escrúpulo». Ahora retrocede un poco, y eso me permite verla mejor toda entera: la ingle forma ahora una elipse casi perfecta que se prolongaría en un anca alta y redonda si no fuera por una pelvis muy marcada, con un pequeño punto ciego allí donde se entrega a la espalda. El busto, turgente y suficiente, es sin embargo lo bastante esponjoso y caído para no parecer de plástico ni hecho a medida. Pero lo mejor siguen siendo las manos, unas manos largas y finas, con cinco dedos como cinco gusanos venéreos y ondulantes que se meten en todas partes con el meñique ligeramente desviado hacia fuera (¡oh, las pequeñas imperfecciones!) y que ahora siento, cosquilleantes, fémur arriba.

¿Fémur arriba? ¿Y cómo puede ser si le tengo cogidas las manos? ¡*Ostras!* Además, la caricia que siento en el muslo es demasiado suave y continua para ser... ¡*Guau!*: pero si no es su mano, es una especie de lagarto pequeño, casi blanco como la arena, pero con esas garras medio prehistóricas que tienen las iguanas o los galápagos. El animal lo interrumpe todo, por supuesto; brinco como un muelle suelto y voy dando saltos para sacudírmelo. Ella, que es de la isla y conoce su fauna, ríe de mi sobresalto: «Jamás habría creído

206

que un hombre pudiera cambiar de postura y ritmo de un modo tan espasmódico.»

Hemos pasado ya buena parte de la mañana sobre la arena fina de un Club Méditerranée abandonado, con los restos de bungalows despintados y medio carcomidos. (Ahora que se habla ya tanto de arqueología industrial, pienso que habría que hablar también de arqueología turística.) Pasado el susto, desvanecido el círculo mágico en que nos habíamos zambullido, mi amiga se hace presente una vez más (porque no lo he dicho, es cierto, pero en toda la escena anterior había allí, sentada en la arena, otra persona: una amiga silenciosa y discreta). Hemos acabado metiéndonos los tres en los restos de lo que debía de ser la «suite real», con una cama enorme, y hemos iniciado una especie de operación polivalente. La otra amiga es discreta, pero no de piedra. Es lógico, pues, que entre la vegetación exuberante, la arena, el mar, la arqueología y nuestra particular gimnasia, no haya podido privarse de participar en todo ello. Pero no ha tardado en darse cuenta de que se trataba de una cuestión bilateral, y muy amablemente ha dicho que iba a buscar cigarrillos o no sé qué al coche, que habíamos dejado bastante lejos.

Y justo ahora, ahora que me siento liberado y con unas ganas enormes de retomar nuestro asunto, ella corta mis avances bruscamente, y pienso que tal vez hace bien: que no se puede continuar una exploración amorosa después de que te hayan hecho una incisión en el dedo, te haya asustado una lagartija y una amiga se haya metido de por medio. Pero también es una ocasión adecuada, imagino, para reír juntos de todo ello y acabar de sentirnos cómplices de los pequeños incidentes o tropiezos que hemos ido sorteando. Ella no parece verlo así y me suelta de pronto, con unos ojos que por primera vez dejan de reír:

–Anda, a ver, dame un argumento *filosófico* para hacer lo que estamos haciendo y para explicar lo que nos ha pasado.

Se me cae el alma a los pies. Ese punto burlón, esa referencia a mi «imagen pública» me desanima por completo. Me siento mirado (¿admirado, quizá?) como metáfora, como fantasma de su imaginario, y a la vez ignorado como presencia física. No sé qué decir. Le brindo una sonrisa de cumplido y me levanto no sin esfuerzo de la cama *king size*. Parece que el hechizo se ha esfumado, pero justo entonces ella reacciona, fuerte y tierna a un tiempo, como al principio:

–No, no te muevas, no te vayas: ¿quieres que *te haga* un orgasmo, quieres que te dé un orgasmo de primera?

El alma vuelve a subirme al pecho, pero ahora es la cabeza la que me cae a los pies. No entiendo nada. ¿Qué ha querido decir?: ¿que va a «representar» un orgasmo?, ¿que pretende procurárselo frente a mí? ¿Es una manera suya de hablar o se refiere a algo en concreto? Ella ve mi cara de desconcierto y me tiende la mano, acariciante:

–No sabes a qué me refiero, ¿verdad? Pues anda, ven aquí que te lo explico –me dice con esa mezcla justa de ternura y malicia sin las cuales el sexo no sería más que una acometida atlética más o menos sofisticada.

Pero de repente hace un gesto extraño que me corta no ya las oraciones, sino las mismas sensaciones: se sube a horcajadas sobre mí y, mientras la acaricio, un líquido casi tan abundante como un pis pero más glauco y denso empieza a inundarme el pecho, los brazos, incluso se escurre sobre la pelusa de lo que en otro tiempo fue el colchón *king size*.

–Es algo nuevo para ti, ¿a que sí? A fe mía que nadie te lo había entregado.

¡No, jamás de los jamases! Nunca nadie me había regado con un potente chorro que me hiciera sentir, como

208

ahora, que *me ilumino de orgasmo,* feliz y estremecido al mismo tiempo.

(Años más tarde me enteré por un libro de qué es eso de las «glándulas de Skene», similares a la próstata masculina, y que bien estimuladas pueden secretar un líquido alcalino químicamente parecido al semen.)

¡Nunca se puede decir que lo sabes todo!

* * *

Es difícil sustraerse a la primera impresión que te produce un paisaje, un episodio, un país. Al regresar, tal vez sepamos más sobre él, conozcamos lo que ha ocurrido desde entonces, pero aquella primera experiencia virgen retorna una y otra vez, con todas las sensaciones asociadas a la primera ocasión.

Por eso no me resultó fácil volver a Haití, dos años después, simplemente a hacer política. La vista se me va a cualquier persona o paisaje que me recuerden aquella tarde de arqueología turística empapada, pero hoy me dirijo al palacio presidencial de Port-au-Prince (más tarde medio arruinado por el terremoto). Su fachada es una quimera deslumbrante hecha de cal, añil y sol. Es justo a la mañana siguiente de la toma de posesión del nuevo presidente Aristide, en 1991.

El embajador estadounidense ya se ha colado, ¿cómo no?, y yo me veo obligado a esperar tres cuartos de hora. La brisa entra por los balcones y hace revolear un cortinaje de hilo blanco, una enorme sábana no menos fantástica que la fachada. En el salón, a mi derecha, un empresario francés trata de retener a un futuro primer ministro escuálido, inquieto, en mangas de una inverosímil y sudada camisa de pinzas. En realidad se trata de René Préval, un ingeniero agrónomo de cuarenta y ocho años, exiliado durante el duvalierismo y dedicado desde su regreso a los movimientos asistenciales de La Fanmi Selavi (la familia es la vida), donde conoció al padre Aristide, ahora presidente Titid.

Desde el balcón contemplo la plaza donde el 6 de diciembre se produjo el *Lavalás* («avalancha popular») contra el intento de golpe de Estado del general Lafontant, ministro del Interior de Duvalier y jefe de los *tonton macoutes*. Resultado: veintisiete *tontons* y golpistas muertos, muchos de ellos siguiendo el tradicional método del Père Lebrun («Père Lebrun» es la marca de neumáticos que, bien rociados de gasolina, se colocan alrededor del cuello a las víctimas para ser incendiados a continuación). Desde el mismo balcón recuerdo ahora las observaciones y las advertencias que tres días antes me hizo el presidente de la Executive Office: «Dígale al presidente Aristide que ya hemos aconsejado a *nuestros amigos* (sic) de allí que en su propio interés deben respetar la Constitución. Sí, ya sabemos que es necesario depurar a algunos militares de Duvalier que cometieron ciertos abusos; pero dígale también que hay que respetar la Institución militar, las vías políticas... o no, mejor dígale "administrativas", y que nosotros ya hemos advertido a nuestros militares de que deben portarse bien.» El hombre de Bush (padre) no me aclaró –y tampoco se lo pregunté– si al hablar de «ciertos abusos» se refería a los asesinatos masivos o simplemente a la venta en el mercado negro de los seiscientos mil árboles enviados por el Banco Interamericano para impedir la completa desertización de Morne y el Hospital. Yo me quedé simplemente boquiabierto ante el tácito reconocimiento norteamericano de que sus interlocutores habían sido *aquellos* militares, y así se lo dije luego a Aristide.

Mis meditaciones de visitante se ven interrumpidas por

una mulata –una vez más una mulata– que irrumpe en el balcón y me acompaña hasta el despacho del presidente Aristide. Gaston Bachelard sostenía que «en palacio siempre falta un rincón», pero la verdad es que en éste más bien sobran. La azafata, más guapa que veterana, se equivoca un par de veces en su camino al despacho presidencial. La blancura de su sonrisa pretende disculpar su enorme incompetencia, pero yo aprovecho el paseo, que me permite curiosear ese monumental y estrafalario armatoste de neoclásico tropical, donde el presidente Aristide parece haber encontrado *su rincón* en el lugar donde antes se encontraba la sala de bedeles. En contraste con el inmenso palacio, el despacho es pequeño, poco iluminado, irregular, tan vulgar que ni siquiera resulta ostentosamente sencillo. El presidente me recibe en la puerta y, tras felicitarlo por su éxito, responder a algunas preguntas, referirle mis impresiones y proponerle un encuentro con Havel, Arias y Walesa en el Parlamento Europeo, solicito hacerle una entrevista de una hora para mandársela a los demás participantes (un encuentro que no llegó a producirse, entre otras cosas debido al descubrimiento, poco después, de una cueva de Alí Babá particular del propio Aristide).

«Encantado, aunque sea más rato, tampoco hay prisa», responde Aristide con una sonrisa que no es ni oficiosa ni oficial. Se muestra suelto y espontáneo: anormalmente normal tanto para un cura como para un presidente. El ambiente se vuelve enseguida relajado. «¿Cuáles son las medidas que corren prisa», le pregunto, «las que ha de tomar en los primeros meses de su "estado de gracia", si me permite el uso secular de la expresión?» Su respuesta es inmediata: «Bajar el precio de los productos básicos, establecer la seguridad y eliminar *sé youn kai ki trompé soley mé pá lapli*»,

211

«las barracas que engañan al sol pero no a la lluvia», según me traducen después. A la salida del palacio me acompaña el doctor Jaume Ollé en un paseo por el barrio (es un decir) de la Salina. «La suciedad y pestilencia de la Salina», me cuenta, «muestran lo mejor y lo peor de este país: las condiciones abyectas en que subsisten la mayoría de sus ciudadanos y su tremenda capacidad de adaptación y supervivencia.»

Enormes charcos negros –letrinas, petróleo, chamizos– ocupan toda la anchura de la calle. Nos abrimos paso entre piedras, charcos de petróleo bruto y montones de basura. Encima de la piedra más grande, un niño completamente desnudo hace volar una tosca cometa hecha de papeles pintados y atada con varillas de paraguas.

–Es sorprendente –le comento–; todo esto parece un milagro al revés. Pero ¿de dónde viene este auténtico récord de miseria, corrupción y deforestación que es Haití?

–Aquí la conchabanza, la venganza y el miedo presiden la vida de cada día –me dice Jaume Ollé–; y el tinglado, el soborno y el gatuperio *(la magouille)* contaminan todas las actividades. Es la *politique du ventre.*

–¿Te refieres a una especie de mordida mexicana pero a lo bestia?

–Sí, pero, en cierta medida, aquí la *magouille* templa la ley del Talión y evita la pura disolución de la justicia en venganza o represalia personal... Si quieres acabar de entenderlo has de conocer el sentido de la palabra *déchoukage,* que significa «arrancar de raíz». Se *déchouka* a alguien poniéndole como collar un neumático en llamas, destruyendo su casa, eliminando a sus familiares o haciendo pedazos a sus hijos.

212

–Pero ¿cuándo se produce un *déchoukage* y cuánto dura la cosa?

–Es periódico, es un va y un ven y un vuelve y un vamos allá que sigue un ritmo impecable desde hace más de un siglo: como una sístole y diástole de *magouilles* y *déchoukages*. El gobierno de turno se enriquece con la ayuda extranjera, la tala de los bosques o el tráfico de drogas, y envía el dinero fuera. Cuando los amos se pasan de la raya y la miseria aumenta más de lo acostumbrado, la gente toma la calle, se enfrenta al ejército y en algunos casos llega a deshacerse del dictador de turno para poner a otro. Ya veremos ahora.

–¿Y qué vamos a ver? –interrumpo a Jaume Ollé–. Parece que hables de procesos o leyes físicas más que de acontecimientos políticos.

–Sí, por desgracia así es de regular, dramático y plausible. Durante unos días, el pueblo enfurecido, famélico y desorganizado es el dueño de la situación. A la *magouille* de los líderes políticos y los millonarios del contrabando sigue una ronda de *déchoukages* y se pone en práctica el viejo lema revolucionario: *coupe tet, boulekai*, «cortad cabezas, quemad casas». Una vez todo anda ya descabezado y quemado, la gente se queda sin objetivos y surgen disensiones entre ellos. Un nuevo líder se está preparando (a menudo bajo los auspicios americanos), que debe sustituir enseguida al general anterior, y el círculo volverá a cerrarse. Los Duvalier fueron los últimos representantes oficiales de esta carnicería de alta o baja intensidad. Todos esperan que Aristide no se transforme en el siguiente, aunque quién sabe.

Éste venía a ser el análisis y el diagnóstico de Jaume Ollé. Para el embajador español, próximo ya a la jubilación, el

213

doctor Ollé «es un auténtico misionero, un santo», y se queda muy sorprendido cuando le comento que en Barcelona goza de una fama más galante que propiamente cristiana. «Pero ¿qué dice usted? Vaya, vaya, qué cosas. Pues nada, coja usted mi jeep y que le acompañen a verlo, allá en el monte.»

Tere y Jaume Ollé –*doctor Olé* para los haitianos– viven en el hospital Albert Schweitzer de Deschapelles, allí donde acaban los arrozales y empieza la colina. Emparedados entre la absoluta miseria haitiana y la voluntariosa jovialidad de los médicos meronitas (secta anabaptista que no hay que confundir con los cristianos maronitas), la desenvoltura de los Ollé resulta allí una absoluta extravagancia. Los meronitas no parecen entender ni aprobar que su casita haya perdido la asepsia puritana de las otras residencias para médicos y se haya convertido en un amigable caos. Durante la tarde que paso en su domicilio, no cesa la cola de niños o ancianas que vienen a pedir a los Ollé lo que muy dignamente denominan su *budget,* su sueldo. *Madame Ollé, please, je veux mon budget.* A medida que pasan las horas, la casa va adquiriendo el aspecto de una promiscua familia extensa, en la que entran y salen, mendigan o se sientan a charlar los amigos nativos del hijo, un estudiante mísero y perpetuamente enfurruñado, una viuda pobre y una larga lista de los *outcast* del poblado. Sólo falta, y no volverá, Marie France, la enflaquecida haitiana de diez años a la que los Ollé llevaron a operar a Barcelona y que murió.

La entrada del propio hospital es un cobertizo dantesco donde se amontonan cuerpos escuálidos o tullidos, a menudo llevados a cuestas por sus familiares desde quién sabe dónde. Son esqueletos de piel y huesos, de úlceras y pus. Al acercarnos, sus ojos nos siguen con una mezcla de ansiedad

214

y resignación; la serenidad bovina se confunde con la más sutil ternura y una chispa de esperanza. Pasamos al pabellón donde los niños desnutridos sobreviven a base de líquidos los dos primeros días: hasta el tercero no les dan alimento sólido..., y a la semana están aprendiendo a dibujar con Tere. «Y es justo entonces», me dice ella, «cuando tienen que irse para dejar sitio a otros, o tal vez a ellos mismos al cabo de un tiempo.» Son las seis de la tarde y a Jaume Ollé todavía le quedan veinticinco enfermos por visitar. «Hoy he gastado un rollo entero de cinta adhesiva», comenta amargamente mientras nos muestra el cuerpo consumido de un hombre de treinta años. «Aquí, en el hospital de Deschapelles», me aclara, «la longitud de esta cinta es el barómetro del sida. Una tira de cinta adhesiva es la marca que he de añadir a la ficha del enfermo que, además de la tuberculosis o el tumor por el que había venido a curarse, resulta ser seropositivo. Hoy me he quedado corto de cinta adhesiva.»

Pero no son sólo los enfermos incurables los que abruman a Jaume Ollé. Esta tarde se ha visitado una mujer que no llegaba a los cuarenta kilos de peso.

—Eso blanco que se ve en la radiografía —le dice el doctor— es muy malo. Se llama tuberculosis. Para curarse tiene que quedarse usted en el hospital, donde, además de pastillas e inyecciones, le daremos de comer.

—Lo siento, doctor, pero tengo que marcharme ahora mismo.

—Sepa que corre así el peligro de morir muy pronto, ¿por qué tiene que irse, pues?

—Sólo tengo un cerdo, a ocho kilómetros de aquí, y tengo que ir a alimentarlo. ¿De qué me serviría seguir con vida si pierdo lo único de lo que puedo vivir?

215

Tanto las miradas de los que hacen cola como la impávida respuesta de la mujer me recuerdan mi paso hace seis años por un refugio de campesinos nicaragüenses, al sur del río San Juan, en Costa Rica. Acompañado de su hija apenas adolescente, un hombre que había huido el día anterior me contaba impávido su caso: «Hace un mes llegaron *unos* a mi cabaña y les di comida; anteayer llegaron los *otros* (creo que los *contras,* pero tampoco estoy seguro) y, dicen que como represalia, me quemaron la casa, fusilaron a mi hijo mayor y a mi vaca (sic). Y al hijo de ésta», concluye, señalando a la niña de trece años que lleva de la mano, «al pobre lo cogieron directamente por los piececitos y le golpearon la cabeza contra un tronco hasta que se la abrieron.»

Al igual que la mujer de Deschapelles con su tuberculosis y su cerdo, también el campesino nicaragüense hablaba con el mismo énfasis e idéntica expresión de la muerte del hijo y de la vaca, de la cabaña quemada y del niño con la cabeza abierta. Una entonación neutra y monocorde, el tono de absoluta desventura que revela una terrible verdad humana: que, en los límites de la desgracia, todo acaba siendo continuo, homogéneo, fatal.

Las consideraciones filosóficas no mitigan sin embargo la angustia del doctor Ollé por lo que le espera al día siguiente. Mañana precisamente es el día en que ha de seleccionar a los enfermos que llegan al hospital. Es decir, separar a los que entrarán en el sanatorio y podrán (eventualmente) salvarse, de los demás, de los que, por no pertenecer a esa circunscripción o por lo que sea, tendrán que volver con sus familias a morir en los «infiernos exteriores» de sus cabañas. Es lo que me comenta Jaume mientras contemplamos una irisada puesta de sol en tecnicolor: «Se trata de decidir quién morirá y quién no. Y es horrible. Significa hacer de Dios, elegir y separar a los salvados de los condenados, una

216

labor tan aterradora que no se la deseo a nadie, ni al mismo Dios.»

Al día siguiente me despido de mis amigos, junto a los cuales creo que he aprendido algo: que tal vez es posible encontrar una función en la vida sin esperar a que se nos revele el sentido de la Vida así, en mayúscula.

4. Borges como clausura

BUENOS AIRES, 1982: TRES DÍAS CON BORGES

El texto que sigue no aspira a descubrir a ningún Borges nuevo ni a hacer un análisis de su obra. Es tan sólo la transcripción pura y dura de lo que sentí al pasar con él tres días, del 26 al 29 de agosto de 1982. Venía de una representación de la CEE (Comunidad Económica Europea) en los países del Este, había cogido el avión en Budapest, hecho transbordo en París, parado en Lima y llegado a Buenos Aires a las siete de la mañana. Llevaba casi dos días sin dormir, pero tenía la primera cita con Borges aquella misma mañana, de manera que opto por esperar sentado en la plaza San Martín. Cuando es la hora, me acerco a su casa, en Maipú, 994, sexto B, y contra la resistencia tenaz de una criada malhumorada que me impide el paso, consigo por fin penetrar, saludarlo y quedar con él para el día siguiente. A las seis llego por fin al hotel de destino.

Todo el mundo recuerda la cama y el día en que más calor o más miedo pasó: yo recuerdo aquel hotel cutre y pretencioso como el lugar donde más frío he pasado en mi vida. Agosto en el hemisferio sur, ya se sabe, es como febrero en el nuestro. Nada más llegar pido un *hornillo* eléctrico que sin dejar de refunfuñar, como la criada de Maipú, 994, acaban trayéndome. Las resistencias del calentador, cuando se ponen incandescentes, forman la figura de un Sagrado Corazón; de calor, nada de nada, y en ese sentido el aparato resulta más bien decorativo. Pido unas mantas (que tampoco tienen) y siento cómo el frío me va penetrando en los huesos. Son ya las ocho de la noche en Buenos Aires, quién sabe qué hora en Budapest o en Barcelona. Helado pero más despierto que una lechuza, me levanto de la cama para calentarme los pies junto al Sagrado Corazón incandescente. En la mesa tengo cuatro notas que he ido tomando esta tarde con Borges y así es como me pongo a escribir cuatro o cinco horas seguidas, sin parar y cada vez más congelado.

A continuación reproduzco el diálogo y también la extraña reacción visceral que me ha producido Borges, una sensación que todavía hoy conservo viva en la piel. Nada que ver, pues, con ese «intervalo silencioso y paciente» que, según Proust, debe separar una sensación de su traducción escrita. Éste es un borrador hecho a bote pronto, un borrador esquemático, inmediato, precipitado. Y pronto olvidado.

El tiempo que no me tomé para elaborar mis impresiones sobre Borges me lo he tomado, en cambio, para acabar de publicarlas. Si bien las esbocé inmediatamente no las he pulido ni hilvanado hasta ahora, más de veinte años después. ¿Las razones de este aplazamiento? Por un lado, que buena parte de mis observaciones me parecieron parciales o irrelevantes, sin duda injustas y ciertamente desproporcionadas. Por otro, debo confesarlo, el miedo de que Borges lo leyera y se enfadase me llevó a dejar el manuscrito en el cajón hasta olvidarlo. Parece increíble, pero Borges estaba al acecho de todo lo que salía sobre él. Pocos días antes, en Lima, Mario Vargas Llosa me contaba que había publicado una entrevista a Borges, extraída de una visita similar a la mía (con criada de mal genio incluida), en una revista de los alumnos de la Universidad de Maracaibo. «Una revista en ciclostil prácticamente clandestina», me aclaró. A los pocos meses, Mario se había encontrado a Borges, que inmediatamente le dijo: «¿Cómo es eso de que vivo tan desamparado, solo y con una criada pícara y vieja?» Mario no se explicaba cómo Borges podía haber llegado a leer aquel papel oculto, casi furtivo, de un departamento universitario venezolano. (Pienso que ahora todavía resulta más difícil ocultarle nada, pero seguro que desde el cielo ya nada le dará ni frío ni calor; quizá tan sólo le haga un poco de gracia.)

Al día siguiente y para hacer tiempo, vuelvo a la plaza San Martín, y mi primera asociación es... la India. Algo en Buenos Aires me recuerda a Nueva Delhi. Algo, pero no sé qué. Nada, ni los edificios ni la gente, tiene que ver con la ruidosa, colorista y mísera barahúnda de Delhi o de Calcuta... Y, como siempre que no sé lo que me pasa, voy dando vueltas a esa primera imagen, buscando una «explicación» que la neutralice y me la saque de encima. Me siento, por fin, en un banco de la plaza, donde la mirada perdida de un hombre solo, de pelo rojo y rizado, sentado en una acera, me proporciona una primera pista que parecen confirmar enseguida los ocupantes del resto de los bancos: aquí, al igual que en Delhi, cada rostro parece traducir una biografía peculiar, un problema personal, un nervio o un deseo propio, específico. «Mira por dónde», pienso, «aquí no se aborrega la gente como suele ocurrir en otras ciudades del mundo.» Y ahora creo entender por qué, como me pasaba en Nueva Delhi, también aquí siento una especie de pudor al mirar esa condición humana tan específica, tan descarnada en cada cara.

Cierto que esa condición parece ser más cósmica o íntima en la India y más subjetiva o anímica en Buenos Aires.

Por eso, en la India yo sentía de inmediato que pisaba un lugar *sagrado* (una tierra que produce religiones con la misma espontaneidad con que produce telares u ordenadores), mientras que aquí me sentía en un lugar *demoníaco:* en la patria de la hegeliana «conciencia infeliz»; en el aristotélico «lugar natural» de la psicología; en el hogar de una individualidad tan exacerbada como descastada. Pero no dejo de darle vueltas: ¿por qué esto ocurre precisamente aquí?, ¿y qué los distingue tanto de otros sudamericanos?

De hecho, los problemas de identidad son patrimonio común de todos los pueblos y culturas americanos a los que, desde el siglo XVI, se les hurtó el pasado y se les impuso un presente postizo (más o menos español) y un futuro ideal (más o menos napoleónico). Con frecuencia se ha dicho que esos países no han podido desarrollarse normalmente porque, según Mario Faustino, nacieron «ya adultos» como Atenea, o como M. Jourdain, «hablando ya en prosa». Y no en cualquier prosa, ciertamente: sus primeros balbuceos fueron ya la estilística barroca y su cartapacio fue la retórica escolástica. Pero a diferencia de México, donde ese legado generó un problema de identidad *colectiva,* en Argentina se ha traducido básicamente en un problema de identidad *personal:* el colectivo «Laberinto de la soledad» descrito por Paz se transforma aquí en la «Soledad en el laberinto» de Borges. La razón, por otra parte, parece obvia. Teotihuacan o Tenochtitlan, Cuzco o Tahuantinsuyo eran testimonios vivos de una civilización anterior; testimonios que hoy pueden dar cuerpo a un resentimiento orgulloso o a un verdadero indigenismo alternativo. Aquí, por el contrario, no existe el grueso de una memoria mítica hacia la que huir o desde la que enfrentarse al mundo europeo: un mundo que en buena medida los hizo, pero del que o bien no acaban de ser, o bien lo son más de la cuenta: sobreactuando su europeísmo.

Siempre he pensado que Argentina es un modelo de laboratorio de lo que podía llegar a ser una pura colonización más ilustrada que clerical donde siempre perdieron los jesuitas y siempre triunfaron los caudillos. De ahí que sea también el gran país sudamericano que más limpio quedó de vestigios precolombinos. En parte, ello se debe probablemente a los latifundios. En 1840, el caudillo Rosas deroga las leyes coloniales de la enfiteusis (que prohibía la venta de tierras públicas pobladas por indígenas), reparte las concesiones entre sus clientes o *supporters* y crea las grandes «estancias» de trigo o de ganadería extensiva. La otra fuente es la propia cultura de los conversos a la Ilustración, que en la segunda mitad del siglo XIX, y sobre todo a partir de Balcarce («el héroe del desierto» contra los pampas), persiguen, expulsan y diezman a los indígenas, como en las praderas de Arizona.

* * *

Éstas eran las vagas y tendenciosas consideraciones que me iba haciendo camino del domicilio de Jorge Luis Borges, el genio que supo elaborar y transformar todas estas (y otras) historias en auténticas fábulas: «Lo que ahora refiero», había escrito, «ocurrió en 1969, y mi primer propósito fue olvidarlo, pero ahora pienso que si lo escribo, los demás lo leerán como un cuento y, con los años, tal vez llegue a serlo para mí [...], cuando ya no sepa si lo recuerdo de verdad o si sólo recuerdo las palabras con que lo relato.»

Decía Otto Rank que la alternativa a *analizar* una neurosis es *utilizarla* haciendo de ella una obra, es decir, no buscando la verdadera historia, sino convirtiéndola en un auténtico cuento. Y eso es, en todo caso, lo que me quedé pensando después de pasar con Borges tres horas aquella tarde del 26 de agosto de 1982, cuando el *rank* del ascensor me indicó que había llegado a la segunda planta del edificio número 994 de la calle Maipú.

Ya lo he dicho: a sus ochenta y tres años, Borges vive solo con la misma criada vieja y ronca («analfabeta», insiste él con cierta complacencia). Su hermana Norah, viuda de Guillermo de Torre, viene, día sí día no, a cenar. En sus salidas lo acompaña María, la beldad que se me queja de que con tanto atenderlo no le queda tiempo para escribir su tesis. *(«En lugar de tener la tesis, me tiene a mí»,* responde Borges a sus quejas.)

Pese a ser vieja y analfabeta, a la criada no le faltan reflejos, ni una admirable capacidad para utilizar en beneficio propio lo que se presente. Así, en menos de diez minutos pasa de mandarme a freír espárragos a dialogar desde la puerta con la balda puesta, y a entregarme por fin a su dueño y señor aprovechando (ahora que lo tiene acompañado y distraído) para huir de la casa y no volver hasta tres horas más tarde. Unas horas en las que, entre otras cosas, yo hago de aplicado telefonista. Llaman.

—Es de Estados Unidos —le digo—, quieren hablar con la secretaria del señor Borges.

—Dígales que no estoy y que no tengo secretaria —me susurra, dejándome con la responsabilidad de explicar quién narices está al aparato.

También seré yo quien se encargue poco después de abrir la puerta al hijo de la criada, que viene a merendar, o de atender a la mujer de un librero que se suicidó hace unos meses y a quien Borges ayuda firmándole libros que ella vende a los extranjeros...

Indiferente a las llamadas, tranquilo con mis idas y venidas, Borges sólo manifiesta cierta ansiedad cuando nos quedamos solos, hablando sin interrupciones. Sólo en esta paz manifiesta cierto desasosiego que yo no acabo de entender. ¿Acaso en el silencio y la quietud teme que se manifieste «todo aquello que, como la cópula o los espejos, reproduce este gran error y malentendido que es la naturaleza humana»? ¿Es el raro estigma, como dice él mismo, «de esa gente que prosigue en mí, oscuramente, sus hábitos y sus temores»? ¿Nada que ver con la cosa freudiana?... Quim Sempere decía que Eugeni d'Ors «hacía bueno» a Lukács, y me siento tentado de pensar que Borges vuelve bueno a Freud. El mismo Borges, que, claro está, no quiere ni oír hablar de Freud, de «ese maníaco del sexo». Toda su obra parece más bien una huida de los pantanos psicológicos hasta transformar a los individuos en tipos o cifras de un algoritmo; triturando la psicología individual para convertirla en lógica, o mitología, o filosofía, o lo que sea. Es el *n'importe où hors de la psychanalyse*. Todos los caminos parecen servirle para escapar de una interioridad espantable. Incluso exhibirla. Incluso inventar esa psicología-ficción de sus cuentos. Incluso adentrarse en una metafísica aunque para él la metafísica no sea más que una «rama de la literatura fantástica».

Tan fuertes son las evocaciones freudianas que no consigo evitar el nombre de Freud en la conversación. Pero me limito a hablar de la única de las teorías freudianas con la que creo que Borges puede estar conforme: la tesis del placer como huida del dolor que nos produce la propia identidad, un dolor que tratamos de evitar con todo tipo de catarsis, ataraxias, serotoninas, catexis y demás anestesias. Sorprendido, compruebo que Borges no identifica esta tesis freu-

227

diana y que, más extraño todavía, ni tan siquiera la asocia a una tradición budista (o schopenhaueriana) que él conoce muy bien. Es cierto que, en lugar de huir hacia arriba (hacia el *cosmos,* como los orientales), Freud sugiere huir hacia atrás, hacia la *genealogía,* y Borges acaba de completar el cuadro huyendo hacia delante, hacia la *escatología-ficción* de la enciclopedia fantástica o la biblioteca universal. De todos modos, me sorprende la propia sorpresa de Borges. Y más me sorprenden, ahora, cinco o seis llamadas a la puerta, largas, impertinentes. A Borges no. No mueve ni una ceja. Debe de estar acostumbrado.

–¿Abro?
–Sí, claro, es el hijo de la portera.

El chico entra como una bala, con una rata pelirroja en las manos. Se dirige a la nevera y da a la rata un bombón... que yo he traído. Al volver al salón, Borges está intranquilo.

–Traía a la rata, ¿verdad? ¿Sabe usted que hay un tipo de ratas que sólo se comen a sus hijos? Son muy prolíficas, claro está. En el mundo literario, cuando yo era joven, ocurría algo parecido, no sé en el filosófico...

Me atrevo a interrumpirlo, tal vez un tanto picado por sus consideraciones sobre la filosofía como rama de la literatura fantástica:

–El mundo filosófico –le digo– es mucho más realista (no sé si más real) que el género fantástico en que usted lo incluye. Una de las reglas del género filosófico, una de sus convenciones, consiste precisamente en hablar como si se hablara de las cosas mismas. Ésta es, si alguna, su gracia.

–No entiendo –dice, pero pone cara de interesado y hace bajar el volumen de la tele, que su hermana ha puesto demasiado alto en la salita. Yo continúo:

–Si algo tienen en común cosas tan distintas como un diálogo de Platón, un escolio de Spinoza o un aforismo de Nietzsche es que se escriben como si trataran de cosas reales y bien reales: las más reales incluso. Decir, pues, que «la filosofía es una rama de la literatura fantástica» es tan absurdo como decir que la novela es una rama de la biografía: en ambos casos la gracia es serlo, si es necesario, pero no decirlo y ni siquiera, quizá, acabar de saberlo. La propia etimología...

Con lo de la etimología, Borges se siente ya feliz y seguro. Ahora me habla de raíces que pueden generar palabras de significado contrario: blanco y *black*, por ejemplo. Su similitud fonética –me dice– no es casual, procede de la matriz común *bleich*, que en sajón antiguo significa «sin color». Este sentido primero –insiste– se conserva en el término inglés *bleak* (pálido), pero después ese no-color significará para unos *blanco* y para otros *negro*. Hablamos, por supuesto, del Cratilo, del carácter representativo o no de los signos, y acabamos especulando sobre otro ejemplo que le propongo: el de los chistes procaces, que en castellano son *verdes* y en inglés son *azules («blue jokes»)*. Borges expresa su sorpresa y reconoce no entender esta inversión: ¿por qué verde, que lógicamente debería significar natural, tierno, inocente, ha acabado asociándose en castellano a todo lo contrario? Está definitivamente excitado por la cuestión y promete escribirme «cuando encuentre la solución». Algo muy propio de Borges: él siempre habla de cuestiones retóricas, o poéticas, en términos de verdad, solución, exactitud. «Es un verso casi perfecto», me dice hablando del poema erótico de Eduardo Marquina: «Su cuerpo resonaba en el espejo vertebrado en imágenes constantes...» «Sólo le sobra la palabra "constantes", aunque, claro, era difícil encontrar una solución al problema del endecasílabo...»

* * *

Estoy agotado. En mi reloj son ya las ocho de la mañana siguiente. «Debe de ser ya hora de retirarnos», le digo, «seguro que querrá descansar y no quiero retrasarle la cena.» Su hermana sigue en la habitación contigua esperándolo; la criada acaba de preguntarle a qué hora cenarán... Un temblor lo sacude, como si temiera mi partida (¿o es sólo el hecho de que lo haya sugerido yo?). Sea como fuere, Borges no lo dice; hay cosas que él *nunca* dice. En lugar de eso, comenta vivamente que hemos mantenido un auténtico *diálogo*, «cosa rara en nuestros días, aquel género que se inventaron los griegos y que significa "razonar juntos"». Quiero decirle que en catalán esa raíz se conserva literal en el término *enraonar* (charlar), pero me contengo a fin de no alargar la visita. Sólo me atrevo a decir aún que *diálogo* y *conversación* me parecen dos cosas distintas: que si el diálogo es griego y filosófico, la conversación es más bien anglosajona, y trata precisamente de evitar los Grandes Asuntos hablando del tiempo o del horario de trenes, es decir, de todo lo que permite no profundizar en los temas más allá de una prudente e impersonal cortesía. Es lo que diría mi hija de ocho años, años después: «Hablemos, papá, hablemos, no te calles, que así siento que queremos hablar más que decir algo.» O lo que escribiría Capote en su última novela: «No importaba lo que decían, la superficie suave y complaciente de sus voces se removía y se disipaba a su alrededor.»

Borges vuelve a parecer inquieto y trato de tranquilizarlo: «*No, no es que disienta de su afirmación; se trata sólo de un matiz terminológico...*» Borges se relaja, respira y me sonríe. Sospecho que mi planteamiento estaba, por decirlo de alguna manera, a una «mala distancia» de su forma de verlo. ¿Y qué es eso de la mala distancia? Pienso que nos sentimos cómodos y argumentamos bien ante ideas harto semejantes o harto alejadas de las nuestras: ideas que o bien podemos identificar con nuestra posición, o bien podemos afrontar como una posición contraria. Más inquietantes, sin embargo, son aquellas que se nos presentan en los territorios intermedios, a la media distancia. Son ideas que no podemos aceptar ni rechazar de plano y que nos obligan a un *leve* pero cierto e inevitable desplazamiento de nuestro punto de vista. De ahí que nos desconcierten y que tratemos de pasarlas por alto... De uno u otro modo eso nos pasa a todos: todos tememos esos desplazamientos obligados (nos hemos forjado laboriosamente una «opinión», un «punto de vista», una «concepción» de las cosas que no estamos dispuestos a desechar así como así). Pero son los hombres de letras, los intelectuales, aquellos que más temen estas situaciones; son los que más han invertido en puntos de vista y, por lo tanto, los que más arriesgan en la operación: ellos, precisamente, que tienen una «opinión formada» respecto a casi todo. Lo hemos visto en otro capítulo a propósito de Roland Barthes, y algo similar me ocurrió con Marvin Harris, cuando un halago demasiado matizado le pareció una objeción y no supo encontrar la media distancia, esa distancia tan difícil en la escritura como en el boxeo.

«No me he cansado de repetir que las opiniones de un individuo son lo menos interesante de él», me dice ahora

Borges, que parece leerme el pensamiento. Su afirmación es exactísima, y la historia reciente, desde Sartre hasta el mismo Borges, constituye un buen muestrario de cuán simplistas –o simplemente equivocadas– pueden llegar a ser las opiniones políticas o sociales de las personas más inteligentes. Él mismo lo afirma: «Yo trato de intervenir lo menos posible en la evolución de la obra. No quiero que la tuerzan mis opiniones, que son lo más baladí que tenemos...» Y, sin embargo, tengo la sensación de que Borges se ha pasado la vida escribiendo y elaborando su experiencia precisamente a fin de no cuestionar sus opiniones y convicciones más arraigadas. Éste es, por otra parte, uno de los móviles más potentes de la verdadera actividad intelectual: la voluntad de casar lo nuevo con lo ya sabido; de ir procesando lo ajeno hasta conseguir integrarlo en lo que ya es propio. Y también suele ser ése el móvil de la creación, de la invención, de la innovación. Supongo que por eso inquieto a Borges (como él me inquieta a mí) en la precisa medida en que mis sensaciones o convicciones son sencillamente análogas, similares, fronterizas con las suyas, por mucho que yo no llegue a la suela del zapato –de su zapato.

Sólo al contradecir frontalmente o al corroborar literalmente lo que él dice, sólo entonces Borges respira feliz y contento. Tras haberme hablado despectivamente del «pensador ese de cementerio de iglesia» (i. e. Kierkegaard, de *Kierk*, «iglesia», y *Gaard*, «jardín»), le señalo que en algo se le parece: «Desde su deseo de pensar "como si estuviera muerto" hasta la pasión por los seudónimos y apócrifos, o su mismo temor al "síndrome del tirano": el aburrimiento de estar encarcelado en el propio poder o imagen y, como el príncipe del cuento, disfrazarse de plebeyo para encontrar a una chica que le ame por sí mismo.» Ahora Borges sí se divierte. Es ante ese tipo de matices o argumentos cuando reacciona, elabora, corrobora, divaga y, como un buen malabarista, acaba retomando el tema desde otra perspectiva. «Hace tiempo», dice, «intenté liberarme de Borges y pasé de las mitologías de arrabal a los juegos con el tiempo y el infinito. Pero estos juegos son de Borges ahora, y tendré que idear otras cosas. Otras cosas», añade, «que no sobrevivan semantizadas. ¡Qué horror eso de sobrevivir hecho adverbio o adjetivo, como los términos "kafkiano", "dantesco", "borgiano"!» Pero enseguida, y sin que venga a cuento, vuelve al tema del tirano. El verdadero tirano es para él Pedro el Grande, que también se disfrazaba pero no de mendigo, como el príncipe del cuento, sino de implacable caudillo ilustrado. Antes que al príncipe que detrás de su disfraz busca el amor verdadero, Borges prefiere al zar de todas las Rusias, que para conocer de primera mano el verdadero trabajo que podía hacer progresar a su gente, se marchó dos años a trabajar de incógnito a una carpintería holandesa y a un astillero inglés.

En un oasis de la conversación, se me ocurre decirle, muy sinceramente, que para mí «Borges es el mejor escritor de...», pero en el acto me interrumpe y no me permite terminar. Borges se escabulle de toda alabanza directa y reiterada, que sin duda debe de parecerle demasiado *promiscua*. Pero es también el más fino husmeador del halago. Cuando se huele un cumplido, cuando por el tono con que empiezo una frase anticipa el elogio incontinente, me interrumpe y cambia rápidamente de tema. Con todo, siento que necesita esos conatos de reconocimiento que evocan su Fama sin acabar jamás de enunciarla. El filósofo Jaume Balmes –al que Borges, ¡oh sorpresa!, conocía bien– describió ese tipo de reacción de los grandes hombres ante los cumplidos: «Saben muy bien que el incienso es todavía más honroso cuando el ídolo no pone de manifiesto que se deleita con su

233

perfume [...]; de ahí que nunca os pondrán en la mano el incensario ni consentirán que lo hagáis oscilar demasiado cerca de ellos.» Sin duda, Borges tiene de la fama, como de tantas otras cosas, una imagen virgiliana. «Oscura bajo la noche solitaria», su Fama, como se describe en *La Eneida*, es «pequeña y temerosa al principio, no tarda en remontarse por los aires y, con los pies en el suelo, oculta la cabeza entre las nubes».

* * *

Para Borges, además de Balmes, Cataluña es el Corominas, Mallorca y el citado poema de Eduard Marquina («el mejor uso moderno de la anadiplosis, el paralelismo, la conversión, el retruécano o lo que sea») y también la librería de Salvat-Papasseit, «donde había de todo», dice socarrón.

–Pero ¿lo ve usted? –le señalo–. ¿No ha dicho en algún lugar que el partitivo –«*tu en veux, nous en prendrons*»– es un bello giro del francés que no encontramos en otras lenguas? Pues ahí tiene usted el catalán: «*Hi havia de tot, dóna-me'n un tros, no t'hi fiquis.*»

–Cierto, cierto; siento conocer lenguas exóticas y no conocer mejor las domésticas.

–Pero usted entiende el catalán escrito, ¿no es así? Yo creo que conoció a alguno de nuestros modernistas y novecentistas: Rusiñol, Bertrana, Ors...

–Ah, sí, sí. Ors, claro. ¿Todavía está vivo ese muchacho?

–Murió hace algunos años. Pero ¿le conoció usted personalmente?

–No, aunque me interesaron mucho algunos de sus escritos sobre el arte y la cultura y el barroco. Muy finos, muy finos... Hasta que leí una especie de novela suya,

234

ahora no recuerdo el nombre, que me indignó. No he vuelto a leerlo.

–¿Se refiere a *La Ben Plantada*?

–Sí, eso, *La Ben Plantada*. Inaceptable. Las medidas del torso, la cintura y los tobillos de la protagonista eran absolutamente intolerables. Decidí no volver a abrir ningún libro suyo.

–¿Conoció usted a Pla?

El nombre no parece decirle nada a Borges, pese a que tanto su forma de adjetivar como su ideología a menudo me recuerdan a Pla: desde lo de aquel señor que «sentía un placer cuasi filatélico al cometer sus sonetos» hasta aquella «atronadora, ecuestre, semidormida, llegaba la policía»; desde su afirmación «me hice del partido conservador, que es una forma de escepticismo» hasta su confianza en que «los hombres, a la larga, acabarán mereciendo no tener gobierno... ni eternidad». Es el tono, en todo caso, lo que le aleja de Pla y se vuelve más grave y trascendental en Borges: «La tierra es una incompetente parodia. Los espejos y la eternidad son abominables porque la multiplican y la afirman.» ¡Válgame Dios, qué exagerado!, que diría Josep Pla.

Cuando le hablo de un lugar, Borges trata enseguida de buscar su etimología. Los griegos dotaban de universalidad a lugares y hechos asignándoles un dios, un modelo o arquetipo. Borges trata de deconstruir esta mitología a partir de la etimología.

–¿Andalucía? Sí, claro, Vandalucía, tierra de vándalos. ¿España? España es el Sarkland (tierra de sarracenos) con que las sagas escandinavas se refieren tanto a lo que es hoy España como a Marruecos y Argelia... Claro está –añade

235

ahora, tratando de devolverme el anterior cumplido– que eso no incluye a Cataluña y que en todo caso España hubiera sido otra cosa sin esa Castilla árida y ávida, etc.

Pero yo tampoco soporto el cumplido o el halago demasiado explícito, y también me gusta ser impertinente a veces.

–¡Pues claro que Cataluña es también Sarkland! Por algo un hombre culto como Almanzor quemó Barcelona y a sus tercermundistas del año mil. En cualquier caso, yo prefiero la etimología-ficción a la historia-ficción retrospectiva: al cuento de una península posible sin el tratado de los Pirineos, sin Caspe o con una exitosa revuelta de 1670 en Cataluña tampoco...

Pero ¿de dónde me sale esta réplica nerviosa que mi tono suave y cortés no acaba de disimular? No lo sé; la seducción que Borges ejerce sobre mí es tan grande como ambivalente. Me siento a un tiempo seducido y repelido por el análisis y el desguace sistemático –minucioso, casi quirúrgico– a que Borges somete el mundo de la experiencia. Es con los *membra disjecta* de esta experiencia, ya muy hechos jirones, como compone las más sutiles (y también divertidas) combinaciones. Un ejemplo muy conocido –a menudo vía Foucault– es su apócrifa clasificación china de los animales, divididos en: 1) pertenecientes al emperador; 2) embalsamados; 3) capturados; 4) cochinillos; 5) sirenas; 6) fabulosos; 7) perros en libertad; 8) no incluidos en la presente clasificación; 9) que se agitan como locos; 10) innumerables; 11) dibujados con pincel muy fino de pelo de camello; 12) etcétera; 13) que acaban de romperse el morro; 14) que vistos de lejos parecen moscas.

Tengo la sensación de que con todas sus fintas Borges no ha pretendido otra cosa que apartarse de ese lugar donde formas y sentidos, razones y sensaciones se amalgaman y funden de forma plástica, clásica. Y es sin duda ese uso de los recursos clásicos contra el propio clasicismo lo que me desconcierta y me ha llevado a replicarle –tópico por tópico– que, puestos a fantasear, también se podría imaginar la historia de Argentina sin Buenos Aires; sin esa Plaza de Mayo emblemática y mayestática que ha querido hacer un país enorme a imagen del tópico porteño. Un país a menudo más atento a la infiltración que a la gestión, especializado en el *look like* y el *go-between* descritos por Céline en *Voyage au bout de la nuit*, y que ni con un *hinterland* muy rico ha acabado de conseguir... «Éste es», me interrumpe ahora, «éste es el caldo de cultivo ideal para cualquier populismo.» Borges se queja una y otra vez «de ese "absurdo" que fue el peronismo» (que en 1935 decidió su «traslado» de director de la Biblioteca Nacional a inspector de aves en el Mercado Central). No obstante, hay algo de «militarista» e incluso de «juntista» en su tono. Pero no insisto en el tema y acabo con una pregunta que resulta mucho más provocadora de lo que yo pretendía.

–¿No cree que en algún sentido son los militares una buena muestra del instinto de infiltración y el sentido del escalafón que algunos han atribuido a este país?

En este punto Borges salta, literalmente, del sofá. Si sus instintos de oligarquía clásica lo llevaron en su día a defender a los militares como «restauradores» frente al peronismo, ahora es su rancia estirpe castrense la que lo enfrentará a esos mismos militares y a su Junta. Así lo apuntaba M. Ángel Oviedo en un texto de la revista *Vuelta*:

Borges creía en la democracia pero en su vertiente marcadamente conservadora. Por conservador era antiperonista, más que por democrático; por eso tuvo veleidades con las juntas militares después del retorno de Perón. Borges había heredado un concepto patricio de su país: Argentina era la nación que sus antecesores le habían legado y quería que continuase fiel a aquel modelo heroico.

De ahí viene –pienso– su revuelo ante mis últimas observaciones.

–En efecto: eso son hoy los militares. Pero piense que los militares de mi estirpe no conocían otro escalafón que los campos de batalla. Era la vocación más arriesgada y es hoy la profesión más segura: entras en el escalafón y se terminaron los problemas, por poco que uno sepa no hacerse notar demasiado.

–Pero ¿no hay acaso una raíz común de militar, militante y miliciano que (como en su ejemplo *black*/blanco) ha acabado tomando sentidos literalmente opuestos, como es el caso con oficial, oficioso y oficiante?

–Nada de oficiales –me interrumpe–, sólo capitán, sólo capitán puede decirse en verso: imagínese lo que sería un verso que terminara en coronel o teniente. Y ahora... –prosigue Borges sin solución de continuidad–, ahora lo que hacen es cambiar la denominación de las calles con estos nombres que no caben en un poema. Cuando yo era presidente de la Sociedad de Escritores Argentinos, hicimos una propuesta para que no se diera nunca el nombre de una calle a un militar... ni tampoco a un escritor. El mismo Lugones lo reiteró antes de suicidarse, aunque ya ve para qué le ha servido. En cuanto a mí, tiemblo ante la idea de verme transformado en una avenida, en una esquina o en una bocacalle. Pero, diga lo que diga, acabarán jugándomela. A mí me han engañado y tomado el pelo muchas veces, y de la manera más burda..., aunque he de reconocer ahora que pudieron hacerlo porque yo fui siempre cómplice del engaño...

–¿Un engaño que le llevó a negar la existencia de treinta mil desaparecidos?

–La verdad, yo no leía los periódicos y conocía a poca gente, aunque sí, sí había oído hablar de «desapariciones». Pero mis amigos... –y lo que ahora añade lo repite casi al pie de la letra en una entrevista posterior con R. Chao–, pero mis amigos me habían asegurado, sinceramente creo, que se trataba de turistas que cambiaban de sitio, pero que no había realmente «desapariciones». Yo les creí hasta que las madres y abuelas de la Plaza de Mayo vinieron a casa. Entre ellas se encontraba la prima de los propietarios de uno de los periódicos más importantes de Argentina. Enseguida comprendí que esa mujer no era una actriz. Y ella me dijo que su hija estaba desaparecida hacía seis meses.

Pienso –pero no digo– ¿qué clase de «amigos» debían de ser esos que le negaban la existencia de desaparecidos, y por qué sólo lo creyó cuando se lo dijo «la prima del propietario de uno de los periódicos más importantes de Argentina»? Pero Borges aprovecha mi silencio para escabullirse del tema y ahora retoma el argumento anterior.

–Mira que acabar en calle, y calle de esta Ciudad, encima. Pero usted no conoce aún Buenos Aires, ¿verdad?

* * *

239

Suena el teléfono. Ya es el día siguiente y salto de la cama; son las... Bien, aquí son las diez y media. Esperaba oír la voz de los chicos, que no estaban en casa cuando me fui y a los que dejé una nota con los teléfonos donde podrían localizarme. Pero no es la voz de ninguno de ellos, que no sé por dónde andan: ¿van camino de Grecia con el InterRail?, ¿están en la playa de Empúries o estrellándose con la moto a la salida de cualquier discoteca? Pero no; la voz es la del propio Borges, que de momento no reconozco: «... que ayer ya le dije; quiero enseñarle algunos sitios de los que hablamos y de los que no hablamos. Usted no conoce Buenos Aires...». Quedamos a las doce y ahora nos dirigimos a la Plaza de Mayo con María Kodama, que lo lleva de un brazo y yo del otro. Un taxi casi nos atropella y nos saluda mientras huye. Una vez seguros en la acera, pongo en marcha el casete que me permitirá transcribir la conversación que sigue y que Mercè Vilaret se apresura a filmar:

—En algún lugar dice usted que nació en un suburbio de calles aventuradas y ocasos invisibles, pero luego añade: «Aunque lo cierto es que me crié en un jardín, detrás de una verja con lanzas, y con una biblioteca ilimitada de libros ingleses.»
—Sí —responde Borges—, era la biblioteca de mi padre y de mi abuelo... O mejor, de mi padre, de mi abuela y de mi bisabuelo.
—Yo me pregunto si su biblioteca no es también un emblema del destino de América Latina; de ese fátum que para el citado Mario Faustino consistía en haber «nacido adulta».
—No había pensado en ello. Pero creo que, de algún modo, todos somos europeos. Europeos en el exilio, en el destierro, ¿no? Creo que los americanos somos euro-

peos desterrados. Y eso nos hace heredar toda la cultura occidental. No sé si lo hemos aprovechado hasta ahora... Quizá Estados Unidos más que nosotros. Pero yo pienso que no tengo nada en común con..., bueno, digamos con los aborígenes. Tengo una gota de sangre guaraní por ahí, pero eso no cuenta mayormente. Y creo que somos, sí, occidentales... La cosa no es sencilla pero creo que sí, que es eso lo que sentimos, y debemos tratar de merecerlo.

–Para usted Buenos Aires es «un viejo hábito»...

–Sí, yo no conozco bien la ciudad. Como casi todo el mundo, conozco lo que se llama el centro, que topográficamente es un extremo de la ciudad.

–Y usted ha ironizado también acerca de quienes buscan la sustancia de Buenos Aires y pretenden definir su «esencia»...

–Sí, con Francisco Luis Fernández anduvimos un tiempo buscando la secreta ciudad de Buenos Aires. Pero hoy me doy cuenta de que no hay en ella nada de secreto ni de escondido. Hoy más que una ciudad es algo así como una convención topográfica.

–Keyserling dijo que la expresión bonaerense por antonomasia era el «no te metás», muy parecida, por cierto, al catalán *no t'hi emboliquis*.

–Sí, pero al mismo tiempo existe otro adagio, «primero tirá vos la lanza», que vendría a ser lo contrario.

–¿Pueden coexistir ambos?

–Sí, claro, al menos desde que más de una tercera parte de la población del país vive hacinada en Buenos Aires.

–Estamos ya en la Plaza de Mayo. Usted ha dicho que esta plaza es emblemática de dos conflictos: de la clara guerra contra los españoles y de la oscura guerra contra el gaucho...

241

–Y de tantas cosas más. Todo lo que es un hito resulta también un mito.

–Será que para usted, como pensaba Comte, «toda utopía refleja fielmente, en sus sueños, la condición social de una época», ¿no es eso?

–Cierto, cierto.

Ya sentados en la plaza, hablamos de los mitos más tópicos de este país: del *tango* y de la *milonga,* del *gaucho* y del *villero*. Todos ellos componen una geografía ideal, la «convención mitológica» en la que el propio Borges ha colaborado y de la que ya forma parte. He aquí su poema «Buenos Aires», del que le recito de memoria unos fragmentos.

> ¿Qué será de Buenos Aires? [...]
> Es lo que las fachadas ocultan. [...]
> Es esa racha de milonga silbada que no reconocemos
> y que nos toca. [...]
> Es lo que se ha perdido y lo que será [...] lo que ignoramos y queremos...

Mientras yo voy recitando, él asiente con la cabeza.

–¿Se reconoce usted en estos versos antiguos?

–¿Yo? Sí, vagamente. Lo que no sé es si se reconocerá la ciudad. Yo no puedo hablar ya con ninguna autoridad de Buenos Aires. Es una ciudad que dejé de ver desde mil novecientos cincuenta y tantos.

–Pero sobre la que no ha dejado de escribir.

–Sí, he seguido escribiendo, pero siempre he pensado en aquel Buenos Aires pretérito, un Buenos Aires que ha desaparecido. Sin embargo, ocurre una cosa curiosa, y es ésta. Yo puedo estar en Lucerna, puedo estar en Mallorca, puedo estar en Tokio; pero eso es durante la vigilia. Cuando sueño, sin embargo, siempre estoy en Buenos Aires. Y sobre todo en la Biblioteca Nacional, en la calle México, o en aquel Buenos Aires de casas bajas, el de mi niñez. Es decir, algo mío se queda en Buenos Aires, en un Buenos Aires que, desde luego, sólo existe en la memoria de hombres viejos como yo...

–Curioso: usted sería nacionalista sólo en sueños.

–Sí, de una nacionalidad onírica...

–¿Nunca de la otra, de la práctica y tangible y terrible, de esa que conocemos bien españoles y argentinos y que tantas pasiones sigue despertando?

–¡Pero desde luego! Yo creo que el nacionalismo es la causa de muchos males. Ante todo de la muy dispareja distribución de los bienes espirituales y materiales; ése es uno. El otro es la fe en cada país de que él es el único, que el idioma que cada uno habla es evidentemente el mejor, etc. Mañana va a salir un poema mío en el que hablo de eso. Hablo de lo que me apena el estar parcelado en países, cada uno con su mitología peculiar, con antiguas o recientes tradiciones, con un pasado sin duda heroico, con agravios, con litigios...

Así me habla mientras María Kodama y yo lo ayudamos a subir al taxi. De repente ha decidido que quiere enseñarme *precisamente* su tumba, «mi bóveda», como dice él. María, que parece un poco harta, intenta disuadirlo, pero él no duda ni un momento. Paseamos ya por los jardincillos del cementerio cuando le pregunto:

–¿Y por qué deseaba hoy mostrarme su bóveda?
–La verdad es que la sola palabra es un poco triste, ¿no? Pero es mi bóveda...

243

–La bóveda de sus antepasados... –Acabamos de llegar al sepulcro de la familia.

–Sí, pero curiosamente siento que no están aquí. Si pienso en mi madre, pienso que ella está en mi casa, en la calle Maipú, y que el hecho de que sus restos estén aquí es..., bueno, que es verdadero, pero que yo no puedo sentirlo. Y sé también que están mi padre, mi abuela y mis abuelos... Yo sé que eso es un hecho real, pero no es para mí un hecho emocional. Yo siento que realmente ellos están en otra parte; ciertamente no encerrados aquí.

–¿Dice usted que están en otra parte?

–Bueno, si es que están en alguna parte. En el fin de todo ¿qué puede haber? Es algo así como..., yo no sé..., como las limaduras de las uñas, los restos meramente físicos, menos que su vestido.[1]

–Hegel decía que la muerte es el *análisis natural*, la descomposición de una realidad compleja en sus elementos más simples. Así de sencillo o así de espantoso. Eugeni d'Ors, de quien hablábamos ayer, decía que enterramos a los muertos porque seguramente sentimos más horror ante la desaparición de la *forma* que ante la desaparición de la propia *vida*.

1. Recuerdo que Flaubert pedía a la criada que se pusiera los vestidos de su difunta madre. Borges, en cambio, exige a la sirvienta que mantenga el vestido de su madre preparado y extendido encima de la cama, sobre las mismas sábanas del día en que murió. Allí me lleva Borges al día siguiente para asegurarse a través de mí (no acaba de fiarse de la analfabeta) de que todo está como él va diciendo que debe estar. Con la misma intención me lleva después a un cuarto con dos pósters. Dos pósters, por supuesto, de tigres, que me describe de memoria y detalla: «Están ahí, ¿verdad? ¿Los ve usted?»... Y yo ya no me atrevo a preguntarle si es de él o de Sarmiento la sentencia: «El esfinge argentino, mitad mujer, por lo cobarde, mitad tigre, por lo sanguinario.»

Al llegar a este punto, Borges esboza un repentino gesto no sé si espasmódico o colérico, y yo trato de reconducir la conversación.

–De temperamento muy pacífico, sin embargo ha sido usted muy valeroso en situaciones determinadas, ¿no es así? No hace tanto se enfrentó a los peronistas. Recuerdo ahora una especie de poema que podría ser suyo: «Los cobardes mueren muchas veces antes de morir, el valiente no saborea la muerte más que una vez.»
–Sí, sí; yo tengo valor cívico, que no valor físico. Mi cirujano y mi dentista lo saben muy bien. Una vez, a mi madre la amenazaron de muerte por teléfono, a las tres o las cuatro de la mañana. Una voz grosera le dijo: «Yo los voy a matar, a vos y a tu hijo.» «Pero ¿por qué, señor?», preguntó mi madre. «Porque soy peronista.» Y ella contestó: «Bueno, en el caso de mi hijo es muy fácil, está ciego y sale todas las mañanas a las diez de esta casa. En cuanto a mí, le aconsejo que se apuren, que no pierdan el tiempo telefoneando, porque he cumplido ochenta y tres años, y a lo mejor me les muero antes.» «Me les muero.» ¡Qué bello!, ¿verdad? Eso no puede decirse en otros idiomas. Sí, quizá en inglés: *«I die on you.»* Pero no tiene tanta fuerza, ¿verdad? Entonces el otro cortó la comunicación. Le pregunté: «¿Qué pasó, madre?» «Nada», me dijo, «un sonso...» Y me repitió la conversación. Entonces quise pensar que era uno de esos que sienten placer con la propia amenaza y que luego ya se sienten desahogados. Así era, al parecer.
–Pero ¿no es cierto también que el dolor más terrible es el previsto, el anticipado? De ahí que una amenaza...
–Sí, claro. La mejor muerte para el moribundo sería un paro cardíaco, ¿no? Ser fulminado sería lo mejor. Pero

no para los que quedan; mejor prepararse para el día de la muerte.

—Le he oído ironizar sobre la muerte recitando una milonga que dice: «No hay cosa como la muerte...»

—Sí, «no hay cosa como la muerte para mejorar a la gente». Y luego tengo otra de un condenado a muerte: «Manuel Flores va a morir. / Eso es moneda corriente. / Morir es una costumbre / que suele tener la gente.» Pero la ironía no es sino un recurso de urgencia ante la absoluta perplejidad que nos produce este acontecimiento: la inmortalidad personal es increíble, pero la muerte personal también lo es.

—Creíble o no, ¿resulta para usted querible? Por lo que ha escrito, parece que no desea usted la inmortalidad.

—¡Ah, no! En mi caso personal, claro que no. Ahora, si yo pudiera ser inmortal en otra situación, y con el olvido total de haber sido Borges, pues bien, entonces acepto la inmortalidad. Aunque no sé si tengo derecho a decir «acepto». Creo que en el budismo se niega la existencia del alma. Se supone que cada individuo, durante su vida, construye una suerte de organismo mental, el karma, y que ése es el heredado por otros, no por él, ya que, si los budistas no creen en el yo, no pueden creer en la muerte personal, ¿no es así? Es el mismo yo que han negado Hume, mi amigo Macedonio Fernández, Schopenhauer...

—Lo negaban con la misma fuerza con que Unamuno defendía ese yo personal, de carne y hueso. Por lo que veo, es usted muy poco unamuniano...

—Ah, desde luego. Unamuno estaba loco. Yo no sé cómo no estaba cansado de ser Unamuno... Y eso que vivió tanto como yo. Yo estoy harto de Borges. Cada mañana, cuando al despertarme me encuentro una vez más con él, siento...

—A ése me lo tengo ya muy conocido, ¿es eso?

–... una tristeza, sí. Ya estoy harto de ese..., de ese interlocutor permanente.

–Más que de carne y hueso, usted querría otro yo y otro mundo. *Absolutamente Otro,* como el de Kierkegaard o de Rudolf Otto, ¿no es así?

–Sí, claro..., ese otro sería Dios, ¿no? Bueno, al menos algo que no represente Allí la continuidad de lo que fue Aquí. Hay un exceso de lo humano ya aquí mismo.

–Pero ¿no desea usted alguna forma de prórroga, en el otro mundo, de lo que ha sido en éste?

–No, yo no. Tengo la esperanza (mi padre tenía la misma) de morir enteramente, de morir en cuerpo y alma, si es que el alma existe.

–¿Y cómo comprende usted que para mucha gente eso no constituya una esperanza, sino un desasosiego?

–Yo conozco a mucha gente religiosa y están un poco aterrados. Porque o esperan el paraíso, lo cual, como dijo Bernard Shaw, es un soborno, o temen el infierno. En cambio, una persona que no cree en ninguna de las dos posibilidades, una persona como yo, que se considera indigna de castigos o de recompensas eternas, puede estar tranquila. Pero todo es tan raro, la verdad, que a lo mejor proseguimos este diálogo en otro mundo...

Callamos. Cuando el silencio se hace un poco embarazoso, le digo que me gustaría disponer de una encuesta que revelara si la fe en Dios y en la inmortalidad personal ha servido más para aliviar o para aumentar el temor de los hombres ante la muerte. Y así proseguimos la conversación.

–¿Una encuesta? Quizá fuera más exacto decir «indagación» o «escrutinio», «pesquisa», «inferencia»... No sé. ¿Quiere que busquemos otra vez en el Corominas?

247

—Hace un rato la chica se lo ha llevado al quitar el polvo de la mesa y ha salido a por su hijo. ¿Veo si...?

—No, no pierda usted el tiempo —dice Borges—, estamos muy bien así, perdiendo el tiempo y charlando, sin libros, desarmados.

—Perder el tiempo... Usted ha negado siempre la realidad del tiempo. Pero ese mismo tiempo es algo que no deja de aparecer una y otra vez en su obra; en su juego de ciclos, de etimologías y de secuencias. Y lo que más parece sorprenderle a usted es que ese tiempo pueda ser compartido con otros.

—Sí, ¡y es algo tan raro!... Como yo creo que la vida es esencialmente onírica, lo raro es que estemos todos soñando el mismo sueño al mismo tiempo. No hay modo de entenderlo. Cierto que un Dios como el de Spinoza lo explicaría...

—O como el de Berkeley, ¿no?

—Pero, bueno, sí. Sabemos que, si uno es solipsista, entonces sólo él existe, y todo lo demás, Barcelona y Buenos Aires, usted y yo somos partes de un sueño. Y usted es parte del mío, claro.

—Sí, por supuesto. Pero en otro sentido yo creo, o siento, exactamente lo contrario. Es cuando usted dice con Berkeley *«esse est percipi»* (ser es ser percibido) y va incluso más allá hasta afirmar *«esse est concipi»* (ser es ser concebido). Yo, en cambio, siento que sólo existe de verdad aquello que se resiste a mi pensamiento y acción, aquello que no acaba de dejarse pensar o manipular, aquello que me rebasa... y he de confesar que me gusta eso de sentirme rebasado.

—Claro, sí. Usted quiere decir que uno siente con igual vivacidad el No-Yo que el Yo.

—No, no con *igual,* con *más* vivacidad. La «experiencia del yo» me parece como un residuo o remanente de las experiencias que uno ha vivido; algo así como la conciencia subsidiaria que uno tiene del telescopio o del microscopio cuando está observando una estrella o un microbio. Además, si todo fuera el Yo, seguramente no percibiríamos nada, ya que sólo sentimos algo cuando nos aparece como una resistencia: como algo que no se deja ver ni comprender del todo, como algo que esconde lo que hay detrás...

–Ah, claro. Si sólo existiera el yo, ese yo sería tan ilimitado como inconsciente. No existiría la palabra «yo», el concepto mismo... Yo no sería nada o, no sé, ¿un vago soñar sin sujeto, quizá?

–Usted ha escrito un bello poema sobre los límites, precisamente.[1]

–¡Ah, es cierto! No, pero yo me refería a otra cosa. En ese poema, yo me refería al hecho de que todos, tarde o temprano, ejecutamos un acto por última vez. Por ejemplo, cuando cruzamos una calle que no volveremos a cruzar, hacemos una cita que será la última, abrimos un libro..., cerramos un libro que no volveremos a abrir. Y eso se nota más en la vejez, desde luego. Los amigos de uno van muriendo, uno se da cuenta de que vio a Fulano de Tal por última vez en tal barrio, en tal casa... Sí, hay momentos en que todos los hechos son adioses.

Pero Borges no parece estar ahora para poemas, y pasa enseguida a hablarme de su cuñado Guillermo de Torre, de

1. «De estas calles que ahondan el poniente / una habrá, no sé cuál, que he recorrido. / Ya por última vez indiferente / y sin adivinarlo, sometido // [...] // Si para todo hay término y hay tasa / y última vez y nunca más y olvido, / ¿quién nos dirá de quién, en esta casa, / sin saberlo nos hemos despedido? // [...] Creo en el alba oír un atareado / rumor de multitudes que se alejan; / son los que me han querido y olvidado; / espacio y tiempo y Borges ya me dejan.»

sus ideas políticas... Entonces entra la criada y se refiere a ella señalándola.

—Ésta es también de familia militar y tiene sus ideas políticas, no crea.

—Y usted mismo las ha tenido, ¿no es así? Recuerdo que en algún lugar escribió: «Descreo en la democracia, ese curioso abuso de la estadística.» Pero en otro lugar criticó la dictadura diciendo que favorece la opresión, favorece la idiotez y, lo que es peor, favorece el servilismo y la adulación. Ahora bien, ¿no imagina usted una tercera vía entre la dictadura militar y ese «caos con urnas» según definió usted (y Carlyle) la democracia?

—Pero sí, desde luego. Existe un número infinito de ellas. Salvo que yo no las veo.

* * *

Tal vez para cambiar de tema, Borges me pregunta ahora si puedo escribirle una sentencia de Don-Aminado que le había referido en el taxi.

—Apúntela, por favor, y déjela entre las páginas del *Gulliver* que está sobre la mesita, es el *Gulliver,* ¿cierto? Sí, póngalas allí, así alguien podrá leérmelas.

Asiento, pero mientras la escribo pienso que esas citas tienen que ver con retazos de la conversación que había decidido no reproducir por respeto al propio Borges. De todos modos le apunto el chiste de Aminado: *La bala es el método más rápido y eficaz de transmitir el pensamiento a distancia.* Y ahora creo entender el interés de Borges en la cita. ¿Dónde, a lo largo de su obra, hay referencia al tacto, al contacto, sea físico o psíquico? ¿No será el síntoma de cierto «*pathos* de la distancia», de todo lo innombrable que Borges ha intentado esquivar o evacuar con sus metáforas, de todo lo que al mismo tiempo lo seduce y le repugna? Y como si adivinara mis pensamientos ahora me dice: «El asco, la repugnancia incluso, son virtudes fundamentales. Y sólo dos disciplinas, lo tengo escrito en algún lugar, sólo dos disciplinas pueden liberarnos de ese asco: la abstinencia y el desenfreno, el ejercicio de la carne o la castidad.» Está claro que el sexo (él tal vez diría «el amor carnal») planea siempre por encima o por debajo de sus ficciones. Pero con frecuencia parece que trata de exorcizar ese deseo prohibiéndose directamente representarlo. Es el sexo o el amor lo que rodea, por ejemplo, *La intriga,* su mejor obra según ha dicho él mismo. En ella aparecen el amor y el sexo como trasfondo, pero el verdadero tema es la rivalidad, la complicidad y la venganza: la camaradería entre los dos hermanos que acaban por matar a la mujer a la que ambos desean y que habría podido separarlos. Como en otros cuentos o poemas suyos, el amor obra aquí como coartada para describir el *grado cero* de la violencia, el conato de la agresión, la ejecución en suspenso, la pura agresividad contenida del *cuchillero* presto o del tigre inmóvil pero listo para saltar y «que va cumpliendo en Sumatra o en Bengala su rutina de amor, de ocio y de muerte».

La crueldad, la violencia contenida, he aquí algo que seduce a Borges al tiempo que lo rechaza. Una primera muestra de esta seducción nos la da el tono beligerante de sus declaraciones pacifistas y la propia evocación de su abuelo: *el heroico general Borges, muerto en una batalla con los indígenas, donde quedó solo y siguió avanzando solo, trotando en su caballo blanco, contra un enemigo que lo acribilló a balazos.*

Removiéndose en el sillón, insiste una y otra vez en que no se puede hablar de los crímenes de guerra sino del *crimen de la guerra*. Y retomando el aforismo platónico, concluye que lo peor de la guerra no es tanto morir como matar.

–Morir, a fin de cuentas, todos hemos de hacerlo, pero matar podríamos ahorrárnoslo. Qué pena –añade– que los judíos hayan dejado de ser aquel pueblo «cuya patria es el camino» (Heine)... Ahora ya son como todos; los bombardeos de Beirut les han hecho entrar en la horrible historia del nacionalismo y la crueldad. –Se refería, por supuesto, a los bombardeos de 1981.

Entonces le hablo de los experimentos de Tajfel y Milgram, que parecen confirmar su propia sugerencia de que es más peligroso el «instinto de pertenencia» que el propio «instinto de agresión». «Creo que a lo largo de la historia», insisto, «se ha matado más por *amor* a Valores (nacionales, religiosos, etc.) que por *odio* a Personas concretas.» Pero todo eso, que de hecho viene a corroborar su tesis, parece en cambio desasosegarlo. Al principio no entiendo su reacción. De igual modo que parece esquivar el amor y el sexo en el acto mismo de hablar de ellos, Borges parece complacerse en el horror y la violencia en el propio acto de denostarlos. Emplea así más de veinte minutos para referirme –trémulo– una serie de horrores que en ningún caso deja de condenar, salmódicamente.

«Para que usted vea...», Borges empieza a instruirme sobre que el peor dolor es el esperado y que, por este motivo, los torturadores de su país empezaban las sesiones un poco más tarde de la hora anunciada. Yo de eso tengo una pequeña experiencia, que la vanidad me impide callarme:

252

«El recuerdo más acongojante que tengo de Via Laietana», le digo, «son los minutos de espera anteriores a los dos interrogatorios, mientras veía bajar al que me precedía en la lista, con la sangre ya seca en la nuca e incrustada en el cabello.» Pero Borges me interrumpe con brusquedad y me doy cuenta de la elemental impertinencia cometida al cortar el deleite con que hablaba de la tortura y con el que ahora sigue contándome: «Pero donde más duele la picana, el torno eléctrico, más incluso que perforando los dientes sin anestesia, es en el oído, en el oído precisamente. Un amigo mío lo resistió en los pies, en el sexo, en el paladar incluso, pero cuando se lo aplicaron a la oreja perdió definitivamente el sentido y no ha recuperado la razón desde entonces.»

–Sí, he leído que en la tortura de San Francisco Javier... –Pero Borges vuelve a interrumpirme, cada vez más excitado–. Ya que habla usted de historia, recuerde que Pedro el Grande quiso ejecutar personalmente a su hijo, que había conspirado en Italia contra él: he indagado qué sistema utilizó para matarlo, pero no he podido encontrarlo en ningún libro o enciclopedia, aunque partiendo de los métodos usuales en la época tengo dos hipótesis probables...

Borges desarrolla ampliamente sus hipótesis mientras yo, un poco angustiado, intento llevarlo a un tratamiento más abstracto del asunto.

Consigo por fin interesarlo en la hipótesis de Harris y Rascovsky sobre el «filicidio», sobre todo al recordarle que, ya en las *Pónticas* de Ovidio, Atreo manda matar a los tres hijos de su hermano Tiestes y se los sirve para el almuerzo. «¿No recuerda usted que también Bruto, en el libro sexto de la Eneida...?» No recuerda las palabras y me pide que vaya a verificar el texto. «Séptimo estante, tercer libro por la derecha», describe con absoluta precisión. Las palabras, que ahora leo, son las siguientes: «Ése será el primero que, tomando la autoridad de cónsul y de padre, condenará al suplicio a sus propios hijos... ¡Infeliz! Sea cual fuere el juicio que de este acto haya de formarse la posterioridad, el amor a la Patria y su inmenso deseo de Gloria vencerán en su corazón...»

Deseo cambiar de tema, pero Borges no se deja distraer así como así.

–¿Sabe usted –insiste– que aún en la guerra de 1905 contra Uruguay existía la profesión de degollador? Y es lógico que existiera esa especialidad, puesto que se cortaba la cabeza sistemáticamente a todos los prisioneros; está claro que cada compañía debía tener un degollador particular, un experto, igual como un afilador, un médico o un corneta. ¿Y sabe usted que los mazorqueños de Rosas llevaban en el costado izquierdo la cuchilla convexa a manera de una pequeña cimitarra, que Rosas mandó hacer ex profeso en las cuchillerías de Buenos Aires para degollar prisioneros? Lo he escrito en un lugar, lea, léalo usted.

De la historia de su país, y en vista del éxito, trato entonces de pasar a su propia genealogía, pero Borges sigue sin perder el hilo de su narración. «¿Le he contado a usted de cuando fusilaron al coronel Suárez, obligando a su hijo de once años, mi tío abuelo, a presenciar la ejecución?» Se queda meditando unos segundos. «La ejecución», continúa, «es la acción fundacional por antonomasia; así lo sugiere el uso mismo de la palabra: hacer realmente algo es ejecutarlo.»

Casi todas las etimologías que me ha sugerido giran en torno a estos temas. Uno, el amor (disuelto al glosarlo); el otro, la crueldad (afirmada al repudiarla). Ahora me pide, una vez más, que consulte su Corominas: una primera edición muy sobada y medio estripada, como las novelas rosa en los quioscos de libros rotatorios. La primera palabra que me hace buscar es *jazz:* según él debe de venir del verbo *to jazz,* que en el inglés criollo de Nueva Orleans significaba «fornicar»: *«fornicar»* especifica, *«fornicar de un modo breve, espasmódico y violento, como sugiere el sonido mismo de la palabra».*

Y del jazz pasamos al *tango,* para el que Borges rechaza la raíz sugerida por Lugones –del latino *tangere,* «tocar»– y defiende la etimología africana referida en el Corominas. *«Noli me tangere?* No, de ningún modo, oiga en cambio el sonido de *just jazz it.»* Mientras sigo hojeando el Corominas, su devoción etimológica se impone a su delicado pudor y a instancias suyas nos ponemos como niños a buscar la etimología de *cunt* (coño). Él duda sobre si deriva, como quería Chaucer, de la palabra *quaint,* que significa «misterioso», «irresoluble», o si procede más bien de una raíz indoeuropea que significa «agujero».

–Y en algún lugar he leído incluso –apunto yo– que muchas palabras inglesas derivan de este *count:* como *country* (país), *cunning* (astucia), *kin* (parentesco).
–Sin duda, sin duda.

* * *

A Jorge Luis Borges la fama no le ha llegado tarde. Desde los treinta y cinco años, su obra ha sido objeto de todo tipo de estudios y de homenajes. Pero ahora, a sus ochenta y tres, todavía se sorprende de dicha fama. Y tiene motivos. La inmensa obra de Borges lo es todo menos fácil

255

o banal. En su elaboración entra todo menos el intento de halagar al lector... Pienso que algunos autores escriben para ganarse la vida. Hay otros que escriben porque tienen (o creen tener) cosas que decir. Muchos escribimos por condescendencia, por vanidad o para hacernos la ilusión de que le ganamos la partida a la muerte. «Yo escribo», me dice Borges, «con la seriedad y aplicación de un niño que se divierte.» Será por eso que leer una página suya supone echar una ojeada al otro lado del espejo; el espejo del que abomina pero que hace tiempo no le devuelve la mirada a su ceguera...

–Al menos tres mundos desaparecen, pienso, al perder la vista: 1) el mundo de la representación (como llamaría usted al mundo físico), 2) el mundo de los libros y de la lectura, 3) el mundo de la propia escritura. Son tres pérdidas distintas, ¿no es así?...

–Cierto, cierto.

–¿Y cuál ha sido para usted la más dura?

–No... A mí me gustaría sobre todo leer. Y me gustaría también ver las caras de las personas a las que quiero, las caras de mis amigos...

Un sinfín de cosas me han sorprendido estos días paseando con Borges de su tumba a la Biblioteca Nacional y de allí a la Plaza de Mayo, donde la gente se amontonaba para tocarlo, como si fuera un futbolista. Me ha sorprendido, por encima de todo, la vitalidad, el coraje, el ánimo, incluso el apetito con que comía un hombre viejo y ciego. Me ha admirado también la manera humilde y desaliñada en que vivía, la precariedad de su existencia. Me ha impresionado constatar que por debajo de su cortesía casi oriental parece latir una irresistible atracción por todo lo que supone violencia, traición, infamia... Me han extrañado también sus repentinas inhibiciones en medio de una exuberancia verbal que a menudo parece dirigida a camuflar púdicamente sus sensaciones más que a manifestarlas. ¿Se debe quizá a que sus antepasados podían defenderse con las espadas y él ha de defenderse tan sólo con las palabras? «Qué pena no haber muerto como los míos, en el campo de batalla, sino ser aquel que, en la vaporosa noche, cuenta las sílabas.» Y sin embargo eso de contar las sílabas, salvar las palabras y reinventar las imágenes puede ser una manera mucho más gloriosa y al mismo tiempo misericordiosa de ser fiel a su estirpe; fiel a «esa vaga gente que prosigue en mi carne, oscuramente, sus hábitos, rigores y temores».

Más que epílogo, excusas

Mucha gente se queja de falta de memoria. Yo no, yo me acostumbré desde pequeño. A menudo oigo cómo los amigos discuten sobre cuál es su tipo de memoria: si la memoria remota o la inmediata, si la temporal o la visual, etc., etc. Pues bien, yo no tengo ninguna memoria: ni ésta, ni aquélla, ni la de más allá. De hecho, sólo recuerdo un poco lo que incluye una teoría que traba, ciñe o encadena los detalles. Cuando no he logrado encontrar esa tesis, la cosa no tarda en escurrírseme por las alcantarillas del olvido, y es como si nunca la hubiera vivido. Las experiencias desnudas se me desvanecen siempre; y sólo guardo de ellas o bien el sentimiento que me produjeron, o bien el argumento que les di. Para acumular los recuerdos puros me faltan, sencillamente, las pilas.

Pálpito de impresiones más que elaboración de ideas, mucho de lo que en este libro cuento ya no lo recuerdo, y yo mismo lo he leído ahora en mis libretas como si fuera la obra de otro; de otro que busca su propia voz en el almacén de las palabras. Se trata, pues, de la recopilación literal de textos escritos sobre la marcha, a raíz de situaciones personales complicadas y de viajes oficiales u oficiosos, políticos o clandestinos. A lo largo de mis libros creo haber acumulado ya demasiadas teorías y reflexiones. En éste quisiera no camuflar la nuda experiencia de la que surgieron, ni tampoco las emociones que lo provocaron. Labor de equilibrista, ya se ve. También pienso que quizá me he pasado a fuerza de acumular las sensaciones de «ese maldito yo». ¿Acaso era necesario hacerlo? Seguramente no. Pero me quemaban y amenazaban con explotarme en las manos los sentimientos que desde siempre han sido el motor de mis libros, y que habían quedado ocultos bajo el chasis a menudo cargante de mis «filosofías».

«Más que epílogo, excusas.» Excusas, quiero decir, por permitirme ofreceros este material diverso, fragmentario, desordenado, crudo, sin hervir ni siquiera sazonar, y con una cronología más bien hipotética. Excusas, también, por la amalgama de estilos, tonos, ritmos, tiempos y timbres tan distintos, que responden y traducen sin tapujos el humor con que vivía cada episodio: triste, aplicado, deprimido, acelerado, cínico, jovial... No he intentado en modo alguno unificar ni dar un último barniz literario al caos de estas notas. He dejado cada episodio en su salsa, a menudo en más de una. Ahora veo que paso sin darme cuenta del tono lírico al narrativo o simplemente al anecdótico; que basculo entre la divagación descontrolada y la sentencia lacónica, tal vez demasiado lapidaria. El monólogo reflexivo se me mezcla con el diálogo circunstancial. El tono más bien patético con que empiezo se vuelve acto seguido frívolo cuando hablo de los *parties* en Nueva York o de las mujeres en la playa, y acaba por hacerse nostálgico al describir mis primeros viajes. Por todo ello, lo menos que se puede decir es que se trata de un libro *irregular*.

Irregular será, pero quede claro que esto no es ni pretende ser un diario de viajes o una miscelánea de aventuras. ¡Dios me libre! Es tan sólo un inventario de situaciones, un recuento de episodios o «páginas vividas», sobre todo del tiempo en que se supone que me dedicaba a la política. Tiene también algo de docudrama, basculando entre una ficción trufada de hechos reales y un montón de hechos reales trufados de ficción. Se trata de un género en que me reconozco incompetente y en que mis intervenciones se cuentan casi siempre por mis fracasos. Ahora veo que en el libro no disimulo esos patinazos personales, lo cual me complace. No me gusta tanto, en cambio, comprobar que a veces soy también crítico y hasta sarcástico al referirme a los demás. No, no es que me complazca en su torpeza y espero no haberme pasado con la *small and modest malignancy* descrita por Mailer. Pero es un hecho que si bien aquello que me gusta lo veo, lo vivo, y me quedo tan tranquilo, en cambio lo que me choca o inquieta se me queda dentro si no sé exorcizarlo con una reflexión, o por lo menos con un relato. De ahí que sólo «elabore» mentalmente lo que, como el granito de arena en la ostra, irrita mis mucosas espirituales. Incluso mis experiencias eróticas sólo me animo a describirlas cuando tienen un punto de fiasco o desacierto, cuando ese granito de arena me obliga a elaborar la perla a su alrededor...

¡Qué difícil, no obstante, elaborar una perla auténtica donde las palabras sean tan sólo su nácar verbal! ¡Qué difícil evitar que la vanidad y la timidez del autor se mezclen para acabar elaborando una perla de bazar, demasiado gruesa y reluciente! Pero otro sentimiento ha venido aún a complicarme la tarea. Se trata de la vergüenza —sea la magnífica vergüenza adolescente que nos despierta a la conciencia, sea la más banal vergüenza retrospectiva que nos envuelve la memoria. ¿Quién no ha sentido cierta turbación al leer las propias observaciones hechas quince, veinte o treinta años atrás? Yo no me la he ahorrado al recopilar ahora textos de los años sesenta o setenta que a menudo me suenan a chino o siento que cantan como una almeja. ¿Debería haberlos pulido, actualizado tal vez? ¡Pero si la gracia, si alguna tienen, está precisamente en su anacronismo! Por eso –ya lo he dicho– he dejado los textos crudos y desnudos, tal como nacieron. Constituyen así los escenarios en los que yo era un figurante más, y que no podría ahora transformar sin falsearlo todo. Me ha costado, pero de ese modo he acabado aprendiendo que la única manera de ser fiel a las cosas es tomar las propias reacciones como mero síntoma de las mismas: ¿y qué soy yo, al fin y al cabo, sino un síntoma, una muestra de cómo se manifiestan las cosas cuando rebotan en mí y me alteran?

Queda dicho que éste es un libro de escenarios anacrónicos, no un libro de viajes ilustrados. Y pese a que casi cada capítulo se desarrolla en un país o una ciudad distintos, siempre acabo siendo yo –«ese maldito yo» cíclico y reiterativo– el que termino por encontrarme en cada esquina: *Caelum non animum mutant qui trans mare currunt.*[1]

_____

1. Horacio: Cambia de cielo, no de alma, quien los mares surca.

Gracias a mis «editoras», Teresa Sala, Gemma Casamajó, Adriana Plujà (Edicions 62) y Teresa Ariño (Anagrama).

ÍNDICE